渊子崖壮歌

中华抗日第一村纪实

高明 著

山东教育出版社

图书在版编目（CIP）数据

渊子崖壮歌：中华抗日第一村纪实 / 高明著 .
—济南：山东教育出版社，2015
ISBN 978-7-5328-8904-4

Ⅰ . ①渊… Ⅱ . ①高… Ⅲ . ①纪实文学—中
国—当代 Ⅳ . ① I25

中国版本图书馆 CIP 数据核字（2015）第 172348 号

渊子崖壮歌

高明 著

主　管：山东出版传媒股份有限公司
出版者：山东教育出版社
　　　　（济南市纬一路321号　邮编：250001）
电　话：（0531）82092664　传真：（0531）82092625
网　址：www.sjs.com.cn
发行者：山东教育出版社
印　刷：山东临沂新华印刷物流集团有限责任公司
版　次：2015年8月第1版第1次印刷
规　格：710mm×1000mm　16开本
印　张：18印张
字　数：184千字
书　号：ISBN 978-7-5328-8904-4
定　价：36.00元

（如印装质量有问题，请与印刷厂联系调换）
印厂电话：0539-2925659

守望沂蒙

——略说高明《渊子崖壮歌》

胡秀堂

我不知道老战友高明在沂蒙这片红色沃土和精神富矿中究竟能耕作出多少感人故事、掏腾出多少精神瑰宝、冶炼出多少精品佳作来。这不，借着纪念中国人民抗日战争暨世界反法西斯战争胜利70周年强劲东风，其新作长篇纪实文学《渊子崖壮歌》，又适时适势奉之于众。

这是一段尘封已久、打井即璀璨夺目的沂蒙儿女抗日史实，这是一曲荡人魂魄、生动展现普通沂蒙人的极不普通的抗战之歌。"千余日伪军征服不了一个小山村"，这个发生在1941年底渊子崖村村民英勇抗日的故事，在艰苦卓绝的抗战相持阶段，犹如一束强光，刺破了乌云密布的黑色天幕，与无数支光束汇聚一起，照亮了全民抗战的荆棘之路。延安《解放日报》发表社论盛赞渊子崖群众武装抗敌精神为"村自卫战的典范"，渊子崖村荣膺"抗日楷模村"荣誉称号，"中华抗日第一村"美誉抹艳了魅力无穷的红色沂蒙。逝者如斯夫，历史和现实是一条阻塞不断的浩荡河流，浪花淘尽更显英雄本色。时隔七十四年，经高明还原这段历史，温热这段历史，其人其事光芒如昨，依然辉映着当今蔚蓝苍穹，也使诸多读者得以拥抱这段历史，感受这段历史，对于我们重整行装、重建精神家园、重塑民族魂魄，万众一心共圆中国梦，是何等的有意义！

这部作品贵在于真。高明从业新闻工作数十年，深谙真实的价值。为求真，他穷其事，深入采访了渊子崖事件的所有幸存者和众多见闻者，仔细查阅了浩如烟海的各种原始资料，直接或间接地掌握了大量一手材料，付出了常人难以想象的艰辛；为求真，他究其理，对得之不易的桩桩史实条分缕析，去粗取精、去伪存真，细密的思维筛子过了一遍又一遍，又经专家求证，多方会审，宁缺毋滥，望是恐非；为求真，他倾其情，理不合情者舍，情不合理者亦舍，通篇、各段、逐句，都十分讲究合理合情，情映于理，理在情中，情理交融。当然，纪实文学毕竟不等同于新闻通讯，并不苛求事件所有过程乃至细节都必须客观真实，而是求大真存小异，显高山略细尘，诚如斯言："大事不虚、小事不拘"，但高明严谨著文的态度则着实令人赞叹。

这部作品成在于奇。书中传奇色彩甚浓，粗略便可窥见"四奇"：一为事奇。单凭千余日伪军竟然征服不了一个村庄事件本身，就足见其奇。借用毛主席描述长征句式：自从盘古开天地，三皇五帝到如今，历史上曾有过渊子崖这样的壮举吗？"中华抗日第一村"名副其实！大事奇，小事亦奇，文中所叙战斗过程中发生的许多奇事儿，件件鲜活，读来禁不住时时击掌。二为人奇。人物群体奇，这个千把人的村庄，庄户男人老实厚道，有的甚至胆小怕事，面对惨无人道的强盗杀戮全部毅然反抗，宁死，竟无一人屈膝投降；山村女人柔弱善良且常常逆来顺受，面临兽性发作的鬼子蹂躏，宁死，竟无一人遭受奸污。这些汉子守住的仅仅是个人脸面吗？这些女人守住的仅仅是个人贞洁吗？不，他们守住的是沂蒙人乃至整个中国人的尊严，挺起的是中华民族威武不屈宁折不弯的脊梁。个体人物亦奇，临阵指挥泰然若定的区长冯干三，从没上过战场却仿佛天生就会打仗的村长林凡义，双臂狠命一搂居然能把小鬼子腰脊折断的村民林九星，舍生取义死亦不装熊的血性汉子林九祥、林庆兰、林清义……一个个用故事构成的生动传奇人物跃然纸上。沂蒙是一块富含钙质的土地，只有在这样的土壤上才能养育出不缺钙的人群。三为情奇。战争不能让女人走开，无情的战争往往衍生出各色多情男女。高明在书中给我们讲了这样一个故事：思想进步的俊美女子林欣，正与好吃懒做容貌丑陋的王富解除继母包办的婚约，鬼子来了，却因对方勇敢参战而顿生好感。这桩从对未婚夫厌恶悔婚到杀敌生情的爱情故事，不禁使人油然想起乳汁救伤员的大义红嫂，继而脑海里浮现出那些"少女送郎上前线、皓首斑颜盼夫归"终生未嫁的高义痴女，进而联想到解放后回沂蒙感恩认亲的诸多良知人物以及"相对默默无一语、惟有浊泪沾满襟"的感人场景……呀，思之，在沂蒙这片多情多义的土地上，繁衍出多少有情有义、义高于情的义男义女、情男情女啊，怪不得这么多人对这片洁净的圣土如此地向往！四为景奇。万变战场壮烈景象无不催生出万千奇异多姿景观，在高明笔下，渊子崖战斗同样呈现出灵与肉、血与火、热与力的壮丽景象。昔年鏖战急，弹洞景观壁。高明运用巧妙笔法，先是从渊子崖战斗历史远景，渐渐地拉至渊子崖现实近景，把远逝的硝烟幻化成美丽的五彩云朵，妆点得清秀山村煞是好看；接着笔锋一转，化腐朽为神奇，又魔术般地扫尽渊子崖战斗中残留的兽血蹄迹，加以沉淀过滤，化作富含氮磷钾的复合肥料，使这片土地变得更加肥沃……，欸乃观之，极目八百里沂蒙沃野，草青、花红、叶绿、果实，好一派锦绣风光！

这部作品力在于美。美于内。一部有张力的作品，不能只是有趣，更重要的是有味，《渊子崖壮歌》便是这样一本有味且耐琢磨的书。作者虽然叙述的只是一个小小村庄的抗日故事，承载的却是远远超过作品负荷的精神重量，高明关注于文根人魂远甚于关注作品自身，忠、义、孝、贞、爱、信、智、勇、耻、情，在渊子崖村这群普通庄户人身上展现得淋漓尽致。在理想坍塌、信仰缺失、诚信危机、荣辱不分、是非混淆、贞操淡薄等道德解构与重建的大背景下，细细咀嚼文字背后的深刻寓意，足见高明劲道的思想潜隐功力。美于形。意美还需形美相托，为使所叙事件充分展现，高明匠心独具，在作品结构上狠下了一番功夫，为故事发生发展构筑了一道美轮美奂的时空长廊，任凭渊子崖村的平民英雄们在这里劲舞。作文喜曲忌平，由此可见高明娴熟的长篇驾驭功力。美于言。高明的叙述生动撩人：写人，灵动；叙事，酣畅；对话，闻声；绘景，如画。透过一人、一物、一声、一景或静或动的传神描写，亦能感受到高明深厚的文字表达功力。

从这部作品近看高明，追溯高明的多部作品回看高明，竟然发现他的作品几乎篇篇见着沂蒙，甚至非沂蒙人不写，非沂蒙事不著，即使他国异乡游记，也是用沂蒙人的视觉听觉观察记述。作品精神代表着作家精神，作品风格体现着作家人格，可见高明对沂蒙的热爱达到了何种境界！沂蒙是红色的，沂蒙人对党是忠诚的，沂蒙性格浸透着民族性格，沂蒙精神体现着国家精神。以文观人，文若其人，我想，高明用心用情用血用泪书写沂蒙，何尝不是在写他自己？

大义沂蒙，这座丰富的历史文化宝藏取之不尽；大美沂蒙，这里海量的红色精神资源永不枯竭。

愿沂蒙故事在高明笔下源源流淌。

是为序。

2015年5月于北京

（作者：国防大学副政委，空军中将，
第十一、十二届全国人大代表）

高明与作序者胡秀堂空军中将2015年春在北京的合影

目 ☆ 录

沂蒙，这是一片红色的热土，革命战争年代发生在这片土地上的那些惊心动魄、威武雄壮的故事，曾经震撼全国，闻名世界，甚至影响和改变了中国革命的历史进程。

翻开这部厚重的历史，一段段英勇悲壮、感人至深的事迹，跨越历史时空浮现在我们眼前……

一场实力悬殊的杀戮，一个小村农民的悲壮传奇，谱写了一曲令人震撼、荡气回肠的民族壮歌，书写了一段惊天地泣鬼神、血气如阳、气壮山河的历史篇章。

这是中国抗日战争史上一个村庄农民自卫抗日，规模最大、最激烈、最悲壮的一仗。此役重创了日军，使侵略者胆颤心惊。敌人无法理解千余手持现代化武器的日寇何以不能征服一个小小的村庄？

战后，这个小村闻名全国，延安《解放日报》发表社论，称该村为"村自卫战的典范"，滨海专署授予该村"抗日楷模村"的光荣称号，渊子崖被誉为"中华抗日第一村"。

那么，渊子崖自卫战究竟是怎样的呢？

让我们穿越时空的隧道，把历史定格在1941年12月19日，山东省临沂市莒南县渊子崖村。

序 ☆ 篇

翻开一部沉甸甸的中国近代史，总让人情难抑，泪长流，痛彻心腑，血脉偾张。

1840年，第一次鸦片战争，英军仅四千人，靠坚船利炮杀向中国……

1860年，英法联军仅四万五千人，数万清军铁骑溃不成军，圆明园灰飞烟灭……

1894年，甲午战争，号称亚洲第一、世界第六的北洋水师折戟沉沙……

1900年，八国联军不到一万六千人打败十万清军，杀入北京……

1931年，日军兵力不足两万，十余万东北军不战而退……

1937年，日军攻陷南京的总兵力不过七万，打败十五万国民党守军，三十多万战俘和百姓被血腥屠杀……

一次次刻骨铭心的战败，一份份屈辱不堪的记忆，在中国军人的心中留下了太多的伤痛，太多的思考。苦难的中华民族从血泊中奋起，从铁火中走来……

沂蒙的冬天，虽然没有春天迷人的鸟语花香，没有夏天壮观的电闪雷鸣，没有秋天诱人的丰硕果实，但它却有献给大自然含蓄的壮美。冬日的阳光辉映着八百里沂蒙大地，广袤的乡村田野，宛如一幅长轴画卷徐徐地展现在人们的面前。

2014年12月19日，天朗气清、惠风和畅。笔者怀着无比崇敬的心情再次来到中华抗日第一村——位于沭河岸边的渊子崖村。

流逝的岁月早已拂去战争的烟尘，但渊子崖人民那浴血奋战、英勇悲壮的战斗永远也无法使人忘却。抚摸着老人们身上斑驳的伤疤，听老人诉说那激动人心的往事，仿佛触摸到了我们民族之躯的脉搏，感受到了宁死不屈的民族精神。

手捧鲜花，沿着小山拾级而上，只听耳畔，山风猎猎，松涛阵阵，历史的寒意扑面而来，岁月的悲壮重返眼前。

渊子崖抗日烈士纪念塔的正面摆放着一些花圈，花圈上的鲜花在阳光的照射下鲜艳夺目。一位70多岁的老人默默地伫立在塔前，寒风吹拂着他的白发，老人神色凝重，饱经沧桑的脸上热泪盈眶。

同行的朋友告诉笔者，这位老人是当年参加渊子崖自卫战的烈士冯干三区长的小儿子冯玉田。

今年74岁的冯玉田高个身材，穿一件黑色羽绒服。他庄重地告诉我们，父亲冯干三牺牲时，他才出生23天，是个嗷嗷待哺的婴儿。每当听到亲友们讲起父亲的英雄事迹，在他的心目中，父亲是那样的高大威武，了不起。他几乎每年的今天都带着子女来这里祭奠父亲。他为有这样的父亲感到无比的自豪和骄傲。

巍巍沂蒙山是见证历史的丰碑，滔滔沂河水是倾诉忠诚的灵魂。

作者高明采访冯干三烈士之子冯玉田时的合影

用热血和苦难谱写的历史，往往更能震古烁今，摇魂荡魄。

笔者深情地仰望这座用红色磨光条石砌成的烈士纪念塔，它宛如在万木丛森中卓然独立的一把用鲜血筑成的剑。虽然一块块石砖是那样朴实无华，可它们的内心却是如同金子一般，闪闪发光。

登塔远眺，满目葱茏；听松涛呼啸，看层林尽染。诵读着烈士们不朽的诗篇，仿佛回到了70多年前的今天，在这里发生的那一场威武悲壮的抗日自卫战。耳畔，听到了震天动地的呐喊声；眼前，浮现了宁死不屈的英雄群像，是一个个鲜活的生命，在硝烟中奔跑搏杀。

岁月如白驹过隙，70多载倏忽而逝。战争的硝烟早已散尽，但它留给人们的记忆与伤痛却时时提醒：战争从来没有真正离我们远去，要想拥抱和平，首先要了解战争。

在纪念抗日战争和世界反法西斯战争胜利70周年的时刻，让我们从渊子崖出发，重返历史，以纪念为民族解放，不屈不挠、流血牺牲的英勇将士和伟大人民。

第一章　红色热土

临沂地处沂蒙山区，因滨临沂水而得名。渊子崖村是沂蒙山区的一个小山村。

在几千年的文明进程中，星转斗移间，沂蒙闪过《孙子兵法》《孙膑兵法》的智慧之光，承载过王羲之、颜真卿的笔走龙蛇，养育了"鞠躬尽瘁，死而后已"的诸葛孔明等诸多至圣先贤。

沂蒙大地灿烂的文化对生于斯、长于斯的沂蒙人民来讲，无疑产生了潜移默化的重要作用和影响。

沂蒙人民具有光荣的革命斗争传统。他们具有爱憎分明的正义感和不甘忍辱屈从、勇于顽强反抗的革命精神和斗争意识，素以吃苦耐劳、不畏强暴、仗义豪侠、血性刚勇而著称。特殊的人文和地理环境，造就了沂蒙人追求真理、坚韧不拔的禀性，面对艰难险阻，意志坚强、百折不挠的精神风貌和性格特征。

上世纪30年代以来，沂蒙人民在中国共产党的领导下，前仆后继，英勇地投身到艰苦卓绝的民族解放斗争中去，以空前的壮举谱写了惊天动地的伟大革命史诗。

这是一个令人神往的地方，一曲《沂蒙山小调》唱不尽八百里沂蒙的绮丽景秀。

这是一座古老而又蕴含朝气的历史名城，两千五百多年风雨镌刻了她刚毅不屈的性格。

这是一块红色的奉献热土，革命战争年代，这里是全国著名的革命老区。

这里又是一片充满生机和活力的地方，改革开放使她成为一座新兴的水城商都。

她，就是具有光荣革命传统的现代化城市——临沂。

临沂，古称琅琊、沂州，历史悠久，是中华文明的重要发祥地之一。东夷文化与齐鲁文化的交汇融合，使沂蒙文化形成了自己鲜明的特色。它既具有鲁文化的敦厚重礼，又具有齐文化的开放进取，并吸收了兵家文化的果断雄武，至后期又借鉴楚文化的豪放典丽，构成了沂蒙地区丰厚的历史文化底蕴，形成了沂蒙人独具特色的文化性格：

沂蒙人尽忠尽孝。对国家忠心耿耿，视民族利益高于一切，热爱祖国，维护统一。最典型的是诸葛亮、颜真卿、颜杲卿、左宝贵等人，他们忠公体国，鞠躬尽瘁，死而后已，不愧为中华民族的骄傲。沂蒙人对朋友忠，特别讲信用、讲大义、不自私，勇于舍生取义，敢为朋友两肋插刀。沂蒙的孝文化根深叶茂，我国古代著名的"二十四孝"，沂蒙地区就有郯子鹿乳奉亲、仲由为亲负米、闵损单衣顺母、曾母啮指心痛、王祥卧冰求鲤等。这些故事流传千载，妇孺皆知，这也是这一地区至今民风淳朴的重要根源。

沂蒙人崇文尚武。沂蒙文化深厚，文人众多。早在春秋战国时期，孔子的得意门生、教育家曾参就在这里授徒。著名思想家荀子曾两任兰陵令，在此著书立说，死后葬于兰陵。由于古代这里的教育比较发达，不但造就了"书圣"王羲之、"算圣"刘洪、经学家匡衡等历史文化名人，而且孕育出西汉的于定国、三国的诸葛亮、晋代的王导和王祥等众多的文臣宰相。临沂又是兵学圣地。孙武、孙膑、鬼谷子、蒙恬、诸葛亮等这些古代军事家，都曾在这里活动和生活过。1972年，在临沂银雀山汉墓出土的《孙子兵法》《孙膑兵法》等竹简兵书，轰动世界，名扬天下，是20世纪世界五十大考古发现之一。这个发现解决了孙子与孙膑是否是一个人、《孙子兵法》与《孙膑兵法》是否是一部兵书的历史疑案。

沂蒙人自强不息。特殊的地理环境，造就了沂蒙人坚韧不拔、自强不息的禀性。面对艰难险阻，沂蒙人意志坚强、百折不挠，生活上特别能吃苦，战场上特别能战斗，工作上特别能拼搏，关键时刻能冲得上、打得赢，不管在什么地方，不管干什么工作，都能任劳任怨、兢兢业业、不计得失、甘于奉献。

丰厚的文化底蕴、光荣的革命传统，一旦有了先进思想的指导，沂蒙人民具有的这种强烈而朴素的阶级情感，便升华为一种崇高的为民族独立、人民解放而不怕牺牲、开拓进取的思想意识和崭新精神。

应该说，渊子崖村民就是沂蒙山人典型的代表。

八百里沂蒙，齐鲁的脊梁。"沂蒙山"，这个名称明确响亮地提

蒙山鹰窝峰

出来，始于党中央、毛主席对八路军115师东进的指示："要建立沂蒙山抗日根据地。"1938年12月，抗日斗争进入残酷的战略相持阶段，为领导晋、冀、鲁、豫等华北地区的抗日斗争，中共中央山东分局、八路军山东纵队相继在这里成立，党领导的抗日武装一步步发展壮大，立下赫赫战功，从而揭开了山东及华北地区抗日斗争的新纪元，沂蒙山成为全国最著名的抗日根据地之一。

在这片英雄辈出的土地上，产生了诸多的英雄儿女、英雄传说和英雄故事。

一、古莒之南

渊子崖村所属的莒南县位于沂蒙山区东部，是一方红色的热土，汉代的赤眉军、宋代的红袄军、元末的红巾军都曾在这里用热血和生命书写了威武雄壮、震烁古今的反侵略、反奴役的光辉斗争史篇。

特别是革命战争时期，这里曾是山东省政治、军事指挥中心和文化中心，被誉为山东的"小延安"，中共中央山东分局、八路军115师司令部、山东省战工会、山东省参议会等党政军指挥机关和刘少奇、徐向前、罗荣桓、陈毅、粟裕、肖华等党政军领导人都曾长期战斗工作在莒南，1945年8月13日，中国共产党领导下的全国第一个红色省级政权——山东省人民政府在莒南县大店成立。

莒南历史悠久，文化灿烂。查阅辞海，知"莒"是西周分封的诸侯国。开国君主是兹舆期，建都计斤（今山东胶州市西南），春秋初年迁于莒（今山东省莒县）。公元前431年为楚所灭，后属齐。公元前284年燕国大将乐毅破齐，唯莒与即墨未下，即此。后又入楚，楚灭鲁后，迁鲁郡于此。

1941年由山东省莒县析置出的莒南县（在"莒"的后面加上一个"南"字），县城驻地是十字路，因纵横两条古道在此"十"字形交汇而得名。公元1265年（宋咸淳元年）据洲万户重喜奉旨筑十字路城，设兵驻守，成为鲁东南重镇。

十字路，东至日照市岚山头、西至临沂市、南至江苏省青口、北至莒县，均约50公里。而且此地有岚（山）济（宁）公路和兖（州）石（臼）铁路横穿城区，离亚欧大陆桥东方桥头堡日照港、连云港不足百公里。

行走在沂蒙老区莒南的每一寸土地上，我们都能聆听到这片山水中的和弦，诉说着一个又一个美丽而又悲壮的传说；都能感觉到一代又一代人威武不屈、保家卫国、建设家园的铿锵脚步声……

哪里有压迫，哪里就有反抗；压迫越深重，反抗也越强烈。在黑暗的旧中国，莒南大地战乱频繁、民不聊生，莒南人民饱经忧患、灾难深重。为了摆脱受剥削、受压迫和受奴役的社会地位，酷爱自由、不甘忍受压迫和奴役的莒南人民奋起抗争，与反动邪恶势力进行了不屈不挠的坚决斗争。

在莒南这片古老的土地上，曾经发生过许多大规模的农民起义和武装斗争，为推动历史发展和社会进步发挥了积极的作用。

面对强暴敢于反抗，为维护国家利益勇于牺牲，这是沂蒙人民一直践行的光荣革命传统。革命是什么？毛泽东曾经说过："革命是反对两个东西：一个叫做外国的压迫，一个叫做封建制度的压迫。"反动统治者的残暴统治、帝国主义的凌辱欺侮，始终激起沂蒙人民的极大愤慨和斗争勇气。

金朝末年，新兴的蒙古政权多次南侵，蒙古兵打到山东，金朝无力控制，金兵节节失利。金朝统治者为了支撑腐败的政权"赋敛日横"，赋税征收多了，老百姓承受不了，山东的老百姓处于水深火热之中，各地起义军揭竿而起。也就是在这时，爆发了声势浩大的杨安儿、杨妙真兄妹领导的农民大起义。

杨安儿、杨妙真等人为首的几支起义队伍力量最大，有数十万之众。起义军身穿红袄，人称"红袄军"。义军攻占了沂、莱等一些州县，开仓放粮，救济贫民，并建立了政权，设置官署。

金兵前来镇压，杨安儿在转战中病死。起义军又推女将杨妙真为首领。杨妙真领导的红袄军，组织严密，纪律严明，他们的器械虽不如金兵，但"心协力齐，奋不顾死"，屡败敌人。

有一次，他们袭击金军大寨，连金左副元帅宗翰也几乎被擒。金军痛恨红袄军，追剿最急，往往妄杀平民以泄愤，但不能捉到红袄军，红袄军的队伍反而日益壮大。他们以莒南县马鬐山为根据地，队伍一度发展到几十万人，依靠当地百姓支援，英勇战斗，宁死不屈，给来犯金兵以沉重打击。

站在莒南县自古就有，目前是世界上最大的石铁类陨石旁，笔者仿佛听到了它突至时裹来的风雨声。它形似铁牛，半露半隐卧于天地间，重量约为4吨，当地人称之为"铁牛"，之后便建庙膜拜，所在村遂得名为铁牛庙。

抚摸着这位天外来客身上的斑斑伤痕，我们似乎看见了诞生在这里的抗倭民族英雄孙镗"为人负气不羁""有四方志"，鲜血淋漓下被倭寇乱枪穿破腹部的英雄气概。

孙镗，莒南县坪上镇大铁牛庙村人。自幼习武，年轻时喜善骑马射箭，练就一身好武艺。明嘉靖三十二年（1553年），孙镗到苏杭一带经商，正值倭寇掠犯苏、松地区，而奉命前来迎战的朝廷官兵屡战屡败，倭寇气焰嚣张，所到之处如入无人之境，更加疯狂地残杀我百姓，掠夺我财产，践踏我家园。目睹倭寇的侵略行为，孙镗义愤填膺，拍案而起。在精忠报国与经商发家的十字路口上，孙镗果断弃商从戎。

"白刃临头唯一笑，青天在上任人狂。"为表自己忠心报国的决心，孙镗立即捐献出自己经商的所有钱财，以助军饷。当地郡守被他满腔的爱国热情所感动，便将他引荐给松江府参政翁大立。翁大立将一双常人不能举起的长刀让人抬到孙镗跟前，命令孙镗演试刀马武艺。郡守等人都知道这双刀的分量，无不替孙镗捏了一把汗。

哪知孙镗毫无惧色，挽起双刀轻松上马，扬鞭打马而去，手中的双刀时如大鹏展翅样腾空飞舞，时如蛟龙下海样拍岸击涛，直练得围观的人们目瞪口呆，更令翁大立喜出望外，连喊"壮士"，当场设宴并亲自为孙镗斟酒，共励平倭之斗志。

翁大立的一番盛情，更激发了孙镗抗击倭寇的热情，他摩拳擦掌，急于冲锋陷阵。翁大立则让他一起参加军队演练，熟悉军务，等待战机。

过了不长时间，苏松兵备副使任环率军平倭，因寡不敌众，即向府中告急，翁大立忙派孙镗前往救援。孙镗一马当先手起刀落，横扫倭寇，直杀得倭寇节节败退，将陷入倭寇重围的任环救出，狠刹了倭寇的嚣张气焰。初战告捷，孙镗名扬吴中。

随后，孙镗又派人回到老家莒南，将家中的钱财拿出来资助军饷，并在家乡招募莒南儿郎从军抗击倭寇。数千名莒南热血儿郎踊跃报名从军，南下抗击倭寇，并迅速壮大了抗倭卫国保家的队伍。

孙镗率领着这支莒南子弟兵英勇善战，打了一个又一个漂亮的伏击战，给了侵略者一次又一次致命的打击，使得倭寇半年不敢入侵，让沿海百姓过上了安居乐业的生活。

然而，侵略者的贪婪野心是不会就此罢休的。嘉靖三十三年（1554年）春，倭寇突然侵犯松江府府西，一路疯狂地烧杀掳掠，直逼松江府，孙镗闻讯集兵迎敌，高声大喊："是可蹙而擒也。"

于是，孙镗带领数名军兵直杀敌营。倭寇见孙镗所率兵员不多，便倚仗人多将孙镗层层围住，欲报往日溃败之仇。哪知孙镗的部下个个骁勇善战，苦战了一天，杀死倭寇无数，杀得箭尽锋钝，直到傍晚仍不见援兵的影子。

此时，孙镗不再恋战，冲出重围，边打边撤。不曾料到，狠毒的倭寇定要斩尽杀绝，在孙镗的背后早设下了埋伏。当孙镗退到石湖桥时，穷凶极恶的倭寇伏兵突然四起，在拼杀中孙镗不幸坠马落水，不识水性的他被倭寇用长矛刺中腹部，壮烈殉国。

之后，嘉靖皇帝于三十四年（1555年）敕赠孙镗为光禄寺署丞。赐孙镗御葬于大铁牛庙，建祠祭祀。

二、河村民魂

渊子崖是沭河岸边的一个普通的村庄，这里风光秀丽，景色优美。四周是一望无际的田野，村里的农舍被绿树掩映，犬吠声声，炊烟如龙，游戏于树梢枝头间，缭绕在农家上空。

沭水，古人又写作"术水"。《汉书·地理志》："术水南至下邳入泗。"唐代颜师古注："术水即沭水也。"沭河发源于山东省沂山南麓，南流入江苏省境内。沭河，古称"沭水"，早在战国时期的著作《周礼·职方氏》中就有记载："正东曰青州……其浸沂、沭。"意思是：正东地区是青州，那里有沂河和沭河可供灌溉田地。

"今人不见古时月，今月曾经照古人。"有着千年沧桑的沭河流淌着岁月的痕迹，淌过春秋跨过两汉，穿越盛唐流过明清，经过战火的洗礼，世世代代哺育着沭河两岸勤劳的人们，一路湍流，亘古不息。

沭河是温柔淑娴的。它从大山深处走来，高唱低吟地穿过山庄，滋润着两岸的土地，是一道最具原始生态的风景线。河水静静地流淌着，河面如同一块无瑕的翡翠，在阳光的照射下，闪烁着美丽的光泽。鱼儿在清澈的河底自由自在地游玩，鸭子快乐地扎起着水猛。

沭河风景

渊子崖村明清时属沂州府莒州。民国初，莒州改莒县。渊子崖村属莒县。

渊子崖村后有一遗址，西部是莒阿公路，南部是一座汉墓，该址南北约400米，东西约350米。文化层厚约1米，分两层。一层厚约40厘米，为春秋战国时期文化层，址内出土有陶鬲足、大口尊等残片；二层厚约60厘米，为秦汉文化层，出土有瓦块、灰陶瓷、盆、罐残片等。该址文化堆积较厚，遗物较丰实。20世纪60年代，在该址前约0.5公里的贴沟崖村境域，出土过战国时期的齐刀币（其出土齐刀现存曲阜师范大学）。并且在此址周围有很多的汉代墓葬，渊子崖村后出土的铜印章都是不多见的文物考古实物资料。诸多迹象表明，该址在春秋战国至汉代是一座有相当规模的邑城。

与渊子崖邻村的大白常村，有一明朝重臣清官王璟，据《莒南县志》记载，王璟（1446—1533年）字廷采，号东皋，在朝为官51

年的春秋里，官场的险恶、百姓的疾苦、国家的安危常常把他推上人生的十字路口。尽管每一次抉择都要冒着生命危险，甚至是全家性命的安全，但他始终以百姓利益、国家安危为重，赢得了当朝的重用、百官的敬重和百姓的爱戴。

他先后辅佐过宪宗、孝宗、武宗和世宗四代皇帝，官至左都御史，独持一朝风纪。在任都察院佥都御史，管理两浙盐政。他严惩不法盐贩，革除旧弊，使这一时期的盐业生产得以恢复和发展。

不久，浙江东部灾荒严重，王璟受命前往赈济。他深察灾区民情，上书皇帝十项救灾措施，调拨杭湖军粮30余万石，救活40余万灾民……正德三年（1508年），他被奸臣刘瑾陷害，"矫诏罢官"。正德六年（1511年），刘瑾受诛，他再度被起用，出任山西巡抚。此时鞑靼屡次内犯，成为西部边患，山西一带深受其害。他到任后，整饬兵马，改进并制造万余支火枪，用其御寇，寇不敢前，西部边疆暂得安宁。

遂升任都察院右侍郎。正德九年（1514年）任左侍郎。正德十年(1515年)任都察院右都御史，不久升为左都御史。入主都察院期间，常视察监狱，查阅案卷，凡遇疑案必一一核查。

嘉靖元年（1522年），年已76岁的王璟要求退职，获允还乡。嘉靖帝"诏给月米人夫"，并派专使去寓所"以礼存问"。嘉靖十二年（1533年）九月二十七日卒于故里，享年87岁。嘉靖帝赠少保，谥号"恭靖"，赐"御祭九坛"，并委派特使前来沂州督葬。

嘉靖十三年（1534年）三月十九日葬于临沂城东南三里姜园御封林内。同时，在距渊子崖村西3里的大白常村南设御封林，建衣冠冢。国史总裁任邱李时为王璟撰墓志文："硕勋伟绩显于朝廷，完名高节重于海内。"

渊子崖村民从小就经常到邻村的大白常村王璟的御封林，打心眼里崇拜王璟。王璟为官清廉，保家卫国的故事在村民们的心里打下了深深的烙印。

1938底至1941年2月渊子崖村作为中国共产党领导的抗日根据地，属临沂第五区委和临东工委。1941年6月隶属我党领导下的沭水县。1945年9月至今，隶属于莒南县板泉镇。

渊子崖村距临沂市区40公里，位于莒南县城西部的沭河东岸。村西为平原，另外三面为土岭，南北各有一条大沟，南面的叫萌头沟，北面的叫北大沟。渊子崖村虽大，却只有一条东西大街，到处是小胡同。

据《林氏续谱立石谱碑》载："洪武年间（1368—1398年），自新泰来复业……复迁兰邑东乡渊子崖村。"因村坐落在一深渊（今渊子崖村西1公里）近处，故名渊子崖。

又据《王氏族谱》载："大明自州府安丘县迁沂州府兰山县白常村，九世迁贴沟崖。"据考，王姓于明朝万历年间（1573—1620年），迁渊子崖村前沟南建村，取名贴沟崖，属渊子崖村。

林姓源远流长，今已成为中华姓氏中的较大的姓。据《史记》等史籍记载："至周武王灭纣，夫人乃将男归周，武王以其居长林石室而生，遂因林而命氏，赐姓为林氏，改名坚。以其为殷汤之后，先王之胄，且能远避纣之难，不绝其嗣，其智足以任政，拜坚为大夫，食邑博陵，受封爵焉。"

对于比干忠谏之说，自魏孝文帝始，历代帝王多有祭文。唐太宗李世民于贞观十九年（645年）二月除颁祭文外，还下诏追谥比干，称"殷故少师比干，贞一表德，忠介成性……见义不回，怀忠蹈节……虽后周王封墓，莫救焚骸之祸；孔圣称仁，宁追剖心之痛……宜锡宠命，以展宿心。可追赠太师，谥曰忠烈公"。自此后，比干后裔皆称忠烈之后。

所能见之典籍皆称林氏太始祖比干系出黄帝。比干为黄帝33世裔。林氏始祖林坚是比干之子。林坚则是黄帝34世裔孙。比干生于公元前1111年，卒于公元前1048年，时年63岁。《史记·殷本记》及《宋微子世家》等书记载，比干，沫邑（今河南淇县）人。由此可见，林姓起源于河南，始祖是比干之子林坚。今河南省卫辉市北12.5公里有比干墓庙，为河南省重点文物保护单位。

林放，字子丘，林圣之子，鲁国周县人，孔子弟子，勤奋好学，问礼之本，孔子称之，列为七十二贤之一。

据渊子崖村家谱记载，林放后裔有一支在费县园郭村（今属平邑县）居住，为避元朝战乱，逃往四方，多数未返，唯有林德（林放第54世孙）在明朝洪武年间自新泰返回园郭。为渊子崖村林氏始迁祖。

渊子崖村村民绝大多数为林姓，少数为王姓。林氏家族共有九大支，有部分迁徙到莒县、河东区、十字路镇富源居、玉泉居、洙边镇莲子坡村、十字路镇官坊街、石莲子镇燕妮子村等地。

抗日战争初期，渊子崖村有350多户人家，1500多口人，属规模较大的村庄。

三、星星之火

近代百年，内忧外患，血火岁月，共产党播火燎原。

1932年秋，共产党员刘谐和受临郊县委指示，来到了离渊子崖村不远的板泉小学任教，以教师身份为掩护，在渊子崖和周围附近村开展党的地下工作，传播革命进步思想。经过考察与培养，刘谐和老师先后发展了当地进步青年学生王任之、薛汉鼎、杨家祥等入党。并于1932年12月17日建立起了莒南县第一个党支部——中共板泉党支部。第一任党支部书记是王任之。

板泉党支部成立后，王任之带领党员一边秘密开展地下工作，一边在学生和农民中发展党员，到1937年抗战爆发前，已发展了包括渊子崖村党员在内的33名党员。

从此沭河岸边点燃了抗日烽火。

抗日战争爆发后，胸怀家国天下的王任之决心奔赴延安寻求真

中共莒南县第一个党支部——板泉党支部纪念地

理。1937年11月，王任之一行5人从临沂出发，中途结识了山东联合中学20余名学生，与韦统泰（昆明军区原副司令员）一起，一路上带领大家组织抗日救亡宣传活动，克服了种种困难，冲破了土匪横行、国民党军队盘查等险阻，终于在1938年8月到达了陕甘宁边区。

从中共莒南县板泉支部走出的大批共产党员，以后成长为党的各级领导干部。

板泉第一任党支部书记王任之，建国后先后担任过山东广饶县、博兴县县委书记，济南市历城县县委书记，惠民地委农工部部长、地委常委、秘书长、副书记、临沂地委副书记、行署专员等职务，并多次受到毛泽东主席、朱德总司令、胡耀邦主

2008年夏，90岁高龄的老红军王任之在临沂捐资助学活动中讲话

席、江泽民总书记等党和国家领导人接见。于2014年1月在临沂病故，享年97岁。

王任之逝世后，临沂市人大常委会原党组书记、第一副主任，临沂市关心下一代工作委员会主任朱绍阳为这位革命老人专门题写了"出沂蒙赴延安红军战士追随马列一生矢志不移，从陕晋到齐鲁人民公仆服务大众老年信念更坚"的挽联，这是对老人一生最真实的写照。

薛汉鼎，1938年赴延安抗大第四期学习。结业后，和毛泽东主席的胞弟毛泽民一起奔赴新疆工作，1946年后回山东工作，1949年9

月南下云南工作。"文化大革命"前后任曲靖地委副书记、专署专员。1968年"文化大革命"中被迫害致死。党的十一届三中全会后，党组织为其平反昭雪。

杨家祥，1937年奔赴延安，先后入吴堡青训班、陕北公学、中央军委三局通讯学校学习。毕业后一直在部队从事通信领导工作。后任新华通讯社副社长兼总经理。1986年9月3日病逝。

1940年3月7日，王任之随抗日军政大学第一分校（简称抗大一分校），由鲁中转移至家乡莒南县。

抗大一分校当时有一个旅的兵力。这年夏天，抗大一分校在莒南县西岭泉举行阅兵式，中共山东分局、省战工会领导，八路军115师代师长陈光、政治部主任肖华，抗大一分校校长周纯全、政委兼政治部主任李培南、训练部部长袁也烈、副部长阎捷三等出席检阅式。肖华在阅兵式上作了国内国际形势报告，周纯全作了重要讲话，渊子崖村村民代表林庆忠参加了会议。

王任之回到家乡沭水县板泉区渊子崖村一带，任该校民运工作团第二队队长，根据上级指示，王任之带领民运团二队许敬诚、王爱珍等十几名同志，进驻渊子崖村。

为了宣传抗日救国，组织武装斗争，王任之随后在板泉小学召开了乡绅和村民代表会议。会议现场张贴着抗战内容的标语，主席台背景上悬挂一颗红五星和毛泽东主席、朱德总司令的照片，上面写着"板泉区士绅名流座谈会"。王任之、袁成隆在主席台就座。

王任之在会上讲："各位父老乡亲，建立全国抗日民族统一战线需要我们各界的支持与努力。下面欢迎抗大文工团团长袁成隆同志分析一下当前全国的抗日形势。"

袁成隆："父老乡亲们，当前抗日救亡的热潮高涨，平型关大捷、台儿庄大捷说明日本人不是神话。毛主席在《论持久战》中有力地驳斥了亡国论和速胜论。国民党在'皖南事变'中，突然袭击了我们新四军军部，9000余条生命啊，这真是天大的冤枉啊，现在我们要维护全国抗日民族统一战线，对国民党要既斗争又团结，我们必然要经过防御、相持、反攻三个阶段……中国人都是一家人，国难当头，国家兴亡，匹夫有责。我们应该抛弃小的恩怨，一致对外，大家有钱的出钱、有力的出力。巩固抗日民族统一战线，最后的胜利一定是属于我们的。"

这时，会场议论纷纷，群情振奋，乡绅王培良当场举手发言："为了抗日，我表个态，我捐五支枪！"

群众的目光纷纷投向他。

书记员："楼里村的王培良，五支枪。"

渊子崖村跟着爹来开会的十多岁小孩小山这时站起来大声说："我家也捐一支枪。"

现场群众听说孩子要捐枪，哄堂大笑。

王任之连忙说："好！小孩子你哪来的枪？"

小山急忙说："俺爹有一棵打大雁的枪。"

小山爹急忙说："不是一棵，是一长一短两棵。"

大家鼓掌。

会场继续传来声音，"我捐三匹布""我十斗高粱"。

众人纷纷捐款捐物捐粮。

出生在渊子崖邻村楼里的临沂市民间工艺美术大师王滨先生，今年已经79岁了，他的父亲王言时、叔叔王言畅受王任之等共产党员的影响都参加了抗日战争。为纪念抗战胜利70周年，今年5月12日，王滨在《沂蒙晚报》撰文回忆：

"1940年春，王任之随抗大一分校来到山东鲁中抗日根据地，这年农历8月14日，王任之作为抗大一分校民运工作团二队队长，奉命与抗大一分校文工团团长袁成隆进驻渊子崖村所属的板泉区开展民运工作，他们首先在板泉举办了近百人的绅士名流抗日动员大会。会上，我的祖父王培良率先发言，不仅把防土匪保家宅的五支枪（一把左轮手枪、一把匣子枪、三支步枪）捐出去，而且让我的父亲和叔叔弃商抗日，上前线参加八路军。在当时抗战物资、枪支极度匮乏的情况下，祖父支持抗战的大义之举不仅得到了上级的肯定，而且我家还被授予两个抗属牌子，被誉为双'抗属'。"

渊子崖老村长林凡义

王任之在渊子崖村建立了一个党的工作点，广泛发动群众，进行抗日活动。在工作中，培养先进分子，秘密发展党员。

1940年底，渊子崖村建立民主政权，选举为人正直、在村里人缘好、年刚20出头的林凡义担任村长，共产党员林庆忠担任副村长。

林凡义中等身材，性格刚烈，血

气方刚，虽面皮白净，但性格沉稳，做事干练。他在全体村民大会上，坚定而又自信地表态说："村里的老少爷们，叔伯兄弟，都是自家人，既然大伙儿信得过俺，为了打鬼子保平安，俺就是豁出命来也干，有给咱亏吃的，俺第一个不答应。"

在林凡义和林庆忠的带领下，村里成立了抗敌自卫队、农救会、妇救会、儿童团和游击小组。同时利用耍龙灯、跑旱船等群众喜闻乐见的形式宣传抗日，群众的抗日热情十分高涨。

火热的七月，火热的情。2010年盛夏，笔者陪同著名编剧、西安影视股份有限公司董事长孙毅安来渊子崖村采访，90多岁的王任之老人在儿媳沈丽萍的搀扶下，不顾年事已高，天气炎热，一同前来。

在渊子崖村委会办公室，王任之老人和我们一起与当年参加自卫反击战的村民们座谈。70多年过去了，当这些耄耋之年的老人，或义愤填膺，或慷慨激昂，或满含热泪地向我们打开尘封许久的记忆之门，追忆那场与敌殊死搏斗的惨烈往事之时，我们的心被强烈地刺痛着，震撼着。

王任之看着那一张张熟悉的面孔，浮想联翩，思绪万千。老人十分感慨地说："70多年了，渊子崖那场战斗，就好像发生在昨天。当时，村里有共产党的工作点，抗日热情十分高涨，这为这场战斗的胜利打下了良好的政治基础和群众基础。我们要永远跟党走，只有在党的领导下，我们才能从胜利走向胜利。"

四、歌声永远

渊子崖村民和老自卫队员们，我们为你们骄傲和自豪。

　　70年前的枪声早已逝去，70年前参加渊子崖战斗的老自卫队员越来越少。

　　幸运的是，在笔者多次去渊子崖采访时，还能与幸存的十多位老英雄进行一次又一次的心灵的交流、情感的沟通，自然地，我也一次一次被他们悲壮的命运、英雄的气概所感染、震撼、激励、教育……

　　采访时，我问这些老自卫队员："你们最喜欢唱的歌是什么？"年近90岁的林崇兴就情不自禁地哼起了《沂蒙山小调》。接着在场的林富利老人又唱起了《跟着共产党走》这首歌曲。

　　早在抗日战争时期，红色文化就在沂蒙大地落地生根，根据地人民创作了许多脍炙人口的抗日歌曲，其中最著名的一首红色经典歌曲《沂蒙山小调》从山沟沟里唱响了全世界：

人人那个都说哎　沂蒙山好，

沂蒙那个山上哎　好风光。

青山那个绿水哎　多好看，

风吹那个草低哎　见牛羊。

高粱那个红来哎　豆花香，

万担那个谷子哎　堆满场。

咱们的共产党哎　领导好，

沂蒙山的人民哎　喜洋洋。

　　《沂蒙山小调》的前身《反对黄沙会》诞生于蒙山第三高峰——

沂蒙山小调诞生地

望海楼脚下的临沂费县薛庄镇白石屋村。此歌首唱人是原山东军区政治部文工团女高音歌唱家王音旋。

这首优美悦耳的民歌，悠远而古老。已经传唱了七十多年，历久不衰，《沂蒙山小调》已经成了沂蒙山的代名词，人们认识沂蒙山，了解沂蒙山，就是从听了这首《沂蒙山小调》开始的。

"正月里来什么花，先开先败，什么人手挽手走下山来。正月里来什么花先开先败，什么人手挽手走下山来。正月里来迎春花，先开先败，梁山伯祝英台走下山来。正月里来迎春花先开先败，梁山伯祝英台走下山来。"

在沂蒙山，老百姓个个都能唱上几句民歌，姑娘们聚在一起，最快乐的事就是唱上几首歌。歌词既有祖辈上传下来的，也有现编现唱的。沂蒙山里的歌，真实记录了百姓的劳动和生活。

1940年正值抗日战争的艰苦岁月。沂蒙抗日根据地建立不久，日寇经常"扫荡"，以国民党临沂专员张里元为首的顽固派也时常破坏抗日根据地。他们利用当地反动势力——黄沙会，与我抗日军民对抗。

这年6月上旬，根据上级命令，抗大一分校于山东临沂地区的垛庄南山一带参加了反顽战役。校文工团的编审股长李林和团员阮若珊受主任袁成隆之命，在费县白石屋村借助当地的花鼓调编写了歌曲《反对黄沙会》。此歌在反顽战役的政治攻势阶段，出色地发挥了瓦解敌人、教育群众、鼓舞我军斗志的重大作用，受到领导和广大人民群众的称赞。

为纪念《沂蒙山小调》的诞生，当地政府在村前建了一座纪念亭，立了一座纪念碑，亭前的一块天然巨石上刻着小调的原作者之一阮若珊女士于1999年8月17日亲笔题写的一行字——"深深怀念沂蒙

抗大一分校文工团员张伟强（左一）、阮若珊（《沂蒙山小调》词作者）、杨玲（右一）抗战时期在沂蒙的合影

山好地方"，寄托了作者对白石屋、对沂蒙山的一腔深情。

白石屋是个风光优美的小山村。西、北、南三面环山，形成一个"簸箕"状的山坳，村子就坐落在北面的山坡上，每个自然村有一二十户人家。小村依山傍水，错落有致，四面绿树浓荫，山石林立，村前小桥流水，山路弯弯，西面是海拔1000多米的天然屏障"望海楼"，极为隐蔽和幽静。

当年，在这种隐蔽而幽静的环境中，年轻的抗大文工团团员创作了旷世绝唱《沂蒙山小调》；借助这种隐蔽和幽静，《大众日报》的地下印刷所源源不断地向外传播着党的指示和抗战的消息。后来，人们根据形势的不断发展，又对歌词内容相继作了修改、充实和完善，渐渐撇开了反对黄沙会的词句，换上了抗日救国、反对投降的内容，给它注入了更强的时代精神。

建国以后，在长期的流传过程中，经过群众的不断加工修改，保留了原作的前两段歌词，第三段成为新词，方成今日的歌颂沂蒙山区风光的民歌——《沂蒙山小调》。

《沂蒙山小调》源于民歌，但高于民歌，不同于其他民歌。它凝聚了抗日战争时期军民的斗争信念，又凝聚了人民对未来美好生活的向往，它已经深深地根植于齐鲁大地，成为山东音乐文化的重要组成部分。

这首唱遍祖国大江南北，享誉世界的民歌，被联合国科教文组织列为世界优秀民歌。

抗大一分校文工团在沂南县孙祖镇东高庄创作的歌曲《跟着共产党走》不仅唱出了根据地人民的心声，同时也成为红色文化发展的概括：

> 你是灯塔，照亮黎明前的海洋；
>
> 你是舵手，掌握着航行的方向。
>
> 伟大的中国共产党，
>
> 你就是核心，你就是方向，
>
> 我们永远跟着你走，人类一定解放。

这首浑厚雄壮的革命歌曲《跟着共产党走》，于1940年6月诞生在沂蒙抗日根据地，充分反映了人民群众对党的无限深情和热爱，唱出了中华儿女的心声，唱出了人民群众坚信党的领导、坚决跟党走，抗日一定能够胜利的政治信念和政治立场。

2001年春天，笔者有幸在临沂采访了《跟着共产党走》这首歌

歌曲《跟着共产党走》的词作者沙洪与夫人姚明

的词作者、原中组部秘书长沙洪老人。

沙洪原名王敦和，1920年4月出生在安徽省萧县，1936年10月参加党领导的民主先锋队，当年底奔赴延安"抗大"学习，1938年5月加入中国共产党，1939年随"抗大"一分校转战到沂蒙山区，曾参加过孙祖突围战、大青山战斗等。

我请沙老讲一讲当年创作《跟着共产党走》这首歌的经过，老人充满激情地向我们回忆起了战争年代在沂蒙山区那艰苦卓绝的岁月。

"《跟着共产党走》（又名《你是灯塔》）这首歌是我和久鸣同志1940年夏天在沂蒙山区合作完成的。当时，我们都在'抗大'一分校做宣传工作。为了纪念中国共产党成立19周年，要在党代表会议上教唱同志们一首新歌，政治部宣传科长安征夫同志要我写歌词，并请作曲家久鸣谱曲。我和久鸣高兴地接受了这个任务，经过不到半小时的酝酿，我俩就完成了这首歌曲的创作。当时，这首歌所表达的感情、思想和信念，可以说完全是从我们心中迸发出来的。"

沙老说："当时，抗日战争进行了3年，国民党反动派惧怕以中国共产党为代表的人民力量，不断掀起反共逆流；日本帝国主义也把主要力量转到敌后战场，加紧对我抗日根据地军民进行扫荡和掠夺。中国共产党领导的敌后抗日游击战争，进入最艰苦的阶段。但是，这种'黎明前的黑暗'，不但没有吓倒人民，反而极大地提高了人民的抗战热情。人民群众很清楚地看到：3年斗争的实践证明，只有共产党领导的八路军、新四军才是坚决抗日的，真正和群众同甘共苦。因此，人民相信，不管困难有多大，夜有多黑，只要有共产党在，中国就不会亡，人民就不会当亡国奴，天空总会亮起来的。作为一个年轻的共产党员和八路军宣传战士，我从周围群众中经常感受到、看到和听到这种纯朴感情和坚定信念的表达。而我自己心中，也聚积着同样的情感和思想，随时准备呼喊出来。《跟着共产党走》的歌词，就是这样写出来的。久鸣的心情也和我一样，他用音乐语言表达了对党的真挚感情，唱出了人民的心声。"

"这首歌曲发表后，在抗日烽火中敌后条件极为困难的情况下，全凭口传手抄迅速流传至解放区和一些敌占区。这充分反映了那个时期广大人民对于党的深情和依赖，年轻的中国共产党充满活力，同人民群众血肉相连，既是团结群众的核心，又代表着人民革命的方向。"

这年秋天，沙洪不顾年事已高回到60年前歌曲创作地沂南县孙祖镇东高庄村。一下车，他就被早已迎接在村口的干部群众亲切地围了起来。沙老和老房东老党员亲切交谈，问寒问暖，动情地说："我在沂蒙山区生活战斗了十多年时间，对这块土地上的一草一木都有着特别深厚的感情，是沂蒙人民养育了我，培养了我。沂蒙山是我的第二故乡。"《跟着共产党走》这首歌应该是沂蒙山的歌，沂蒙人民心中的歌。

是啊！歌为心声，时势造英雄。战争年代沂蒙军民在党的领导下，为民族解放浴血奋战，促成了这首歌曲的诞生。这是一首信念和力量的壮歌，我们唱着这首歌，历经多少急流险滩，闯过多少惊涛骇浪，一路前进一路歌，万水千山只等闲，歌声歌颂着党的前进方向，歌声唱响了党的胜利篇章，歌声伴随着党的旗帜迎风飘扬。

1982年2月15日，沙洪的老首长、敬爱的徐向前元帅亲笔为这支歌题写了"动地军歌唱凯旋"七个熠熠生辉的大字。为了纪念这首歌曲的诞生，建党80周年纪念日这一天，临沂市和沂南县两级党委政府在创作地举行了隆重的纪念地揭碑仪式，山东省原政协主席李子超在病中题写的"你是灯塔"，在夏日阳光的照耀下显得格外醒目。笔者时任临沂市委宣传部副部长，有幸主持了这次具有重大意义的活动，临沂市委副书记张洪涛到会讲话。

2004年初，沙老因病在北京去世，他深深地眷恋着沂蒙这块土地和想念他的老区人民。根据生前遗愿，他的夫人姚明将他的骨灰一部分安放在北京八宝山革命公墓，一部分安放在《跟着共产党走》歌曲的诞生地。

"伟大的中国共产党，你就是核心，你就是方向，我们永远跟着你走，人类一定要解放！"这铿锵有力、气势磅礴的歌声，抒发了中国人民坚定不移跟着共产党开创美好新未来的豪情壮志！

笔者想，这两首歌是沂蒙红色文化的代表，是中国共产党人、先进知识分子和人民群众继承了古代沂蒙文化的精神特质，在沂蒙地区共同创造并具有中国特色的先进文化，蕴含着丰富的革命精神和厚重的历史文化内涵。

这两首歌是渊子崖村民心中的歌，更是沂蒙人民永远的歌。

五、八大剧团

渊子崖村建立民主政权后，抗日文化活动十分活跃，村里到处都可以看到抗日的标语，听到抗战的歌声，抗日救国活动开展得轰轰烈烈，有声有色。

特别是中共山东分局和省战工会机关、八路军第115师师部和抗大一分校转移到莒南县板泉区庞疃、渊子崖一带，给渊子崖的抗日工作注入了新的活力。

饱经战火洗礼的沂蒙人民，用不畏强暴、奋起抗争的血肉之躯践行了爱党爱军、无私奉献的高尚品质。正是这血与火的洗礼与锤炼，使以"大爱""忠诚""正义"和"实干"为本质特征的沂蒙红色文化得到了充分的彰显。

这年5月，为了激发抗日军民斗志，繁荣根据地救亡文化，扩大抗日宣传影响，中共山东分局书记朱瑞倡议，驻滨海根据地的党政军机关所属各专业剧团举行联合观摩演出，史称"渊子崖八大剧团会演"。

会演由当时的山东省战工会教导处、文教处和省文协具体组织，板泉区区长冯干三组织当地群众为会演做后勤和安全保卫工作。

从5月17日开始，八路军第115师战士剧团、抗大一分校文艺工作团、山东纵队教导二旅突进剧社、突进三分社、省妇救会姊妹剧团、鲁南黎明剧社、山东抗敌自卫军宣传大队、山东纵队鲁艺宣传大队等八大剧团举行了为期10天的联合大会演。

八个剧团有400多人来到渊子崖村。村民们热情地把自己住的房屋腾出来，打扫得干干净净，给剧团的干部、演员们住；当时村里几乎家家户户住上了文工团员。他们把新衣服、桌椅借给剧团作服装、道具用，为会演提供了有利条件。

山东军区文工团在莒南渊子崖演出时的合影

会演地址就选在渊子崖。戏台搭在村西头的一片背风向阳的空地上，量出一块舞台来在周围掘沟，把土堆到中间，台面就比平地高出一尺多，铲平压光，竖起木棒，挂上幕布，就成了土舞台。各剧团每天晚上轮流演出。

当时，每当夕阳西下，天不黑，周围七里八乡的村民们便脚步匆匆成群结队地从四面八方涌来渊子崖村观看文艺演出，一时渊子崖村车水马龙、张灯结彩、热闹非凡，犹如繁华的集市。

月亮升起来的时候，姊妹剧团的演出已经开场。台下人头攒动，前面大娘带着小娃娃，中间是姑娘小伙和大婶，后面站着全副武装的八路军官兵。

会演期间，鲁艺宣传大队演出由沙洪作词、王久鸣作曲的大合唱《跟着共产党走》。

当这首厚重、深沉、激越，蒙山一样巍峨雄伟，充满着阳刚之气壮美旋律的歌曲在根据地小村夜空回荡的时候，台上歌声雄壮激越，充满了自信，台下掌声阵阵，人心激荡，群情振奋。整个渊子崖村沸腾了。

突进剧社演出《清乡队》《回到前线去》，姊妹剧团与自卫军宣传大队演出《东京工人》《伤兵》，黎明剧社与突进三分社演出《小杜家庄》《十八勇士》，115师战士剧团演出《下关东》《马县长》《雷雨》，抗大文艺工作团演出《李秀成之死》等剧。

《李秀成之死》是阳翰笙编写的大型古装历史剧，在当时条件下，演出这样的剧目，在舞台、灯光、布景、服装、道具等方面都有较大困难。

抗大文工团在村民的积极配合下，因地制宜，因陋就简，千方百计创造演出条件。如：忠王府门前的圆柱就是炊事员用席卷成圆筒，用泥盆反扣做基石，糊上纸，再画上龙形图纹制成的，在汽灯光下，显得逼真而雄伟。饲养员学马叫也学得十分逼真，他一声"马叫"，引得拴在树林里的战马齐声嘶鸣，把忠王上场的威风烘托出来，博得观众齐声喝彩。

"八大剧团"排练和演出期间，山东省参议会副议长马保三，主动给演员们当顾问，介绍太平天国的历史情况，讲清朝服装和怎样行礼等知识。

中共山东分局书记朱瑞更是无微不至地关怀演出工作，把自己的马借给剧团用。每次演出前，他都亲自到后台去看望正在化妆的演员，鼓励大家演好；演出结束后，又亲自召集所有参加会演的人员谈观感，提意见。

著名作家刘知侠，不辞劳苦，用诗的语言为《李秀成之死》写了幕间解说词。他还在剧中扮演忠王府的卫士，手持大刀，纹丝不动地站着，演得十分认真，受到朱瑞的表扬，并号召八大剧团全体演员学习他重视群众角色、一丝不苟、严肃认真的舞台作风。

5月27日下午，八大剧团在渊子崖村举行会演闭幕式。中共山东分局书记朱瑞、八路军115师政治部主任肖华等领导人出席，各机关团体代表数百人和八大剧团全体人员参加了会议。山东省战工会副主任李澄之、山东省参议会副议长刘民生、山东省战工会文教处处长杨希文、山东省文化界救国协会会长李竹如等相继致词，祝贺演出成功，并要求各剧团再接再厉，为山东省戏剧运功的发展作出新的贡献。

最后，朱瑞代表评判委员会向先进集体和个人发了奖。当晚八大剧团举行文艺联欢会，庆祝会演圆满结束。《大众日报》于5月25日、6月4日分别报道了会演与闭幕的消息，并指出这次会演是山东戏运史上的空前盛会。

"八大剧团"在渊子崖村的演出，促进了沂蒙解放区文化活动的开展，进一步激发了群众抗日救国的热情。这次会演对于莒南县文化活动的开展更是起到了极大的推动作用。

当时《大众日报》曾报道："从洙边到大店，村村锣鼓响，庄庄有剧团。"八大剧团的演出，深深影响了渊子崖的村民们，在八路军115师政治部的帮助下，村里掀起了抗日文化活动的高潮，耍起了龙灯、旱船，扭起了秧歌舞，后来又以青年积极分子为骨干，组织了剧团，自编自演一些小节目，如小歌舞剧《破除迷信》《双参军》《查路条》

等,不仅在本村演出,而且还到周围村庄演出。以后又排演了京剧《谁养活谁》《木兰从军》等。

文化活动的深入开展,使渊子崖村村民们的觉悟不断提高,抗日救国的情绪越来越高涨,促进了各项抗战工作。渊子崖村在抗日战争时期是远近闻名的抗日文化村。村民们和文工团员经常高兴地唱着:

> 沂蒙山脉的高峰耸出了云天,
> 沂沭河的碧水泛起了漪涟。
> 这里是我们祖国美好的土地,
> 这里是我们世代相传的家园,
> 军民团结相依为命坚持抗战,
> 共产党为人民建立民主政权,
> 我们一定要粉碎敌人的进攻,
> 我们一定要争取灿烂的明天。

六、森严壁垒

1940年9月,八路军山东二旅第五团的独立营纪尊平营长和板泉区区长冯干三率领的抗日工作队来到渊子崖村。他们对村民进行抗战形势教育,揭露日军罪行,进一步激发群众抗日保家乡的热情,树立抗战必胜的信心,给群众以巨大的鼓舞和力量。

后来民主政府板泉区公所和区里的"农救会""妇救会""青救会"

等也在渊子崖村办过公。

村里成立了抗日民主政权后，村长林凡义和共产党员副村长林庆忠按照板泉区委和冯干三区长的要求在村里组织了300多人的抗日自卫队，编成了24个排。他俩

渊子崖抗日自卫战中使用的五子炮

经常召集自卫队员开会，在区长冯干三的指导下对自卫队进行整顿和训练。自卫队员们群情振奋，斗志昂扬，他们站岗放哨，分口把关，磨刀霍霍，着实威风！

村里还放手发动群众抢修围墙，并把过去打猎的"土枪"和防土匪用的"生铁牛""五子炮"、大刀长矛等武器重新收集在一起，准备随时打击敌人。

土枪也叫雁枪，有两米多长，只装铁砂火药，弹膛长，打得远，弹道也有半尺宽，是平时村里老百姓用来袭击野鸭大雁什么的。

"生铁牛"是一种土炮，有1米多长，底部装有引信，靠引信点燃火药。后粗前细，炮身厚1厘米左右，炮口有拳头大小，使用时一般由三人操作，一人瞄准把握方向，一人点引信，一人装弹药，打一炮得现朝炮膛里装一次弹药。

"五子炮"，是渊子崖村的一大发明创造，由村里的工匠用生铁铸成，炮筒粗大，两米多长，重70多公斤，因有五个炮核而得名。作战时，用炮架固定好，一般需要五个人，一个看目标，一个调炮位，两个装火药，一个点火。可装铁砂、钢珠、钢钉、石头，或者碎锅铁、

碎铲头片等锐金属，打出来成扇子面，射程近200米，很有杀伤力！

当时村里有九门五子炮、七八门生铁牛和十几支雁枪。村民把枪炮安置在射击位置，各炮有平时训练好的炮手、点火手和装药手。

据渊子崖村的老人回忆，在民国初期那个兵荒马乱的时代，土匪经常到各地抢夺老百姓的家财，掠夺青年妇女，尤其是有钱人家，更是他们袭击的重点。

当年为躲避匪盗祸乱，阻挡土匪袭击，渊子崖村村民自发出资修筑了五里多长"三合土"的围子墙，把全村包围着。

要说渊子崖的土围子修得可是没的说。庄西的大汪、庄南庄北的大深沟、庄东的大墩，形成了四面天然的屏障。

土围子有四米多高，顶部近两米宽，用碎石做墙基，墙面用木板打紧，墙心用石夯夯实。在围子墙东西南北对称修有八个六米多高的炮楼，砖石砌成，每面留两个炮眼，里面能活动四五个人，备有土枪土炮和其他武器。

围墙不远处，还有一些竖起的木棍担上门板的架子做瞭望哨。南北正门有三米多高的门楼和厚厚的松木对开大门，门栓有碗口那样粗，这样的地理条件易守难攻。

围子墙下是又窄又长的更道，绕围子里转一圈，走两人能对面错开。外底部有四五米宽的壕沟，三米多深，清澈的水流缓缓绕村而过。

夜间，土围子大门紧闭，村里青壮年佩戴火枪、大刀、长矛、木棍等武器，轮流值班打更巡逻，保卫着村庄。

渊子崖村历史上曾创办过武学和大刀会，组织村民练武，并带动周围村庄抗击土匪，是周围远近闻名的英雄村庄。

1927年6月，有一大股土匪来袭击渊子崖，妄图掠夺百姓的钱财，被渊子崖村男女老少齐上阵给打跑了。从那以后，方圆几十里的土匪都知道渊子崖村人心齐又习文练武、民风彪悍，没有敢来惹他们的。

真是森严壁垒，更加众志成城！

当时村里流传着这样一首歌谣：

修建土围绕村庄，墙下深壕水荡漾。

家徒四壁防贼寇，社会黑暗难保障。

第二章　日伪罪恶

自从地球上有了战争，就有了军队。不义之师，乃战争之罪人；正义之师，乃和平卫士。

1937年7月7日，日本帝国主义者制造卢沟桥事变，悍然发动了全面侵华战争，中华民族的全面抗战从此开始。

由于国民党第三集团军总司令韩复榘不战而逃，12月27日，济南沦陷。1938年初，日寇的铁蹄踏进沂蒙山区，在莒县和临沂遭到了中国军队的顽强抵抗。4月21日，日军攻占临沂城，随即对居民展开了一场惨绝人寰的大屠杀，残害无辜三千有余。

家贫出赤子，国难见忠贞。在中国共产党的领导下，不愿做奴隶的人们奋起抗日，一大批不屈的沂蒙儿女挺胸站了出来。

"熬过今明两年，这一难关渡过，胜利就在前面。""只要百折不回地奋斗下去，最后的胜利必属于我们。"党中央和毛泽东同志对山东工作的指示极大地坚定了沂蒙军民的胜利信心，像黑夜的火炬，为我们照亮了前进的道路。

古城临沂是笔者出生的地方，小的时候就多次听爷爷奶奶讲，当年日寇攻占临沂后惨无人道的暴行。

那时，我家的老宅就在城里靠近沂河的北三孔桥，鬼子来时，爷爷参加抗日去了。40岁出头的奶奶带着年幼的父亲东躲西藏，整日提心吊胆，城里呆不住了跑到乡下，日寇搜查时枪杀了我邻居一家老小三口人，日军飞机轰炸时还炸塌了我家的房子。奶奶在世时，每当说起这些事情，饱经沧桑的脸上总是写满了愤怒，这一幕让年少的我永远铭记在心。

一、临沂屠杀

济南沦陷后，1938年2月，日本最精锐的部队之一坂垣第五师团主力坂本支队及伪军刘桂堂部约两万人，自胶济线南犯诸城、沂水、莒县，直扑临沂。

第五战区司令长官李宗仁电令第三军团庞炳勋部，火速赶到临沂坚守。临沂前线，战事激烈，连电告急。第五战区急电令第59军张自忠部增援临沂。

经过一个多月的激战，第40军、第59军全体将士与当地人民群众并肩浴血战斗，临沂保卫战创造出打死打伤日寇6000余人的光辉战绩，挫败了日军由津浦路和临沂两路夹击台儿庄的计划，奠定了台儿庄大战胜利的基础。

4月21日，中国军队撤离，日军攻进临沂城。这支攻占南京，参与屠杀我南京30余万同胞的板垣师团坂本支队，又在鲁南这座古城大施淫威。

这期间日军每天派六七架飞机轰炸临沂城。其中一颗炸弹落在城内北大街路南王贞一杂货店的地窖口，在地窖里藏身的30多人全部遇难，无一幸免。在西门里天主教堂内避难的居民，被炸死炸伤300多人，教堂内外，血肉横飞，修女尤姑娘、夏姑娘，还有一信童也被炸死。尤姑娘被炸得血肉四溅。

敌机在临沂城狂轰滥炸，并投下大批燃烧弹，引起全城大火。日军在坦克掩护下，步步紧逼。黄昏时分，城内守军撤走，百姓乱作一团，男女老幼争相从南门逃走。

日军进城后，一场前所未有的大屠杀也随即开始。他们在大街小巷密布岗哨，架起机枪把住路口，然后逐巷挨户搜查戮杀。凶残的日本鬼子，遇到男人就枪杀，遇到妇女先强奸再枪杀，老人、孩子也不能幸免。

城内西北坝子3个防空洞及西城墙根，躲藏着480多名居民，被日本鬼子发现，用机枪扫射，用刺刀刺杀，全被残害。宁振芳全家10口人，在西北坝子城墙洞里避难时，被刺刀穿死9口。那时她是一个婴儿，钻到娘怀里吃奶，未被刺死，街坊陆大爷收尸时才救出，抱给宁孙氏大娘扶养。

茶棚街胡士英家里防空洞较宽大，里面藏的人很多。日寇堵住洞口用机枪扫射，向洞内投掷手榴弹，洞内死者无数，日寇在离开时，还在大门上书写"此地死尸大有"。日寇在南门里路东一家杂货店的防空洞搜出20多人，全部用刺刀刺死。北门里路西一老太太卧病在床，危在旦夕，她家7口人围守病床，未来得及躲藏，日寇闯进她家，将男的全刺死，逼着女的背起老太太一同投井，因井底死人太多，没有全部摔、淹死，老太太的女儿和外甥女幸免。一次，日寇驱赶着30多人清扫北大寺，干完活后，喊叫着出来站队点名，用机枪扫射，全部用枪打死，尸体被推入大汪内。

住在临沂城南关美国医院近百名国民党军40军的伤员，耳闻目睹日寇对临沂人民的浩劫，他们决定宁可死在旷野里，也不死在日本鬼子刺刀下，夜间向郊外转移，许多重伤员死在医院附近的麦田里。后来当地老百姓悄悄地为他们收了尸。

集体屠杀最残酷的一次，发生在西门里天主教堂附近。成群结队的居民，他们因未来得及逃脱，想跑到德国天主教堂避难，可人面兽心的德国神甫紧关教堂大门，门前聚集的700多人，被丧心病狂的日本鬼子架起机枪从东西两面扫射，大街之上，无遮无掩，两头机枪堵住夹击，700多名群众全遭杀害。一时尸体成堆，血流成河。事后日寇用汽车拉了好几天，才把尸体运完。

日寇在临沂大屠杀

灭绝人性的日寇强盗光天化日之下强奸、轮奸妇女，然后杀死。

老营房巷东一姑娘，被日军轮奸致死。西门里太公巷一少女，被多名日军轮奸，因呼救挣扎，当即被刺死。城院庙东杨家园有一眼水井，因日寇挨户杀人，强奸妇女，各家妇女不甘受辱，纷纷逃出来跳井自尽，顷刻间，尸体塞满井筒。

日寇在城内疯狂屠杀十几日，又在火神庙旁和南门里路西，专门设了两处杀人场，变着花样杀人取乐，砍头、挖眼、剖腹、割生殖器、火烧、活埋、狼狗咬、刺刀刺等。市民王学武的父亲被剁成3截，市民徐延香、吕宝禄等被狼狗咬死。

日寇在血腥大屠杀的同时，还纵火烧城，从火神庙以西，僧王庙前到聚福街东，洗砚池以南，北到石牌坊、杨家巷到刘宅一带，大火连续六七天不熄，城西南隅化为灰烬。南关老母庙前、阁子内外，房屋全被烧。整个临沂城，瞬间变得一片凄凉；短短十几天，全城被害居民2840余人，加上城郊被害的，共有3000人以上。

日寇在临沂的大屠杀，在人类文明史上留下了野蛮、可耻的记录。日寇的暴行罄竹难书，沂蒙人民是永远不会忘记的。

二、鬼子轰炸

莒南县史志办公室李祥琨同志在《红色莒南》一书中以大量的铁一般事实对日寇在抗日战时期，侵占沂蒙山区的莒南，扫荡烧杀，残害无辜，无恶不作，日军飞机多次轰炸大店、刘家庄集、址坊、朱家洼子等的罪恶进行揭露。

其中在"日寇飞机轰炸扫射刘庄集血案"文章中写道："事情尽

管已经过去很多年了，随着岁月的流逝，当年惨案的亲历者、目击者、幸存者已经不多，然而日寇飞机轰炸扫射刘庄集，大肆残杀无辜平民百姓，造成数百名善良群众（包括妇女儿童）血肉横飞，惨绝人寰的一幕，至今仍在沂蒙人民的心头记忆犹新。"

人们不会忘记日本帝国主义者对中国人民犯下的滔天罪行，不会忘记日本侵略者的暴行、兽行所给人民带来的深重灾难。这血海深仇是不会轻易从中国人民的心头抹掉的。

刘家庄集地处临沂以东，莒南以南的沭河东岸，离渊子崖村只有五里地，自古交通便利，商贾云集，是远近闻名的大集镇。到清朝嘉庆年间刘庄集越发风光红火，从民间流传的对联中可窥视出当时刘庄集的繁荣与昌盛，"刘庄集集五岳之物品，万宝地纳四海之宾客"。至1938年，虽时局动乱，然刘庄集仍然热闹非凡。

1938年5月30日（农历五月初二），刘家庄逢大集。上午10点钟，人们隐隐约约地听到空中传来嗡嗡的马达声，这对从来没有见过飞机的庄户人家来说，当然不会引起他们的警觉。转眼之间，飞机就到了头顶上。飞机飞得很低，隆隆的马达声盖过了集市的喧哗。

当人们还没有弄清是怎么回事的时候，一场灾难降临到了他们的头上。占据青岛的日军空军部队的一架飞机从东北方向飞来，对准人多的地方先用机枪扫射，然后在集市西南部粮食市扔下一颗炸弹，打了一个趔，又在集市北部的海货市和烟叶市交接处扔下一颗炸弹，炸得人骨横飞。很多赶集的人想跑到刘家庄的围子里躲避，由于人多拥挤，许多人被挤死或挤倒踩死。

据老人回忆，那炸弹从远处看有一尺多长，形状像秤砣。这个炸弹落在集市西南部粮食市一棵大枣树下，"轰隆"一声巨响，人群立刻倒下了一大片。那时赶集的群众为防雨和防太阳暴晒，都带着苇笠，披着蓑衣。炮弹响处，只见浓烟滚滚，烟雾和尘土腾空而起，苇笠、蓑衣满天飞，那棵大枣树被炸得粉碎，树下当时被炸死十几人。有的尸体被炸得无影无踪，血肉漫天飞。这下子，整个集市乱了营，哭喊声、惨叫声撕心裂肺，人们扔下手中的货物开始不顾一切地逃命。他们已经意识到——传说前些日子日本鬼子炸临沂担杖街集的惨祸已降临到自己头上了，在莒南县轰炸集市的血案竟从这儿开始了。

日军飞机见寨门口人多，又疯狂地用机枪来回扫射，霎时，刘家庄西门外就躺下了90多具尸体。刘家庄大集的西边是一条大河，水深1米多，许多人跳进河里逃命，又被日机扫射，鲜血染红了大地和河水。

祸从天降，一个热闹的大集顷刻毁于一旦。一具具缺头少腿的尸体横七竖八地躺在地上，凄惨的哀号声令人耳不忍闻，毛骨悚然。

这次被日军炸死、射死300余人，伤者无数，经济损失无法估量，刘家庄周围村村都有伤亡。刘家庄一带，天天哭声不断。还有很多外地人赶来寻找亲人的尸体，无法找到，只好祭奠一番，号哭而去。

渊子崖村被炸死两人，其中一个是林九义的母亲。林母当时已50多岁，见鬼子飞机扔炸弹，赶紧往围子里跑，寨门口挤不动，前面的人被后面的人拥倒，后面的人从前面的人身上踏过去。她年纪大，又是小脚，行走不便，当场被拥倒踩死。事后，当其子林九义找到母亲尸体时，还是软的。

日本强盗的这次轰炸扫射，给人们造成了巨大的灾难。生命财产的损失无法计算，惨案在人们的精神上形成了难以愈合的创伤。当地老百姓耳闻目睹了日寇残暴的罪行，激发了他们对日寇的刻骨仇恨，也更激发了人们抗日的热情。

在这种情况下，渊子崖村在党的领导和影响下抗粮抗捐都搞得红红火火，为周围村庄对日伪斗争作出了表率，也成为了敌人的眼中钉、肉中刺。

三、日军阴谋

日寇占领了莒县和临沂城后，侵略者又把魔爪伸进了沂蒙山区东部，他们在离渊子崖村不远的沭河西岸小梁家等村建立了据点。

1941年日本侵略中国的战争正处于双方相持阶段，日军大本营为了改变战略态势夺得战争主动权，解决国内因战争持续而激发的重重矛盾，重新起用在中国战场"屡立战功"的畑俊六，接替他的前任西尾寿造，负责统一指挥侵华日军的侵略活动。

抗日战争到了最艰苦的岁月。日军为推行其第三次"治安强化运动"，摧毁沂蒙山区抗日根据地，对沂蒙山区进行"铁壁合围"的大"扫荡"。

1941年11月，临沂机场警戒森严，全副武装的日本宪兵十步一岗，五步一哨，整齐地排列在飞机跑道两侧。

时间不久，一架飞机出现在机场上空，随后带着尖厉的呼啸声俯冲下来，跑道上尘土飞扬，迅速遮蔽了两侧的仪仗队列。

机舱打开，一个两鬓花白的日军将领走下了飞机。他就是这年3月份继任中国派遣军总司令官的畑俊六。

畑俊六现年60岁出头。他曾担任过日本驻台湾军队总司令官，因推行殖民化有功，1937年被起用为日本陆军教育总监，1938年又被派往上海，任日本派遣军上海方面指挥官。畑俊六官运亨通，1939年担任日本阿部内阁陆军大臣，1940年又连任米内内阁陆军大臣。他还担任过天皇侍从教育长，与日本宫廷有着相当亲密的联系。

任职后，他先于1941年8月派冈村宁次到南京同汪精卫进行了会谈，又于9月亲临华北视察军情。由于冈村宁次正在晋察冀、太行等地区大举展开"扫荡"作战，畑俊六顿觉山东地区"剿共"不力，于是亲临现场，指挥驻扎这里的第12军展开新一轮大规模"扫荡"。

畑俊六和12军司令官土桥一次郎来到第17师团部，茶水未沾就先换上和服，下起棋来。17师团长平林盛人中将也在一旁兴致勃勃地观战，唯有木乡义夫烦躁不安地来回踱步。山东战场空前规模的大战已经拉开了序幕，木乡想象得到在他的军司令部里收发报的吵闹声足可掀翻整座大楼，而在这里司令官们悠闲得令人难以忍受。

几个小时过去了，不见一位军官前来报告军情，只有3位身着和服的老头悄无声息地端坐着，仿佛整个世界都不存在了。偶尔发出一声棋子敲打棋盘的脆响，然后又陷入了漫长的死亡般的寂静。

木乡义夫少将忍无可忍，终于鼓起勇气几步跨到棋盘前："总司令官阁下，我想向您介绍敌我双方态势和沂蒙地区中共军情况。"

畑俊六正在低头沉思，猛然听到如此高亢的声音不禁愣住了，他慢慢抬起头，目光流露出明显的不悦。

土桥一次郎摇头苦笑："大将，这盘棋算我输了。"

畑俊六挺直身子，用冷冷的目光将木乡义夫打量了一番："木乡君，愿闻高见。"

木乡义夫开始滔滔不绝地说起来："沂蒙地区之共军以徐向前为总司令，以山东纵队主力第1、第2旅和八路军第115师部队为基干，兵力约3万人。山东纵队的司令官名叫张经武，其司令部驻在张铁谷，徐向前的司令部在张铁谷东北约40公里的沂南县孙祖，第115师的指挥官名叫陈光，其指挥部游移不定，据估计目前也在沂蒙。上述共军在临沂、蒙阴、沂水的三角地带之沂河流域发展势力，进行赤化工作……"畑俊六起身，反剪双手，见木乡义夫还在口若悬河，不禁发出一阵令人毛骨悚然的冷笑声。

突然，畑俊六的冷笑声戛然而止，说道："木乡君，本司令官对你的工作如此差劲儿深表遗憾。据我所知徐向前离开山东至少有十几个月了，半年前我还在重庆方面的报纸上看到徐参加延安民间活动的照片。八路在山东的所谓第一纵队早就撤销了。你所说的山东纵队的司令官张经武早在一年前就经常出现在延安的新闻报道中，他根本就不在山东。作为山东驻军的最高级参谋官，居然对敌情一无所知，应该深刻反省！"

木乡义夫被畑俊六训得冷汗直冒。这位狂妄的年轻将领半年来根本没对他的中国对手正眼瞧过一眼，他与东京的少壮派军官勾结密切，眼睛一直盯在动荡不安的日本政坛上。

畑俊六对木乡义夫这位激进派的所作所为是有所耳闻的，因而借机一顿猛训："不尽忠职守的军官应予严厉制裁！本司令官念你曾立军功，暂免处罚，望以此为戒深刻反省。"随后挥手，"退下，混蛋！"

"嗨！"木乡义夫深鞠一躬，转身离去。

畑俊六哈哈大笑："少壮派威风扫地啦，土桥君，继续下棋！"

"此次作战目的是要剿灭沂蒙，也就是临沂、沂水、蒙阴一带的共军，消灭其根据地。"畑俊六对第12军司令官土桥一次郎说。

"近年来，我们一直全力剿共，可是由于共军日渐强大，所以成效甚微。"

土桥一次郎有些诚惶诚恐。

畑俊六看了他一眼："据你的掌握，现在山东共军实力如何？"

土桥一次郎道："山东沂蒙山区共军主要有：一部分是第115师，拥有6个教导旅，和1个鲁南军区共9万人；另一部分是山东纵队，也发展到5个旅，和鲁中、胶东、清河、滨海4个军区共8万人。加起来足足17万人，在数量上已超过第12军。"

"这个，你不用担心，我自有安排。"畑俊六摆了摆手，"现在冈村宁次已结束对太行区的'扫荡'，我专门要求他派第1军的部分兵力前来协助山东作战。"听到此话，土桥一次郎的脸上立即浮出了感激之情。

畑俊六接着侃侃而谈："你的兵力再加上第1军的部分兵力，我们可以调动4个师团、7个独立混成旅团，再加上马寿彭的剿共军第11军，总兵力在10万人左右。但是共军有多少？我们这次不是'扫荡'整个山东，而只是沂蒙地区，以共军第115师师部和山东纵队指挥部为中心目标。在这个区域里，共军只有第115师的教导第5旅以及山东纵队的第1旅和第2旅，兵力总计不超过25000人，敌我对比1：4，我方占有绝对优势。"

"司令官对敌我情况掌握得如此详细，属下佩服！"土桥一次郎道。

畑俊六没有立即答话，而是若有所思地沉默了一下，然后才缓缓说道："待大功告成，我们再举杯同庆吧。现在你必须抓紧时间部署兵力，11月5日，正式展开作战。我要与你共赴前线，亲眼目睹共军的覆灭。"

侵华日军为摧毁沂蒙山区抗日民主根据地，1941年11月初至12月中旬，调集在山东境内的第17、20、21、32等4个师团和5、6、11等8个旅团，配属空军、坦克部队，以及伪军共计5万余重兵，在其派遣军总司令畑俊六的指挥下，采用"铁壁合围"战术，对沂蒙山区进行空前残酷的大"扫荡"。

1941年冬，临沂日军司令部，天气阴冷，抗日战争到了最艰苦的岁月。

山东临沂城日军司令部的作战指挥室内，巨大的地图占据了整个一面墙。

图上红色的箭头均指向沂蒙大青山地区，形成醒目的包围圈。箭头的后部，均用日语注明了部队番号。

日军正在举行高级军事会议，驻华日军司令官畑俊六大将坐在面对地图的椅子上。

在他的两侧，是第12军司令官土桥一次郎中将、第21师团长田中久一中将和第32师团长井出铁藏中将，以及数名佐级参谋军官，众人都看着地图。

参谋刚讲解完。

土桥一次郎："这次合围作战，各师团的任务已经说明，诸君还有什么问题吗？"

田中久一:"计划很完备,指示也很明确,没有问题。"

土桥一次郎:"此次合围,由畑俊六阁下亲自坐镇临沂指挥。现在,请畑俊六大将训示!"

畑俊六站起来,微微低头向各位军官示意。众人皆鞠躬还礼。

畑俊六:"八路军115师等在山东活动频繁,建立了广大的根据地。皇军征服整个支那的计划因此而受阻。"说到这里,畑俊六用目光环视四周,并恶狠狠地说:"东京大本营电令,调集3个师团和4个混成旅团,实施铁壁合围彻底消灭八路军115师主力。"说到这里畑俊六又加重了语气:"平定沂蒙,在此一战。请诸君努力!"

日军众官全体起立,齐声吼道:"嗨!"

第三章　抗日烽火

　　大战迭起，胜利危艰！母送儿，妻送郎，最后一子，送战场。一口饭，做军粮，一块布，做军装！爱党爱军，豪情天纵。

　　历史永远不会忘记，八年抗战期间，地处战略要地的临沂始终是日本法西斯侵略者的重要目标。这块土地上的人民，遭受了深重的灾难，20多万人惨遭杀害。国难当头，民族危亡之际，在中国共产党的英明领导下，数百万优秀沂蒙儿女同仇敌忾，前仆后继，先后有4万多名抗日将士血洒疆场。在民族解放战争史上，用鲜血和生命谱写了光辉灿烂的篇章。

　　这里每一块土地、每一座山头都燃烧过抗日的烽火，都经历了血与火的洗礼，都渗透着抗战军民的鲜血。每一个村庄都留下了抗击侵略者英勇悲壮的故事。

　　从侵华日军进入山东的那一天起，在这块盛产血性汉子的土地上，抗日烽火燃起，抗日活动一天也没有停止过。

20世纪40年代初，战争乌云始终笼罩在苦难的鲁南大地上，腥风血雨弥漫着整个沂蒙山区。在日伪的疯狂"扫荡"下，广大人民生活极为困苦。一些恶霸地主、土匪武装和汉奸也打着抗日的旗号横行霸道，敲诈勒索，残害人民。穷苦的百姓苦不堪言，度日如年，过着"白天怕见人跑，夜里怕听狗咬"的日子。

渊子崖的村民们在这种情况下，一方面要与不断来骚扰的敌伪势力作斗争，另一方面要克服困难，勒紧腰带，搞好生产，积极支援抗日活动。

一、共渡难关

中国抗日战争进入相持阶段后，日军逐渐增加在华北的兵力。

日军连续推行"治安强化运动"，企图用刺刀、警犬、手铐来镇压敌占区人民的反抗，用频繁的扫荡和实行"烧光、抢光、杀光"的三光政策，结合大规模的蚕食，来摧毁我抗日根据地。

1939年到1940年，敌人在山东出动千人以上的"扫荡"共25次，其中万人以上的两次；到1941年和1942年千人以上的"扫荡"增加到70余次，其中万人以上的九次。敌人的"扫荡"一般多采取"分进合击"，也采取反复平行推行的梳篦式"扫荡"。在多次"扫荡"失败后，敌人又集中更多的兵力，采取大纵深重重包围的"铁壁合围"战术，到1942年又发展为更为残酷毒辣的"拉网合围"。

经过敌人的连续"扫荡"和大规模蚕食，加上国民党军队的夹击，我根据地受到了很大损失。抗日战争到了最艰苦的岁月。当时在沂蒙纵横不过50公里的地区，在鬼子的一次"扫荡"中，群众被杀害

3000多人，牲畜被抢去万余头，粮食被掠夺160余万斤，民房被毁5000余间，不少地区的群众断炊。部队和老百姓都以米糠、地瓜蔓、树叶、草籽充饥。

根据地面积在缩小，部队减员较大。军械、弹药、被服、医药极端缺乏，有个别部队的战士夏天还穿着破棉袄，而冬天却在打赤脚。许多部队的战士枪里只有几发子弹。然而沂蒙抗日根据地的军民并未被这些困难所吓倒，他们在困难面前挺起脊梁，开展大生产运动，自力更生，开荒种田、种菜，养猪养鸡，纺线织布，团结一致，不屈不挠，共渡难关。

这年春天，灾荒十分严重，许多老人和孩子都饿得面黄肌瘦。当时的莒南县抗日民主政府县长王东年同志看在眼里急在心里，夜里睡不着觉，最后想出来个办法。他写信给老家，让老家把祖坟老林的几十棵大柏树锯倒，找人用小推车运到沿海卖给渔民造船用，卖了200多块银元送来。

王东年县长将银元给县府机关食堂一部分，补贴伙食，其余全部救济了灾民。群众纷纷说："旧社会到处是贪官污吏，现在的王县长却把祖林的树卖掉救济老百姓，这才是俺们的好县长啊！"

在生活陷入极端困难的时期，沂蒙人民冒着生命危险保护党政军工作人员，有的宁可自己的孩儿饿死，也要把八路军干部的孩子抚养好。有一点粮食也要送给自己的军队，有的把自己仅存的一只老母鸡给伤病员滋补身体。

1964年8月12日，北戴河。一场感人至深的革命现代京剧——《红嫂》正在演出。舞台上的剧情深深地感染了在台下观看的共和国主要领导人。演出结束时，毛泽东、朱德等党和国家领导人走上舞台，与剧中"红嫂"的扮演者张春秋和剧组成员亲切握手。毛泽东主席要求把《红嫂》拍成电影，教育更多的人，培养更多的共和国的"新红嫂"。不久，中央歌剧舞剧院就遵照毛泽东主席的指示，将"红嫂"的故事改编成舞剧《沂蒙颂》，在全国演出后引起强烈反响。

蒙山高沂水长，

我为亲人熬鸡汤。

续一把蒙山柴，炉火更旺；

添一瓢沂河水，情深意长。

愿亲人，早日养好伤，

为人民，求解放，重返前方。

舞剧《沂蒙颂》

这是舞剧《沂蒙颂》的主题歌,这首歌真实地反映了"沂蒙红嫂"救护伤员、与子弟兵血乳交融的感人情景。如今,"红嫂"已经成为中国妇女拥军模范的象征,铭刻在了人们的心中。

　　"红嫂"是一个英雄的群体,用乳汁救伤员的明德英就是这个群体中的典型代表。

　　《沂蒙颂》源于一个真实的故事。故事发生在抗日战争时期的沂蒙根据地。1941年冬,日本鬼子对沂蒙抗日根据地发动大"扫荡",八路军山东纵队司令部突然被日军包围。激战中,一位年轻的战士身负重伤突围,踉踉跄跄地向马牧池乡横河村奔来,身后跟着一群追击的鬼子。明德英是横河村的一位普通村民,从小聋哑,当她发现八路军伤员危急时,立即掩护他躲进一座空墓,然后用树枝盖好。鬼子赶过来,围着墓转来转去,就是不见八路军战士的影子。鬼子让明德英找出八路,她顺手向西边指了指,鬼子便向西山追去了。见日寇走远,明德英便急忙将小战士背回家。这时,伤势很重的小战士已经昏迷不醒,生命垂危。当发现他嘴角干裂,呼吸困难,急需用水时,明德英毫不犹豫地解开衣襟,将奶水挤进了战士的嘴里。

　　小战士终于苏醒过来,明德英又急忙用盐水为他清洗伤口,并把家里仅有的老母鸡杀掉,熬成鸡汤给伤员滋补身体。半个月过去了,在明德英的细心照料下,这个名叫庄新民的小战士终于痊愈,回到部队,又重上战场。

　　视军人为亲人,宁愿牺牲自己,也要保护人民子弟兵。在残酷的战争环境中,有无数负伤、养病和寻找部队的革命战士,在沂蒙人民的掩护下,一次次躲过敌人的"扫荡"和搜查,躲过各种危难和险局，在万分危机中转危为安。为了掩护人民子弟兵，许多沂蒙乡亲经受了敌人残酷的毒打和非人的折磨，甚至献出了宝贵的生命。

1941年11月的一天下午，一名八路军重伤员被送到被誉为"沂蒙母亲"人称于大娘的王换于家里。伤员的伤势严重，浑身血肉模糊，前胸、后背和四肢的皮肉都像被烙熟了一样，一块一块地往下掉。王换于急忙给他擦洗伤口，并叫老伴慢慢地撬开他的牙齿，让女儿用汤匙将红糖水慢慢送进他的嘴里。经过三天三夜的悉心照料，伤员终于脱离了危险。

伤员叫毕铁华，是大众日报社的同志。1941年11月"留田突围"后，在依汶北大山坚持游击活动的毕铁华、王雁南等同志回到依汶村察看大众日报社掩藏的印刷材料和其他物资，不料夜里突遭敌人包围，毕铁华被捕。敌人对他严刑拷打审问，毕铁华始终拒不回答。敌人恼羞成怒，点起一堆木柴，用烧红了的刺刀烙他的身体。从夜里一直被折磨到第二天上午，毕铁华身上百分之八十的皮肉被烙糊了。

为了早日治好毕铁华的烫伤，王换于到处打听民间验方。听说獾油拌头发灰能治烙伤，她就爬上南山找到一家猎户，托他打了一只獾，又把自己的长发剪下来烧成灰，和好后给毕铁华搽敷。后来她又听说"老鼠油"是治烧伤的特效药，就想法搜集来，搽敷后没几天，毕铁华的伤处就结了痂，不再流脓淌血了。为了安全，王换于把毕铁华转移到山洞里，并让老伴在洞外站岗。在王换于的精心护理下，40多天后，毕铁华终于恢复了健康。

毕铁华要重返前线了。行前，他"扑通"跪在于大娘脚下："娘呀，俺再生的亲娘啊！走遍天涯海角俺也忘不了您……"

沂蒙母亲王换于老人和当年被救的伤员毕铁华

1966年深冬的一天，从广州来了两位搞外调的同志，闯进了王换于孤寂的小院，开口便问于大娘认识不认识毕铁华。于大娘干涸的眼里立刻露出一丝光亮："怎么？他还活着？派你俩来看俺？"

两位外调人员告诉于大娘：毕铁华是广州珠江海运局党委书记，现已被造反派隔离审查，造反派说他被日寇抓住后叛党投敌，而毕铁华却说你于大娘最了解这段历史……于大娘听罢，眼睛里的那丝光亮霎时黯淡了：毕铁华呀，毕铁华，你走后，大娘念念叨叨，盼咱娘俩儿再见一次面，可你连个口信儿都不捎来，1954年俺托人找你帮俺解解那心中疙瘩，你连个音儿也不曾回，眼下你遇到难处，才又想起俺这孤老婆子……

见于大娘阴沉不语，外调人员说："老大娘，毕铁华是黑是白，全仗你老作证了……"

一听这话，于大娘仿佛觉得亲生儿子正被刀剐凌迟："那好，俺就拉拉那骨节事儿……"

老人动了感情，把毕铁华被捕、斗争、营救、养伤的过程讲得有根有蔓，还不时撩起衣襟擦着眼窝儿，外调人员边听边唏嘘嗟叹。他们记录下大娘的讲述，打开印盒让大娘摁个手印。大娘伸出那风干的手指，在打补丁的裢子上蹭了蹭，然后在印泥盒里用劲一按，在外调材料上重重印下了自己的手纹。老人抬起头："还往哪里摁？俺再摁！"

外调人员说："大娘，有您这一个手印就足够了……"

可敬的沂蒙母亲呵，你默默做着你认为应该做的一切，脑子里似乎从未旋转过"报答"的念头，这伟大的爱，来自母亲那崇高的天性，是山泉出自大山的自然涌流！

军民团结如一人，党政关系亲如一家，于大娘的故事成为千古传颂的佳话。

抗日战争时期，以沭河为界，沭河以西的临沂被日本侵略军占领，沭河以东的莒南县（当时称沭水县）就是抗日革命根据地，当时属沭水县的板泉区渊子崖村正处在敌我交错的拉锯的边沿区。鬼子汉奸经常到河东来扫荡，残杀百姓，抢劫财物，奸淫烧杀，无恶不作。

他们把河西敌占区的百姓搜刮得干干净净之后，又把重点目标转向了河东。距渊子崖10多里的小梁家据点的汉奸常来派什么"地亩税""人头税""慰劳捐""手提款"……要粮逼款，横征暴敛。

但渊子崖的村民并没有顺从敌人，他们对鬼子汉奸恨之入骨，只要鬼子汉奸来要粮逼款，村民就敢以"冷脸"相对，要粮没有，要钱更没有，要什么也没有。

为什么渊子崖村敢如此独树一帜？有着光荣传统和斗争精神的村民们说："村里建立了抗日民主政权，成立了村自卫队，有八路军当靠山，我们不怕他们！"

渊子崖越红火，河西的日伪军越恨，他们蓄谋已久，要拔掉这颗"眼中钉，肉中刺"。

二、血肉长城

沂蒙的秋天，本是春华秋实、硕果飘香的季节。

可这一年的秋天繁花凋零，阴风阵阵。秋叶慢慢从树上缓缓飘落，给人一种凄凉、悲壮的感觉。

渊子崖村成立了民主政权后，各家各户都动员起来了，抗日活动搞得红红火火，还有几个小伙子参加了八路军。

10月初，中共中央山东分局和山东军政委员会，根据日军增兵山东的动向，判断日军有集中兵力以沂蒙山区为中心进行长期"扫荡"的可能。于是指示全区党政军民紧急动员起来，做好反"扫荡"的一切准备工作。在反"扫荡"作战中，第115师和山东纵队由第115师政治委员罗荣桓和代师长陈光统一指挥。

日军此次"扫荡"分三个阶段。11月2日至11日为第一阶段，是敌之"合围"与抗日军民反"合围"的斗争；11月12日至12月上旬为第二阶段，是敌之"清剿"与抗日军民反"清剿"的斗争；12月上旬至中旬为第三阶段，是日军"扫荡"受挫逐步撤退，而抗日军民奋起反击的阶段。

"扫荡"之始，日军首先采取分进合击、远距离奔袭的战术，妄图消灭山东党政军首脑机关和八路军主力部队。中共山东分局、八路军115师师部和山东纵队指挥部，当时被压缩到南北不到50公里，东西不足35公里的沂水县南部的南墙峪和沂南县的岸堤、依汶、马牧池一带。在日军实施"合围"时，山东党政军领导机关和主力部队在罗荣桓等领导人的精心指挥下，迅速跳出合围圈，转到外线作战，只留部分兵力坚持内线作战。尔后，敌人采取分区"清剿"，实行"三光"政策。八路军则以主力一部适时转入内线，配合民兵、游击队进行灵活机动的游击，积极打击、消耗敌人，迫敌后撤。

沂蒙抗日根据地人民则纷纷破坏公路、袭扰据点，实行"三空"（搬空、藏空、躲空），以对付日军的"三光"政策。在反"清剿"斗争中，出现了许多掩护伤员、保护公共物资等可歌可泣的动人事迹。

反"扫荡"中的几次重要战斗，残酷而激烈。

11月初，盘踞蒙阴的大批日伪军秘密出动，不走大路，不经村庄，于4日拂晓突然包围了八路军山东纵队指挥机关驻地沂南县马牧

我八路军战士在沂蒙反"扫荡"途中

池村。山东纵队指挥机关及1团、2团，奋力突围。同日，日军千余人，又包围了大崮，飞机、大炮轮番对山顶进行轰炸。山东分局书记朱瑞之妻、山东省妇委会执委陈若克被捕后，抱着刚出生几天的婴儿英勇就义，时年仅22岁。

当时，陈若克在山东分局组织部工作，她奉命随地方部队向沂南县北部转移。临走之前，陈若克与王换于大娘道别，这时她已怀孕8个多月，大娘看她这个徉子，心疼地劝她留下。"咱们革命哪能避风险！我要是找个地方躲起来，怎么能去号召同胞们抗战！"陈若克神态庄重而坚决地说道。大娘见留不住她，就替她打扮成农村妇女的模样。一直把她送出很远、很远。

陈若克随部队转移到大崮，与日军遭遇。我军据大崮之险抗击敌人的进攻。空中有敌机狂轰滥炸，崮下敌人发出密集的火力，战斗十分激烈。大敌当前，陈若克十分镇定，她拖着笨重的身子，吃力地往返于阵地上，照顾伤员，鼓舞士气。

三天后，部队从大崮撤退。这时，陈若克已极度疲惫，跟不上部队行动的速度，仓促间与部队失去了联系。就在这天夜里，她不幸被捕，敌人对她进行了严刑拷打。她被捕后的第三天，孩子降生了。敌人把陈若克押送到了沂水城日军宪兵司令部，一再对她进行严刑拷问，但她宁死不屈。

从被捕那天起，陈若克就决心同孩子一起绝食，以死作最后的斗争。敌人见硬的不行，便用软的，给孩子喂牛奶，企图通过她疼爱孩子的心理来诱使她屈服。她拿起敌人手中的牛奶瓶摔在地上，横眉冷对。

敌人软硬兼施均不奏效，恼羞成怒，于11月26日，残无人道地用刺刀活活刺死了陈若克母女二人。

陈若克同志牺牲后，山东干部群众无比悲痛。当时，战友们要求时任中共山东分局书记的朱瑞同志设法将陈若克的遗体找回来，悲痛万分的朱瑞思考了一阵，轻轻摇摇头说："不必了，沂沭河两岸洒尽了多少烈士的鲜血，有许多人的尸首都找不到了。至于若克，只要我们知道她死得壮烈就是了！她是党的光荣、妇女的光荣。"

11月5日，占据临沂、费县、平邑、蒙阴、沂水、莒县等地的日军3万余人，配有7架飞机、数十门大炮、10辆坦克，分11路向山东分局、八路军115师师部驻地沂南县留田村合围。当时分局和师部机关共3000余人，而作战部队只有1个特务营，处境十分危险。山东分局和115师部等首脑机关，在罗荣桓的周密部署、精心指挥下，成功突围。

11月7日，3万伪军合围山东党政军首脑机关的阴谋落空，遂到处烧杀抢夺，残害百姓。甄磊、辛锐壮烈牺牲。30日拂晓，日军以一个混成旅团的兵力，在飞机大炮配合下，向大青山地区发起了疯狂攻击。日军踞高临下，凭借有利地形，集中向山东分局等机关人员扫射，把我军民压迫到大青山山沟里，然后步、骑兵一齐闯入人群，对抗日军民进行血腥屠杀。被围人员中的少数战斗部队立即组织反击，反复与敌人争夺制高点，以掩护机关人员从狭长的梧桐沟向西往蒙山地区突围。

此次突围战，我后方机关人员伤亡惨重。省战工会副主任陈明、115师敌工部副部长王立仁、省抗协宣传部长赵冰谷、抗大一分校政委刘惠东、蒙山独立支队政委刘涛、德国友人太平洋学会记者汉斯·希伯等300多人壮烈牺牲。

12月上旬，"扫荡"沂蒙山区之敌开始撤退，历时7周的沂蒙山区反"扫荡"结束。12月中旬，115师由天宝山区出发经彭家道口，渡过沂河转入滨海地区。山东分局战工会、山东纵队等领导机关均留在沂蒙山区，协助地方进行"扫荡"后的恢复工作。

时任八路军115师政治部组织部部长兼山东军区政治部组织部部长的开国中将梁必业，多年后在他撰写的《沂蒙抗日军民反"铁壁合围"大"扫荡"》一文中写道："12月中旬，临沂的敌人对滨海区进行'扫荡'，遭到教2旅和山东纵队2旅的内外夹击，遂纷纷撤走。11、12日，莒县残敌1800余人分路合击马鬐山，撤退时，将山内10多个村庄全部烧毁。莒县西南的渊子崖村群众不甘受敌迫害，奋起自卫，以土炮、土枪英勇抗击敌军千余人的进攻，歼敌100多人。"

12月23日，敌主力开始分路撤退。我军乘势收复蒋庄、诸满、大桥、马牧池、岸堤、河阳等村镇。至28日，我们基本恢复了沂蒙山区根据地，历时近两个月的反"扫荡"战役终于结束。

在这次反"扫荡"战役中，我军共作战150余次，歼日伪军2300余人，连同邻近各根据地的配合作战，共歼日伪军4400余人，攻克据点160余处。这次战役，我军民付出了很大的代价：我军伤亡1400余人，群众被杀害、抓走1.4万余人，鲁中根据地面积缩小1/2。但是，我们胜利地粉碎了敌人妄图消灭山东领导机关和我军主力、彻底摧毁我鲁中根据地的计划，并取得了反对敌人毁灭性"扫荡"的重要经验。这一胜利，对于坚持和发展山东的抗日斗争有着重大的意义。

时任八路军115师政治部主任的肖华同志曾豪迈地赋诗一首《沂蒙反"扫荡"》：

日寇疯狂犯鲁中，风烟滚滚来势汹。

"三光政策"伸血手，铁壁合围黄粱梦。

清剿篦梳又剔抉，诡计多端全落空。

军民布下天罗网，漫山遍野皆英雄。

麻雀地雷游击战，伏击奔袭奏奇功。

敌伪交通全切断，"野牛"陷在火阵中。

"堂堂皇军"纸老虎，"赫赫战功"尸纵横。

雄伟壮丽沂蒙山，响彻颂歌《东方红》。

1941年12月23日延安《解放日报》刊发
的"山东我军粉碎沂蒙区扫荡"的文章

在大青山突围战中，时任山东战工会秘书长的谷牧同志身负重伤，沂蒙山区费县的老百姓冒着生命危险将他救活过来。

谷牧后来担任了国务院副总理。2009年11月，在他生命垂危的时候，嘴里、鼻子、身上插满了管子，每当他清醒的时候，护士长在他耳边轻轻地问一句，首长咱们放一段《沂蒙山小调》吧。谷牧困难地眨眨眼睛，当护士把录音机打开，《沂蒙山小调》响起，两个护士轻轻地唱着"人人那个都说哎沂蒙山好，沂蒙那个山上哎好风光……"谷牧的眼睛里就流出晶莹的泪水。

谷牧在自己的回忆录里深情地写着："十年的沂蒙，滨海十年的岁月，是沂蒙山的小米煎饼养育了我，当我负重伤的时候，是沂蒙的人民挽救了我的生命，是十年的革命斗争锻炼了我，我永远不会忘记沂蒙山的那段岁月。"

三、群情振奋

这年入冬后，天气渐渐变冷了起来，但根据地群众的抗日热情却越来越高涨。随着抗日斗争形势的发展，中共板泉区委号召大家抗粮、抗捐，与日伪积极作斗争。区长冯干三亲自来到渊子崖村召开村民大会。

会上，冯区长向大家讲明了当前抗日斗争的形势和抗捐、抗粮的意义，指出了与敌斗争的艰巨性、复杂性和长期性。

冯干三充满激情地说："39年1月底，日本鬼子扫荡咱们沂蒙山区费县南部的东流村，全村男女老少齐上阵，团结一致，宁死不屈，利用围子墙，拿起土枪、土炮和大刀长矛和鬼子死拼，村里虽然死了73人，但打死日本鬼子78人，为我们村作出了好样子。只要大家团结起来，共同对敌，不管是鬼子还是汉奸我们就都不怕。"

接着，村民们就展开了热烈讨论。有的村民说："别的村能打鬼子，我们村也不是孬种。"

曾给地主扛过多年活的林九兰说："八路军是真正的抗日队伍，

是咱老百姓的贴心人，咱留着粮食给自己的队伍吃，决不送给鬼子汉奸。"

村里上过私塾的老先生林鹤鸣捋了捋胡子说："'鸦片战争'时期，我们林家的先人林则徐以虎门销烟、奋力抗英而闻名中外，成为一代名臣、民族英雄，为后人称颂。作为林家后人我们更要发扬先贤遗风，不畏强暴，俗话说，人心齐、泰山移，大家只要齐起心来，敌人就是来个千儿八百的咱也不怕。"

村民林九星说："民国16年6月，土匪上咱庄来抢夺，我逮着一个抱住了，一使劲，硬是把他的腰给勒折了，那不也是杀人不眨眼的土匪？"

身材高大的村民林守森握着拳头说："就是，再说咱们村的土围子也不是纸糊的。"

林九星接着又说："就我这老胳膊老腿的，真来个三个两个的，

抗日战争时期，渊子崖自卫队在进行劈刀训练

咱也不含糊。”

大家越讨论，情绪越高昂，人人心明眼亮，个个摩拳擦掌。一致表示：“不交一粒粮，不出一分钱，饿死汉奸、困死日本鬼子！鬼子来了就和他拼。”

就在会后的第二天下午，小梁家据点的汉奸头子梁化轩派伪军排长刘连顺带着二十来个兵又来渊子崖村要粮要钱，还送来一张条子。上面写道：“3日内把下列物品送到据点：肥猪13头、小鸡100只、白面500斤、大洋2000元……”

林凡义听人一念，气得火冒三丈，当场把条子撕了个稀碎，嘴里骂道：“奶奶的，给他写个回条。告诉梁化轩，他要的酒、肉、鸡、面、大洋都准备好了。狗日的来拿吧！来一个，杀一个；来两个，杀一双！”

刘连顺被渊子崖自卫队队员们训斥了一顿，东西不但没给，自卫队员还把几个猖狂的伪军打得衣衫不整、鼻青脸肿。刘连顺如丧家之犬灰溜溜地从村子里逃了出来。

二十出头的村长林凡义左手掐腰，右手握撸子手枪，威风凛凛地站在围子墙头上。

刘连顺从围子跑出好远，才敢站住回头看看。

林凡义大声喊道：“姓刘的，你回去告诉梁化轩，再来就不客气了！”

刘连顺仰头跳着脚，拍着腰间的空枪套，气急败坏：“把撸子还给我！”

林凡义接着说：“你上次牵走了俺村一头驴，撸子就抵了驴价了！”

刘连顺气喘吁吁地大叫：“林凡义，这事没完！咱骑驴看唱本，走着瞧！”

林凡义用撸子手枪对着刘连顺，大声喝道："你走不走？再不走老子就开枪打死你这个狗日的！"

刘连顺吓得撒腿就跑，伪军们也跟着他抱头鼠窜。

四、首战告捷

对中国人来言，每每提起"汉奸"这个字眼，除了对日本侵略者的切齿痛恨外，还有一份对那些叛国者的痛恨和痛心。

笔者年少的时候一直不明白这些当汉奸的人为什么要与敌人狼狈为奸，出卖民族的利益，背叛自己的祖国，并甘心受其驱使，充当协助侵略者进行罪恶战争的走狗呢！

在艰苦卓绝的抗日战争中，危难中的中华民族除了要与日本侵略者浴血奋战外，还要分出相当大的力量，与这些背叛民族和祖国的败类们作斗争。

任用汉奸，扶持伪政权，是日本侵略者策划和推行"以华制华"的政策和伎俩——用汉奸组成的伪政权，具有掩盖其侵略面目，削弱中国人民反抗意识的作用。

汉奸蓄谋已久的报复果然来了。

12月18日上午，西北风"嗖嗖"地刮着，空旷的田野，给人一种阴冷的感觉。

沭河以西小梁家的汉奸队长梁化轩纠集了临沂附近150多人的伪军出了据点，沿石桥过了沭河，耀武扬威地向渊子崖村行进。

战争的炮火硝烟如同一面特殊的镜子，把人性中最丑陋的一面照得活灵活现，因战争的特殊环境而格外扭曲的人性，在一张张丑恶的嘴脸上充分暴露了出来。

汉奸队长梁化轩身材微胖，头发分两半，眼睛贼溜溜，鼻子顶翘翘，一副阴险狡诈、老奸巨滑的模样。他胸前挂着望远镜，全副武装地走在队伍中间，不时地敦促着队伍："快点，快点！"排长刘连顺屁颠屁颠地跟着他。

渊子崖村围子墙上的哨兵，发现了敌情，"咣咣"敲起铜锣，紧迫的锣声划破了村庄早晨的宁静。

在村中街道上，自卫队员林崇岩飞跑而来，和林凡义迎面相遇。

林崇岩因为急速奔跑而喘着粗气说："凡义，凡义，二狗子出炮楼了！"

林凡义大声命令道："快！喊自卫队上围子墙！"

敲锣声在渊子崖村上空回荡。村里家家户户的门都开了，青壮年男人拿着土枪、梭标、大刀匆匆往外跑。

敲锣声把在祠堂内养伤的抗大一分校学员史思荣和三个八路军战士惊醒，四个人都急忙坐起来。

史思荣硬撑着坐起来要下床，却一步也没迈出去，摔倒在床下。王向南和张彪扶着床沿走近他，把史思荣拉起来。

史思荣也坐了起来。他急切地说："王向南，你是班长又是党员，得想个办法呀。咱虽然受了伤，也是八路！群众和敌人打起来了，我们也不能躺在床上睡大觉！"

赵栓虎也坚定地说："咱得参加战斗！虽然不能走不能跑，但还能打枪啊！"

王向南抬起头，冲着门外喊："外面有人吗？有人吗！"

在祠堂内照顾伤员的年轻姑娘林欣听到喊声走了进来。

王向南："扶我上围子！"

林欣看看这个，又看看那个，犹豫着。

王向南命令道："快点啊！"

林欣还站着不动，王向南挂着木棍往外走，边走边说："你还是八路呢！不听命令！"林欣赶忙上前扶着他，带着另外三个伤员向围子墙挪去。

环绕全村的围子墙上站满了自卫队员。个个手里拿着大刀和梭标，有些人还端着土枪。

年迈的老族长和林凡义、林庆忠、林九乾、林清义等人站在村口门洞的围墙上。

伪军队伍在离村子比较远的地方停下，沿田野散开，摆开进攻的架势。

梁化轩一只手叉着腰，一只手举着望远镜，装模作样地看着。

刘连顺站在他旁边。

一挺机关枪架了起来，机枪手装上弹夹。另外几个伪军抬着一架梯子，站在一旁，等待攻墙。

梁化轩望着渊子崖村围子墙上手持各种武器的人们，大声叫骂着："妈的，人还挺多，真想和老子打仗呀。把话筒拿来，我要喊话！"

刘连顺点头哈腰地说："队长，这村全是刁民，毛屎坑里的石头，又臭又硬。咱别跟他们废话了，下令让弟兄们开打吧！"

梁化轩装模作样道："瞎说啥呢？孙子兵法上讲，不战而屈人之兵，善之善者也。万一喊了话，他们就投降了，不就省得咱动手了吗？拿喇叭来！"

王小二把铁皮喇叭递过来。梁化轩看看瘪着的喇叭筒，有些不高兴地问："这喇叭咋回事？咋瘪了？"

王小二苦着脸看着他。

王小二："队长，你忘了？前两天，你拿喇叭使劲敲我脑袋来着。敲瘪了。"

梁化轩恍然想起，拍拍自个的脑袋，骂道："他娘的，还真给忘了。这喇叭不经使唤，我就凑合吧。"

他举起话筒，对着围子墙喊了起来。

"围子里的人听好了！渊子崖村勾结共产党，私藏八路伤员，又打伤我皇协军，罪不可赦！本该立即问罪剿灭，本队长有好生之德，给你们一个机会。马上打开村门，把八路军伤员、粮食、猪肉和1000块现大洋送出来，我就不再追究，还把你们当良民看待。不然，等我攻进村子，见一个杀一个，见两个杀一双，无论老幼，一律按通匪通共对待！你们听清楚了吗？"

梁化轩喊完，站着等了一会，围子墙上静悄悄的，便恼火地骂道："它奶奶个熊！咋一点动静都没有？"

刘连顺眨巴着三角眼看着他："队长，太远了，他们听不见。再说，你这个喇叭也不好使啊。"

梁化轩想了一下，把喇叭递给刘连顺，命令道："你到围子下面喊，我就不信他们听不见！你告诉他们，如果再和皇军反抗，到时候皇军会血洗渊子崖！"

刘连顺面露难色，哀求地望着梁化轩，结结巴巴地说："队，队长，你这不是要我的命嘛！"

梁化轩恶狠狠地说："怕什么？咱有一百多号弟兄给你撑腰，难不成他们还敢太岁头上动土？快去！"

刘连顺耷拉着脑袋，还是站着不动。

梁化轩拔出手枪，抵在他脑袋上："你不去！临阵抗命，老子枪毙了你！"

刘连顺接过话筒，战战兢兢向围子墙走去。

不远处，林欣扶着王向南一瘸一拐地走到围子墙旁，林九兰等村民急忙过来，把王向南搀扶上围子墙下的脚手架。

副村长林庆忠惊讶地说："你怎么来了？"

王向南说："二狗子来了，我能不来吗！"

老族长、林凡义、林庆忠、王向南、林崇州等人在围子墙上警惕地看着下面。

这时，刘连顺左手举着一根棍子，棍上挂着一缕白布，看起来像个哭丧棒。他右手拿着铁皮喇叭，战战兢兢地走到围子下，开始喊话："渊子崖村的老少爷们，炮楼的一百多号弟兄都开过来了，胳膊拧不过大腿，你们就别硬扛了，花钱消灾吧！"

小山爬在围子墙上对着刘连顺就是一弹弓。

刘连顺一捂脑袋，骂道："小兔崽子你找死啊！"

小山爹急忙把小山的头按下，小山不服气地嘟囔道："打汉奸也有俺们儿童团的一份。"

林凡义大义凛然地站在围墙上，手掐着腰，挥了挥握紧拳头的胳膊，用讥笑的口气高声回答："姓刘的，少废话！你告诉梁化轩，别拿小日本当亲爹，替鬼子卖命当汉奸。俺一切都准备好了，还没来得及送。"

说到这里，林凡义有意地停顿了一下，接着十分气愤地高喊："你们来拿吧，来一个杀一个，来两个杀一双。"

刘连顺说："你别狗坐轿子不识抬举，一百多条枪也不是吃素的！赶紧乖乖地拿钱送粮，要不，后悔就来不及了！"

他眨了眨眼认出林凡义，立刻来了劲："小子，立马把撸子还给我！不然破了村子，我千刀万剐了你！"

林凡义从腰间拔出撸子枪，对准刘连顺开了一枪。因为后坐力的缘故，枪在他手里跳高了，子弹从刘连顺的头顶飞过去，打中了远处站在梁化轩身旁的一个伪军。

伪军前额中弹，直挺挺地倒了。梁化轩吓了一跳，往旁边闪了两步。

梁化轩顺手拉过一个伪军，挡在他前面，叫骂道："他奶奶的，打得还挺准。弟兄们，开火！"

伪军们一起开枪。机关枪、步枪响成一团。

王向南大声喊道："乡亲们，赶快隐蔽！"

围子墙上的自卫队员都躲了起来。

伪军们冲到围子墙下，架起梯子，开始往上爬。自卫队员用石块往下砸，不断有伪军被砸落，摔得头破血流、人仰马翻。

刘连顺指挥伪军用一根圆木撞击，试图把门撞开。

五子土炮轰向没有进入门洞的后续伪军，有些人被击中，更多的人吓得转身就跑。

当年渊子崖的儿童团员，今年89岁的林凡太老人

伪军们正在撞门，门突然打开了。

几十个手持大刀梭标的自卫队员冲出来，大刀砍梭标戳，杀得伪军哭爹叫娘，扔下圆木往回跑。

刘连顺带头，跑在最前面。

梁化轩用枪顶着伪军，不准他们后退，"不许跑！谁跑我毙了他！给我站住！"

他试图抓住刘连顺，但是没有成功，刘连顺躲开他，头也不回地跑远了。

更多的自卫队员冲出来，林凡义、林庆忠、林九兰等人冲在最前面。

梁化轩见势不好，自己先溜了。

操控机关枪的伪军见队长跑了，也扛着机枪跑了。

兵败如山倒，伪军们争先恐后，在田野里四散逃跑。

自卫队员在炮火的掩护下，杀出围墙，手握大刀、长矛、土枪，向败退的敌人追去，伪军们拼命逃窜，狼狈地逃回据点。

自卫队员追赶了一程，然后停了下来。

儿童团长虎子和小山他们几个小伙伴高兴地唱起了抗日童谣：

汉奸队，黑心肠，本是中国人，鬼子当爹娘。

汉奸队，汉奸队，没有一点人性味，"扫荡"打前哨，烧杀呈"英豪"。

小日本，别逞强，中国人民组织起，立即赶你回东洋。

儿童团，识字班，站岗放哨严把关；去打小日本，能当先锋官。

小小孩儿，咱俩玩儿。

上哪儿玩？沭河沿儿。

河边有群日本兵，咱们拉着大炮轰！

河边有个汉奸队，叫他抱着鬼子死尸睡！

有人在村外路上拣到了伪军丢弃的步枪，背在身上往回走。

村自卫队员回到围子墙里，大家个个兴高采烈。三喳喳手里拿着伪军丢弃的手雷，他看见王向南，高兴地跑过来。

三喳喳说："八路同志！你教教俺，怎么使这玩意？"

王向南接过手雷，自卫队员们都围过来。

王向南讲解说："瞧见没有？这里有个拉环，把拉环拽下来，找个硬家伙将引火帽磕一下，数一、二、三，扔出去就炸了。"

三喳喳和自卫队员仔细看着，掌握了要领后，他拿着手雷高兴地说："有了这个，再有了枪，够小鬼子吃的了！"

王向南、林凡义、林庆忠等人登上炮楼，他们站在那里，手搭凉棚，观察着四周的地形地貌，商量着下一步的对策。

王向南思考再三，突然开口对林凡义说："村长，汉奸虽然被打跑了，咱可不能掉以轻心。围子上要多安排人站岗，防止二狗子偷袭村子。"

林庆忠沉思片刻说："这一时半会儿，梁化轩怕不敢再来了吧。"

王向南提醒道："不怕一万，就怕万一，还是小心为好。"

林凡义点头说："王班长说得对，汉奸吃了亏，肯定不会就此罢手。除了围子上要有人巡夜，咱再派林凡财和林崇岩到河边站岗。万一有个风吹草动，好通风报信。"

五、村内夜晚

冬天的夜晚，村里有点冷清，不时传来几声狗叫。

在浓黑的夜幕上，有一钩微黄的弯月，像弓刀似的，再就是几颗稀疏的星星，像钉子一样镶嵌在天上，看上去遥远而渺小。

渊子崖村祠堂一间大房内，吃过饭后，八路军伤员王向南坐在木床上，左腿扎着绷带，林凡义推门进来。其他的三位伤员史思荣、张彪、赵栓虎都坐了起来。林凡义看着四个八路军战士，亲切地问道："伤好些了没有？"

王向南回答："有你们的精心照顾，好多了！。"

林凡义说："你们在日寇的'扫荡'中为老百姓打鬼子受伤了，我们好好照顾是应该的。再说，这也是冯干三区长的交代。"

说着，林凡义神气地从腰间抽出那支从二鬼子刘连顺那弄来的日制撸子手枪，对王向南说："你教教俺，上午打了一枪没打准，以后怎么才能打得更准？"

王向南接过手枪掂了掂说道："这可是把好枪。"接着便很认真地给林凡义讲解持枪和射击要领。

林凡义把枪插在腰里，高兴地拍了拍说："有了它，打小日本鬼子就更带劲了！"

林凡义对王向南说:"有枪就能更好地打鬼子,村里大户人家林茂家有枪。我得再去动员动员,让他把枪交出来。"

说着他又叮嘱了四位伤员几句,去了林茂家。

伴着时阴时晴的月光,林凡义走进林茂家院子,一只黑狗冲着他"汪汪"地吠叫。

林茂一家人正在吃饭。老婆和孩子在小桌子上吃,林茂一个人坐在八仙桌旁,吃着炒花生,喝着小酒。

林凡财仰脸看看爹,说道:"爹,小梁家的汉奸队长梁化轩,带了一百多人,都被咱村自卫队打跑了,还得了几棵枪呢!"

林茂喝了一盅酒,没说话。

林凡财不依不饶地又说:"爹,要是咱村自卫队,人人一棵快枪,那咱就谁都不怕了!"

林茂一拍桌子,瞪着儿子:"你少跟我说枪的事!"

这时,林凡义走了进来。

林茂忙说:"凡义来了?赶快过来喝一盅。还是为枪的事吧?就一句话,没有。"

林凡义接过凡财端过的酒盅,一仰脖,喝了杯酒,用手抹了抹嘴:"林茂叔,今天小梁家的伪军来村要粮要钱,咱把二狗子赶走了。俺琢磨着,二狗子一准还会来。没有枪,怎么办?林茂叔,为了咱村,你把枪拿出来吧。再说全村的老少爷们都编入了自卫队,你家里三个男人,也得出两个人。至于谁去,枪拿不拿,你看着办吧。"

他说完,又喝了一盅酒,拍了拍林茂的肩膀,转身走了。

林茂送到院子里,发了半天愣。这时,凡财从屋里走了过来。

凡财说:"爹,咱把快枪交了吧,打二狗子用得着。"

林茂骂道:"你懂个屁,快枪只要拿出去,就回不来了!"

凡财说:"回不来也比烂在家里好。你还留着它生崽儿啊,都啥时候了?"

林茂搂了儿子一个嘴巴,大声呵斥道:"把嘴闭上!这个家,还轮不到你做主呢!"

月亮升起来了,天空零零碎碎地闪着几颗星星。累了一天的林欣在家正要准备休息。

林欣这年18岁,正是越变越好看的年纪。高挑个儿,白皙面皮,一双扑闪闪的大眼睛,格外精神,是附近十里八村有名的俊闺女。

娘死了,爹又续了后。林欣嫌后娘没真心,娘俩经常拌嘴闹别扭。

八路军队伍开到庄里。林欣看队伍里有留着短发的女兵,很精神,很好看,她眼馋,便背着爹和后娘,三天两头缠磨着部队首长要当女兵。不让去,就不算完。日子长了,首长被她的真诚劲感动了,临走就把她带上了。

走后,街坊邻居还有人说闲话,到底是后娘,没疼没热,让一个闺女家跟队伍走了。

部队生活虽然紧张艰苦,可林欣同战友们一起出操、唱歌、学文化,懂得了不少革命道理,心里很甜蜜也很充实。

离家快一年了,队伍反"扫荡"回来,她大着胆儿试探着向首长请三天假回家,把在部队节省的一双布鞋捎给弟弟穿。首长准了她的假。

回家这几天,她忙活着帮助照顾村里的八路军伤员,积极帮助村里开展抗日活动。乡亲们说："这姑娘当了八路就和过去不一样了。"

林欣刚躺下，这时，有人敲院门，林欣急忙穿上衣服，过去把门打开，见是三喳喳，便使劲将门关上。

三喳喳急切地说："林欣你开门！"

林欣说："三喳喳，你来干什么？快走吧！"

三喳喳道："林欣，俺有话跟你说，俺也想开了，咱俩的婚事，过去是父母包办，你不同意就当从没说过。村子里不太平，你走吧，明早就走。"

林欣将门拉开，有些惊奇地看着三喳喳。

三喳喳名叫王富，是林姓家的外甥，住在本村的贴沟崖。20岁出头的年纪，身材矮胖，上身穿一件破棉袄，大脑袋上的头发毛楂楂地直立着，像团起来的刺猬。黑黑的脸膛上长着一双小眯缝眼，呆头呆脑的，显得憨厚实在。虽然名字叫王富但家里却很穷，靠给有钱人家打些零工过日子。

三喳喳接着又说："咱村里抗捐抗粮，打了汉奸，他们肯定还会来报复。你当了八路，村上人都知道，回头要是汉奸进了村，一准没你的好果子吃。林欣，你要退婚，俺答应你。彩礼俺也不要了，你快回部队吧。"

林欣感激地看着三喳喳说："俺对不住你——以前我觉得你整天游手好闲，又不务正业，有时候还不讲理……"

三喳喳说："你说的那些都是以前，现在抗日，俺变了，一门心思想的是怎么打鬼子。你快点走吧。"

林欣惊喜地看着他说道："你真好，别说汉奸，就是鬼子来了我也不怕！八路军反'扫荡'我还打过鬼子呢。但我的假期也到了，那我明天就回部队吧。"

三喳喳猛地用力抱住林欣，亲了一下，然后转身跑远了。留下林欣一个人呆呆地望着他的背影。

六、鬼子来了

黄昏，夕阳落山了，沭河西岸小梁家据点院内。

梁化轩脚穿日本皮靴，歪戴着帽子，嘴里抽着烟，正在院子里清点残兵败将。陆续有伪军从外面跑进来，个个哭爹喊娘，相互搀扶着。

梁化轩见刘连顺进来了，一把揪着他的衣领，破口大骂，气急败坏地说："你们这些饭桶！王八蛋！一群村民就把你们吓成这个样子！跑什么跑！"

刘连顺小声嘀咕道："队长，你不是也跑了吗？"

梁化轩一听这个更来气了，拔出手枪对准刘连顺道："他奶奶的，我他妈还没找你算账呢。遇敌先逃，你算头一个！来人啊，把他给我绑起来！"

几个伪军上来，用绳子将刘连顺五花大绑，捆在房柱上。梁化轩气哼哼地在院子里转悠。

王小二问："队长，绑好了，现在咋办？"

梁化轩不耐烦地说："谁咋办？"

王小二说："刘排长啊。"

梁化轩也不知道该把刘连顺怎么办。他原地转了一圈，上去对着刘连顺拳打脚踢，骂不绝口。

梁化轩边打边骂道："我操你娘，操你八辈祖宗。你个王八蛋，我让你跑！你个扶不上墙的死狗，把老子的脸都丢尽了！"

终于骂够了，也打累了。

有个伪军献殷勤，给梁化轩搬来一把太师椅，他坐下大口喘着粗气。

夕阳西下，沭河在冬日的余晖下静静地流淌。有的地方结了薄薄的一层冰，水下暗流汹涌。

河西岸边，日军83联队的队旗在寒风中飘动。参加沂蒙山区"铁壁合围""扫荡"后撤的千余日军在联队长木村正雄的带领下由北向东开进，整个队伍士气不振，行动较为迟缓。当行至沭河西一个小村庄时，一士兵向中队长本间报告："队长，村里没有人！"

本间命令："向村外派出警戒，报告联队长，可以进村了。"

士兵应声："嗨！"接着转身向村外跑去。

又累又饿的日军到达村庄后，迅速散开，他们像疯狗一样地在每一农户寻找粮食和可以食用的东西，有的日军士兵甚至在挖地三尺地搜寻。

一户敞开门的农家院内，几个日本士兵在撬着一块青石板，旁边一只狼狗兴奋地叫着。

士兵好不容易才将青石板撬开，底下露出一个布口袋。

其中一个士兵高兴地手舞足蹈，大叫："我就知道粮食藏在这里！"

他弯腰将布口袋拎出来，急不可耐地打开。旁边的日军士兵都围过去。

口袋里装的是黄色的干牛粪。日军士兵拿在手里，掰开闻了闻，扔在地上。

日军士兵摇了摇头："太可恶了！是牛粪！"

狼狗不再叫了，日军士兵使劲拍狼狗的脑袋："蠢狗！叫什么叫？"

吉野双手捧着一个军用饭盒，小心翼翼地从门前走过，饭盒冒着热气。一匹东洋马打着响鼻，四蹄散乱从他身边驰过。

吉野走进了一户农舍。院内靠墙堆了些柴火和麦草，猪圈、鸡窝都是空的，靠猪圈的食槽里还有尚存的猪食。房内柜子里和床上什么也没有，床头上只有一只黑瓷破碗。

吉野端着饭盒走进来，与要出门的一等兵丸造撞了个满怀。饭盒被撞翻，里面的稀粥撒了一地。

吉野看看地上的稀粥，不觉生了气："怎么这样不小心？没长眼睛吗？"

丸造已经走过去了，听了这话又转回来："喂！混账东西！三等兵就是这样和一等兵讲话的吗？你想以下克上吗？"

他说着，挥手扇了吉野一个耳光。

吉野忙说："对不起，好不容易才找到一碗粥，因为有些着急，所以……"

丸造："急什么！不喝这碗粥你会饿死吗？"

他又左右开弓扇了吉野几个耳光。

坐在炕边上的荒木说话了："丸造，适可而止吧。是我要喝粥的。"

丸造："既然伍长发话，就算了。小子，以后跟前辈讲话要恭敬，要用敬语明白吗！"说完，他骂骂咧咧出了门。

吉野神情沮丧，捡起地上的饭盒："我再去找一碗。"

荒木："算了，我不想喝了，你去休息吧。"

吉野向荒木鞠了个躬，往外走。荒木又喊住他："吉野！这几天，辛苦你了。"

吉野："伍长是我的救命恩人，能照顾伍长，我很高兴！"

荒木看看屋里没有人，悄悄地对吉野说："告诉一个让你高兴的消息，等回到新浦，83联队就要回国休整了！"

吉野想到在日本大阪已经两年多没见的年迈老母和如花似玉的未婚妻便兴奋地看着荒木："真的吗？伍长怎么知道的？"

荒木："本间中队长亲口说的，绝对不会错。吉野，不要告诉任何人，明白吗？"

吉野兴奋应道："嗨！"接着哼起了小曲。

村内一户财主家的上房，屋里依旧空空如也。几个弹药箱上铺着军毯，算是桌子。

房内，光线较为昏暗，木村、矶谷、酒井、广田等围着桌子，桌子上摆着军用地图，木村用放大镜看了下地图，接着用手拍着弹药箱发起火来。

木村怒喝道："皇军士兵怎么能没有饭吃？军需官在干什么？"

矶谷："出发时军需官被告知，联队轻装，就地补充给养。所以只带了三天的口粮。今天晚上，只有一半的士兵可以分到一碗粥。"

木村质问道："找不到粮食吗？难道一点也找不到？"

酒井："村民都跑光了，粮食也藏了起来。就连水井都被人为污染，只得派士兵到河边去取水。"

矶谷狠狠地说道："维持会的家伙也不露面。他们全是阳奉阴违，看到皇军躲不过去了就欢迎，知道消息就提前溜走。这些支那猪！"

木村："真让人丧气。明天无论如何，要找到粮食！"

他低头看着地图。明早出发，务必赶到临沂。

这时翻译官低头哈腰地跑来，报告："附近有一皇协军炮楼，我们可以到那里去休息。"

木村命令道："好吧，向炮楼开进。"

日军接近炮楼时，伪军哨兵喊了起来。

梁化轩呵斥道："喊什么喊？你死了老娘吗？"

哨兵："队长，皇军，皇军来了！"

梁化轩从太师椅上跳起来，跑进炮楼，伸着脖子往远处看。

一队日军骑兵正在向这边行进，尾随在后面的是步兵大队，队伍中不时传来抱怨声。

梁化轩在炮楼顶上奸笑道："老天有眼，来得可真是时候！"

他整了整军装，把歪戴的帽子扶正，快速跑下楼去。

广田带着日军马队过来，他们在据点外停下。马蹄荡起了烟尘，疲惫的战马不时发出哀鸣声。

梁化轩带着几个伪军，从炮楼里跑出来像哈巴狗一样毕恭毕敬地迎接。

广田冲着梁化轩吼了几句，翻译官翻身下马，走到梁化轩面前，人模狗样地说道："皇军命令：立刻把所有的房子腾出来，把所有的粮食拿出来，皇军要用晚膳，并且今晚就住这儿了！"

梁化轩傻眼了，眼巴巴地看着翻译官："所有的粮食？"

翻译官又狗仗人势地骂道："他妈的！我说的是中国话，难道你听不懂吗？赶紧去办！"

梁化轩低声下气："可我这里还有一百多号兄弟要吃饭呢——"

翻译官恶狠狠地说："一千多皇军也要吃饭，马上！我告诉你眼睛亮一点啊，手脚麻利废话少说。惹火了皇军，立马把你这破炮楼子给灭了！"

日军官下马，走向炮楼，翻译官紧跟身后。

梁化轩愁眉苦脸地跟在后面。日军官看见了绑在房柱上的刘连顺，他用马鞭指指，好奇地问了一句。

翻译官："太君问你，这个人是怎么回事？"

梁化轩向日军官陪着笑脸，又转向翻译官："回翻译官的话，这家伙是个胆小鬼。我带人去征粮，和村里老百姓打起来了，这小子带头逃跑。这不，正教训着呢。"

翻译官向日军官嘀咕了几句。

日军军官喊了一声，挥了挥马鞭，浅见端着刺刀冲过来，对着刘连顺的胸膛连捅了好几刺刀。

刘连顺双眼怒睁，哼都没哼一声就死了，血从胸口涌出来，流到了脚下。

梁化轩吓坏了，难以置信地大张着嘴，傻傻地站着。一旁的伪军也都目瞪口呆。王小二嘴唇哆嗦着，说不出话。

日军军官咿哩哇啦地又吼了几句。

翻译官说："太君说，这样的人留着做什么？杀掉是最省事的做法。

别发傻了，赶紧给太君准备晚膳！"

梁化轩脑袋像鸡啄米一样连连点头："是！是！是！"

天黑了，小梁家据点内，厢房亮着灯。

这里已经成了木村的临时联队部。木村坐在一张椅子上，闭目养神，他的面前是喝了一半的酒瓶，指挥刀横放在桌子上，门口有持枪的日军士兵站岗。

这时，梁化轩走了过来，日军士兵喊了声，伸出步枪拦住了他。

梁化轩挤出一副笑脸，哈着腰："太君，我是这儿的队长。有重要情况，要跟皇军大太君报告——嘿嘿——"

日军士兵放下枪，梁化轩又点头哈腰，想往屋里走。

日军士兵飞起一脚，将他踢倒在地。接着骂道："巴嘎！滚开！"

梁化轩爬起来，落荒而逃。

七、沭河西岸

天欲破晓，远处的群山似乎还在沉睡，近处的沭河，水边上结了一层薄冰，河中心的水仍在流淌。流水不时泛起浪花，浪花很快变成漩涡，漩涡顺流而下，旋转着，奔腾着，流向远方。

东方渐亮，村子的轮廓也已清晰，一只公鸡高声叫了起来。

小梁家据点的炮楼孤零零地挺在冬日的晨风中，一队队日军士兵正在院子里集合，院外不时传来日军骑兵的马蹄声。

翻译官站在一旁看着，梁化轩走到他身旁道："翻译官大人，皇军要开拔了？"

翻译官："有话就说有屁就放，少跟我玩虚的。"

梁化轩掏出一包香烟递给翻译官："正经哈德门，您老尝尝？"

翻译官接过烟盒，在手里翻了两个跟斗，然后抽出一支叼在嘴上，梁化轩赶紧划着了火柴，给他点火。

木村正雄与几个日军军官看着地图，正商量行军事宜。

矶谷建议："从此处往西走，天黑前可以到达临沂。"

木村说："很好，联队明天就能返回新浦驻地了。"

翻译官进来，走到木村身边，毕恭毕敬地说："太君，皇协军队长梁化轩想见您。"

木村正雄不耐烦地挥了挥手："不见，让他滚蛋！"

翻译官接着低声下气地又说："太君，梁队长说，他有重要的情况向您报告。沭河对面的渊子崖村里，藏着八路的伤员。还抗粮抗捐，打死打伤了好多皇协军。"

木村若有所思地站起来，整整衣领："是这样啊，带他进来！"

梁化轩进来后，像奴才见了主子一样地向木村鞠了一个躬，满脸堆着媚笑："报告大太君，翻译官说的是实情，河对面那个渊子崖村太可恶了，请皇军给我们出气呀！"

翻译官轻蔑地对梁化轩说："你手里的枪是干什么的？"

梁化轩拍了拍手枪，低声下气："我这王八盒子枪里边也没有几颗子弹，再说那个村的刁民太野了，我们打不过他们。"

木村瞪了梁化轩一眼，恶狠狠地："什么王八盒子，那是我们大日本帝国南部十四式标准手枪。"

梁化轩讨好似的点了点头，连声应道："是，是，是……"

木村命令："传本间中队长过来。"

本间一溜小跑着进了据点院子。木村正雄手扶指挥刀威严地站在屋檐下，梁化轩似哈巴狗样地也站在一旁，本间立正，向木村敬礼。

本间："奉联队长命令，中队长本间前来报到！"

木村漫不经心地还了礼，走到本间面前："本间队长，这个人说，河对面的村庄里藏有八路军伤员，还抗拒皇协军，不交粮食，带上你的中队，把伤员抓回来，把粮食抢回来！"

本间："嗨！"接着敬了一个礼，转身就要走。木村想了一下，又喊住他："为了节省时间，就不要那么哆嗦了。八路伤员就地处决，粮食统统带回，然后迅速归队。"

本间："嗨！"

木村又指着梁化轩："你跟他一起去！"

梁化轩听不懂木村说什么，看着翻译官。

翻译官："太君说了，带上你的队伍，去带路！"

翻译官不由分说，拉着梁化轩就往外走。

木村在院子里走了两步，回头看着矶谷少佐："既然要等本间中队，不如下盘围棋，消磨消磨时间。矶谷君，有兴趣吗？"

矶谷："乐意奉陪。"

两个人走回屋，广田跟在后面。

宿营野外的日本兵正在集合，有人在折叠帐篷，还有人在收拾行装。

荒木和吉野整理好子弹袋，戴好钢盔，走向队伍。本间骑着马过来说道："荒木，你就不必参加了。"

荒木说："我已经不发烧了，再说，怎么可以脱离中队呢？"

本间道："为抓几个八路伤员去一个中队，简直是小题大做。不过既然联队长这样下命令，那就要服从。像郊游一样的行动，你可以免除了，节省体力好好恢复吧。吉野！你也留下，照顾荒木伍长！"

吉野应道："嗨！"

荒木和吉野站在路边，若有所思地看着全副武装的中队向沭河东岸渊子崖方向开进。

第四章　不屈不挠

　　面对日本侵略者的钢炮和钢枪，渊子崖村用土枪、土炮和大刀等武器打出了沂蒙人民的凛凛正气、赫赫威风，谱写了一曲威武雄壮的英雄壮歌。

　　渊子崖村所表现出来的是沂蒙人民不畏强暴的革命气节、英勇顽强的战斗作风和血性如钢的革命精神，表现了中国人民和革命军人英勇无畏、宁死不屈的崇高精神品质，也成就了渊子崖这个村庄在那段铁血岁月里的光荣与梦想。

　　沂蒙人用那坚实沉厚的质地，激荡起雄浑激越的旋律，摇曳出美丽瑰奇的风情。

　　一个英雄的村庄，一群刚烈的百姓，一场血与火的拼杀开始了。村民们都明白不是你死就是我活，只有跟鬼子硬拼了。

　　毛泽东主席在《论持久战》中说："战争的伟力之最深厚的根源，存在于民众之中。日本敢于欺负我们，主要的原因在于中国民众的无组织状态。克服了这一缺点，就把日本侵略者置于我们数万万站起来了的人民之前，使它像一匹野牛冲入火阵，我们一声唤也要把它吓一大跳，这匹野牛就非烧死不可。"

一、同仇敌忾

打跑汉奸，取得胜利的当天下午，冯干三区长亲自来到渊子崖村，召开了村民代表大会，代表中共板泉区委表扬了村民们不怕流血牺牲、敢于斗争的精神，并帮助村里总结这次战斗的经验和不足。

那时，渊子崖村一带属敌我交错地区，板泉区抗日民主政府只有区长冯干三以公开身份从事抗日活动。这一带的老百姓都熟悉他，亲切地称他老冯。由于经常去渊子崖，村里的狗见了他都不叫。

在会上，冯干三坚定地说："渊子崖的乡亲们，这次咱们村打汉奸的战斗取得了很大的胜利，这说明咱们的抗捐抗税工作成绩很大。咱村一定要再接再厉，坚定信心，把抗日斗争全面展开，但是大伙千万不要掉以轻心，抗日的道路还很长，咱们一定要尽快做好打仗的准备，防备狡猾的汉奸会采取规模更大的报复行为。"

听了冯区长的话，渊子崖村村民备受鼓舞，群情振奋，更加斗志昂扬。

会上，有的村民代表高喊："没事，我们不怕，来了再打！"还有的村民说："区长，您放心吧，咱们村人心齐着呢。"

会后，全村火速投入了更加紧张的备战工作。男女老少齐动手，有的修补围墙，打通全村的巷道；有的加固炮楼，抬高脚手架；有的擦拭武器，准备弹药。村民们把打仗所需要用东西基本上都考虑到了。

为了适应战斗的需要，村里整顿了组织，加强了岗哨。重新编排了战斗组，每组都配备了较有战斗经验的自卫队员，明确任务，各负其责。一旦战斗打响，男女老少齐上阵，男青壮年守围墙；女青年运送弹药、石头，救护伤员；老人和妇女烧饭送水，照顾伤员；儿童团通风报信，协助大人运送弹药。

这时，村里也有人慌了，害怕了，个别人还想打开围子墙南门向外逃，林凡义两眼冒火，大吼一声："当孬种就不是咱渊子崖村的人！谁要敢放开围墙门跑，我先把谁砍了。决不能让日本鬼子进村，这帮畜生一旦进了村，将实行'三光'政策，连烧带杀，老的少的哪还有啊。"他要求关严围墙门，严防死守，迅速进入临战状态。

傍晚，林凡义牵着马送冯干三出村，冯区长告诉林凡义："鬼子汉奸不会善罢甘休的，咱们村将面临很大的压力，你要做好充分的准备。把全村的人进一步团结起来，让乡亲们把伤员照顾好，把粮食藏好。尽量不要和鬼子、汉奸发生正面冲突，要确保乡亲们的生命财产安全。"

冯区长用力拍了拍林凡义的肩膀道："你是村长又是自卫队长，担子不轻啊。"

林凡义握着冯干三的手坚定地表示："冯区长放心吧，我一定按你的要求把大家带好，把村子的事办好。"

冯干三上马扬鞭远去，林凡义站在村口挥手告别。

啊！我亲爱的父老乡亲们，原不知战争为何物，他们吃苦耐劳、淳朴善良，憧憬着美好的生活，是日本的侵华战争，是侵略者的铁蹄踏进了他们美丽的家园，让我们父辈们的人生急剧地拐了一个弯，别无选择地拿起了武器，走向了战场。战争是他们最无奈也是最意想不到的选择。

二、村庄早晨

晨曦，渊子崖村在鸡鸣犬吠声、人们的吆喝声中惊醒。带着晨的清新，带着晨的芳香……村头，树梢上空飘荡着缕缕炊烟。

冬日的田地蒙着一层薄霜，可以看见下面僵化的土地，硬冻而干裂。小河结了冰，高大的土围子墙像一条长龙，绕村一周，在旭日的照耀下十分壮观。

太阳刚刚出来，霞光中，村口那几棵老松柏树和槐树显得更加挺拔伟岸，几只小鸟落在树上叽叽喳喳地叫着。

执勤的自卫队员林凡财和林崇岩身上盖着毡片，靠在河边的老银杏树下正在打盹。阳光照在林凡财的脸上，他醒了，举起双手，伸了一个懒腰，轻轻地哼起了刚学会唱的《沂蒙山小调》。

"人人那个都说哎沂蒙山好，

沂蒙那个山上哎好风光——"

远处河对岸走来一支队伍。林崇岩眯眼睛看了一会儿，突然睁大了眼睛，他跳了起来，伸手去拽林凡财，一惊一乍地："别唱了，鬼子！鬼子！"

林凡财不在乎地说："是二狗子吧？"

林崇岩神情紧张："穿的黄衣服，是鬼子！奔咱村来了！"

林凡财跳了起来，两人赶紧掉头往回跑。

厚厚的围子大门"吱呦"一声开了,林欣和父亲林崇秀走了出来。林欣左肩挎着个包袱,包袱里有继母给她煮的鸡蛋,还有新烙的煎饼,父亲要送女儿回八路军部队上去。

两人刚过了门口的小石桥,就看见林凡财和林崇岩气喘吁吁地跑了过来。

林崇岩大叫:"鬼子来了!鬼子来了!"

林欣下意识地摸了摸腰间,急忙问:"哪来的鬼子?"

林凡财边跑边说:"从小梁家据点过来的,人可多了,蝗虫一样,说话就到了!"

林欣说:"那我们赶快回去报信!"

说着几个人急匆匆地跑回村里。

急促的锣声"噹噹"响了起来,打破了村里的宁静。

伴随着"鬼子来了,快上围子!"的呼喊声。

锣声过后,全村人顿时紧张起来。家家户户的门都开了,自卫队员纷纷带上土枪、大刀长矛等武器奔向各自预定的岗位。老人、妇女、儿童也都行动起来了……

村长林凡义听见喊声,一个鲤鱼打挺,从床上起来,穿上衣服,用一条皮带狠狠地拦腰一扎,把手枪往腰间一插,提着大刀从自己家跑出来,这时翠翠在后面跑来跟着他。

林凡义大吼:"翠翠,赶快回去帮忙!别跟我上去。"

翠翠不依不饶地说:"凡义哥去哪儿我就去哪儿!"

林凡义急忙向围子墙方向跑去。

一个中队的日军士兵排成纵队,耀武扬威地打着太阳旗已接近渊子崖村。

队列最前端，是三个士兵组成的斥候小组（侦察兵）。

中队长本间腰佩战刀，胸前挂着望远镜，骑着高头大马，得意洋洋，神气十足地走在队列的中间。

翻译官低头哈腰地向他报告："渊子崖村就在前面。"

本间不可一世地拔出指挥刀，在空中划了一个圆弧，喊了一句什么。前面的日军小队突然分开，以班为单位，在距围子墙数十米的地方向两边跑去。

本间自己带领剩下的两个小队继续前行。队伍呈散兵线，推进到村子西门前。

林凡义手持大刀站在围子墙的炮楼上往下一看，只见村子的东南北三面都有鬼子。虽然数量不多，但是相互遥遥相望。

他身边的自卫队员有些慌张，小声说着话："鬼子，真是鬼子啊。"

林凡义镇定地说："盯紧点儿，大家都别怕！鬼子要是冲上来，就用炮轰他狗日的！"

"我到村西边看看。"说着他疾步下了炮楼子，往村西走。

日军在村西门外不远的地方停下，摆开攻击队形。两门小迫击炮架了起来。本间拿起胸前的望远镜观察围子上的情况。

渡边小队长说："真没想到，像城墙一样的土围子，看起来很坚固啊。中队长，可以攻击了吗？"

本间放下望远镜，一副厌倦不屑一顾的神色："围墙上有很多的老百姓，他们拿着大刀和梭镖，似乎要抵抗。"

渡边哈哈笑了起来，用军刀指着围子墙，骄横地说："南京城也很坚固啊，还有支那正规军防守，不是也被攻下来了吗？别看这些人现在很神气，一会儿，他们就会变成死尸了！"

本间也哈哈大笑了起来："那就给他们一个活下来的机会吧。渡边，你带翻译官去劝降他们。"

渡边有些疑惑地看看本间，接着问："不打算攻击了吗？"

本间十分神气地大声说："和老百姓作战，显示不出皇军的英勇，况且没有这个必要。你告诉他们，把八路伤员交出来，把钱粮交出来，我保证皇军不进村，不杀任何人。"

渡边两腿一并，军用马靴的后跟发出了撞击声，立正点头鞠躬："嗨！"

三、村围西门

村西头围子墙上，林凡义、林庆忠和八路军伤员王向南等人在进行紧张的组织和动员。

王向南分析道："鬼子动作好快。村子东南北三面虽然鬼子人不多，可是彼此呼应，形成了火力控制。咱村子算被鬼子包围了。"

林凡义坚定地说："他奶奶的，就这百十个小鬼子，想进咱村也难！"

正说着，远处，一个头戴日军军帽的翻译官打着白旗，带着渡边小队长走过来。

林庆忠急忙问："小鬼子要干什么？"

翻译官和渡边走到围子墙下，站住了，抬头望着围子墙上的人。

翻译官胆颤心惊地喊道："渊子崖村围子里的人听好了！皇军是

来谈判的，不要开枪！"

渡边上前一步，手扶指挥刀，抬头向上看了看，又环顾四周喊道："我们知道村里藏有八路的伤员和粮食，本间中队长命令我来谈判。你们只要合作，交出八路伤员，交出粮食，本间中队长保证所有村民的安全，皇军不进村，立刻就离开。"

翻译官扯着破嗓子一句一句翻译着。

林凡义大声对翻译官说："你告诉他，俺村没有八路，也没有粮食！"

翻译官转身对渡边说着，渡边摇了摇头："既然说没有八路，没有粮食，那就开门让皇军进去搜查！"

翻泽官又对着围墙上的自卫队员们喊着。

林凡义高声喊道："这里是俺们村，村里没有八路！也没有粮食！你们不能进来！"

翻译官低头哈腰地对渡边说了什么。渡边又往前走了几步。

渡边对翻译官说："告诉他们，要么交出八路和粮食，要么开门接受搜查。给他们十分钟时间考虑，十分钟后，如果不交，皇军将开始攻击，不保证任何人的安全！"

他说完，向围子上方恶狠狠地看了一眼，转身往回走。翻译官喊了一嗓子，像哈巴狗一样的跟在渡边的身后往回走。

围子墙上，林崇岩趴在那里用雁枪瞄着渡边，悄声对林凡义说："村长，俺把这狗日的撂倒吧？"

林凡义接着说："别开枪！让他回去。"回头对着众人，高声喊道："大家听着，鬼子不开火，咱谁都不能开枪！"

人群中有人嘟囔了一句："不知鬼子说话算数不？"

林庆忠仰起脸："你啥意思？"这人低着头怯生生地说道："刚才那个鬼子说，只要咱交出八路，他们就不进村——"

林凡义扭脸看着他说道："你说啥，把八路交给鬼子？"

那人不敢看林凡义，转身对着大伙，又小声说道："鬼子不比二狗子，个个凶神恶煞，杀人不眨眼。咱村里人哪里打得过鬼子？为了四个八路伤员和粮食，把一村老小的性命都搭进去，值得吗？交出八路，给他点粮食，鬼子就走了，咱村就安生了。为什么要让大家伙去送死？"

林凡义一听猛地从腰间拔出撸子手枪，对准他，低声吼道："你要再敢说一句，俺就要你的命，立马打死你！"

那人双手抱着脑袋，胆怯地看着林凡义手中的枪，羞愧地低下了头，不敢再说了。这时王向南一个箭步冲过来，伸手欲夺林凡义手中的枪，被林凡义推开了。

王向南十分诚恳地对大家说："他说的是对的。只要能救全村乡亲们的命，村里不受损失，可以把我们交出去。"

林凡义坚定地说："什么混账话！你们是为老百姓打鬼子受伤的，把你们交给鬼子，渊子崖村的老少爷们，还有脸再活下去吗？俺们还算是人吗！就算全村人都死了，也不能把八路军交给鬼子！"

这时史思荣感动地说："那也不能看着村里老百姓去死！我们只有四个人，还是伤员。村里可有一千多乡亲！哪个轻哪个重，你该能掂量清楚！"

林凡义"嗖"的一声把插在腰间的大刀从背后拔出来，又吼道："同生共死重！贪生怕死轻！站在这儿的庄稼人，都是爷们！都要脸！要是为活命让小鬼子祸害了你们，渊子崖村的人，生不如死，世世代代都抬不起头！"

林凡义回过头，涨红着脸对着乡亲们："乡亲们，日本鬼子欺负我们，二鬼子汉奸又帮忙，咱们要过安生的日子，就要团结起来。八路军是咱自己的亲人，他们为打鬼子受了伤，咱不保护谁保护？咱们村的人多，只要大家拧成一股绳，是爷们的就要站起来，和他们拼了。大伙说，俺说的对不对？"

众人斩钉截铁地齐声答道："对！宁可站着死，决不躺着活！决不把八路交给鬼子，咱们不怕！跟他们玩命！"

在距渊子崖村西门不远的地方，日军的机枪手瞄准围墙，旁边的副射手已把子弹准备好，士兵们或卧倒或半跪，枪口都对着村子的方向。迫击炮手也蹲着待命，炮弹已准备上膛。

本间似乎悠闲地看着手表，渡边立正站在他身边，也在漫不经心地看着手表："时间到了，中队长。"

本间命令："既然他们选择死亡，那就这样吧。开始攻击！"

渡边拔出军刀吼了一声，枪声顿时响了起来。

机枪和步枪子弹打得围墙土块四溅，日军士兵在火力的掩护下呐喊一声，向着村西门冲了过来。

四、浴血奋战

围子墙上，子弹嗖嗖飞过，自卫队员们都隐蔽在墙后。林茂和儿子林凡财蹲在那里，林凡财手里拿着一只梭标，不时地嘟囔道："鬼子又有枪又有刀，我拿这个怎么打呀？"

"爹！都这时候了，咱回家拿家里的快枪打鬼子吧。"

林茂急忙捂住儿子的嘴，说了一句："别吱声，快藏好了。"

火炮手林九兰和林清杰、林崇松几个人把炮口对准向前冲锋的敌人。林九兰瞪大眼睛悄声说："等鬼子近些再打。"40米、30米、25米，村里大部分人还是第一次这么真切地看见鬼子，心情有些紧张。

这时，林凡义大喊一声："打他个龟孙！"林清杰点燃了五子炮，对准猛扑上来的日军，首先开火。"轰"地一声响，子弹泼水似的扫向敌人。跑在最前边的日军士兵像被镰刀割断的草，瞬间，十几个鬼子"扑通"倒在地上。

紧接着，林九兰的生铁牛也点燃了火帽，林崇松、林九彬等人的雁枪也一起向鬼子射击，鬼子在猛烈火力的打击下"哇哇"乱叫，向后退去。

骄横的日寇原认为有些国民党正规军都会望风而逃，在这偏僻的山区是不会遇到什么麻烦的，万万没想到的是竟有人敢向他们开枪开炮。日军士兵愣了一下，一时被突如其来的枪炮声惊懵了。

稍一清醒，日军士兵便纷纷卧倒。看看没有动静，一个留着八字胡的日军军官"哇哇"地吼了几声，又组织了五六十个鬼子往前冲。"轰"的一声，又一门土炮响了！几个鬼子倒地，死的死，伤的伤，"哇哇"乱叫。

日军的攻势稍稍受阻，活着的士兵在渡边的指挥下，冲到了围墙西门下。围子墙上落下石块、砖块，砸得日军鬼哭狼嚎。

日军往回跑，土炮又响了，很多士兵背部中弹，狼狈逃窜。

村里东南角有个放柴草的园子，林凡华等十几个半大小子拣了好多小石头放在架子上，煞有介事地从垛口观察敌人。他们从小就练用石头打东西，而且打得很准。

他们发现30多米外的一个小土堆上，有个鬼子趴在下面，小凡华用力掷过一块石头，鬼子一惊，刚抬头，他的第二块石头便打了过来，恰中鬼子的面部，疼得鬼子"呀呀"地用手去捂，孩子们偷偷地笑了……

俗话讲，上阵亲兄弟，打仗父子兵。村民林崇岩一家两代10个男人都在炮位上，日军的炮弹就在他们脚下炸开，脑袋被炮火震得"嗡嗡"响，有人被炸伤，有人倒下了。但他们毫不畏惧，坚持战斗。

日军迫击炮手调整射击角度，炮弹飞向围子墙。爆炸声惊天动地，冲起股股烟尘，守在里面的群众紧紧盯着敌人，炮弹仿佛就炸在每个人的心头，但几乎都没有击中。炮弹掠过墙头，在围子墙内爆炸。

有一发炮弹落在林氏家庙上，林氏已历75世，家庙是族人祭祀祖宗的地方。

众人见炸了家庙，更是个个义愤填膺，怒火冲天。接着两发炮弹打中了围墙，只崩出两个小坑坑。这围墙1米多厚，当年修的时候是用好土夯结实的，十分坚固。村民见敌人炸不开围墙，心中倒松了一口气。

这时日军的枪声停了，迫击炮也不响了。鬼子的冲锋又被打退了，围子墙外一时静了下来。自卫队员们个个精神振奋，消息被站在围子墙架子上的人传遍全村，村里的人们备受鼓舞。

林凡义和副村长林庆忠脱去棉衣，手提大刀分头各段检查。围墙四周脚手架上的人都伏在墙头下，炮楼上的人忙着装弹药。林凡义四处走着，这边嘱咐几句，那边安排几句，让他意想不到的是，乡亲们临危不惧，竟会如此镇定。

日军士兵相互搀扶着，撤退到攻击发起地。

本间望着远处躺在地上的阵亡和受伤的士兵，气得"哇哇"直叫。

渡边无奈地说："很麻烦啊。看来靠一个中队，无法攻进村子。向联队长报告，请求支援吧。"

本间阴沉着脸，点点头。

渊子崖村外的田野上，日军的一个传令兵骑着马，向着沭河以西驰去。

自卫队员们躲在围墙后，外面很安静，没有枪响声。

林凡财在架子上蹲了一会儿，听着外面没有动静，他耐不住性子，探身向外张望。

这时，一颗罪恶的子弹飞过来，打中了他。林凡财身体晃了晃，仰面倒下。

林茂急忙扑到他身边，带着哭腔喊着："凡财，凡财！"

林凡财嘴唇哆嗦着，半天说不出话。林茂抱着他，泣不成声："凡财，我的儿啊！我的儿啊！"

林凡财额头上冒着鲜血，手持梭标，眼睛直勾勾地看着父亲，吃力地说"爹，枪，枪！"

林茂使劲地点头，儿子凡财睁着眼睛停止了呼吸。林茂眼含热泪，忍着巨大的悲痛，用手把儿子的眼睛合上。

众人眼含泪花，上去拖下林凡财的尸体放在一边，抓把草盖上。

在场的副村长林庆忠悲愤难抑，怒光四射，他怕众人盲动，低声嘱咐大家："先憋着火，都别露头。"

围墙的另一端，三喳喳将头上的毡帽摘了下来，用木棍举着，伸到围墙外。片刻之后，一颗子弹"噗"地将毡帽打穿。

三喳喳倒吸了一口冷气，叫了一声，歪着身子，凑近围墙的豁口，斜眼看外面；小河旁的果园子里，几顶日军的钢盔隐隐闪光。

三喳喳从怀中掏出手雷，笨拙地拉开引火帽，在墙上磕了一下，站起身奋力投向果园子。

"轰"地一声，果园子里飞起冻土和树枝，其中夹杂着钢盔和断枪。

三喳喳神气地说："小鬼子，不恣了吧？炸死你狗日的！"

他靠在围墙上嘿嘿笑。旁边的自卫队员看着三喳喳，大叫："三喳喳，血，血！"

三喳喳低头，看见血从胸口咕嘟咕嘟冒出来，骂了一句："他娘的，打得还怪准。"

他说完，一歪身子倒在地上，自卫队员们急忙扶住了他。

几个自卫队员用一块门板抬着三喳喳跑进祠堂，林欣在院子里看见后，急切地问："三喳喳，你受伤了？"

三喳喳问："你咋还在村里？不是让你回部队吗？"

林欣答："今早俺刚出门被鬼子堵回来了！"又关心地问："你伤在哪里？伤得重吗？"

三喳喳说："小鬼子想打死俺，没那么容易！俺用手榴弹炸翻了两个，死了也够本！"

林欣慌忙找绷带，给他包扎伤口。这时有自卫队员背着两个八路伤员出来。

林欣问："你们这是干啥？"

抗大一分校学员史思荣说："上围子！乡亲们和鬼子干上了，俺也不能袖手旁观！"

五、村民林茂

村民林茂亲眼目睹了儿子凡财被鬼子打死的惨状，他悲愤满腔，嚎啕大哭，哭了几声，突然不哭了，这个老实本分的农民擦了擦眼泪，把老棉裤用力一扎，跳下围子墙，拉起几个自卫队员，急忙往家跑。

林茂那年50岁出头，前些年在临沂和十字路做点小生意，赚了些钱，在村里置了些地，农忙时还雇个短工，算是有钱人，也是个老好人。

前几年，为防土匪，他托人在青岛买了些枪回来，村里人有耳闻，也有人亲眼看见了。

"鬼子来了，抓紧上围子，全村人各就各位！"正在提着那面在义和团时期用过的大锣动员群众上围子的老族长，边敲边喊，迎面拦住了他。

老族长呵斥："林茂，你给我上围子！咱村谁也不能后退当孬种！"

林茂拖着哭腔："老族长，凡财死了！我的儿死了！被鬼子打死了！俺回家去拿枪！"

他说完，满脸涨红，擦了擦额头上的汗水，三步并作两步的往家里跑。

林茂家偏房里放着一口棺材，棺材上面盖着草席，草席上面还堆着许多麦草。他带着几个自卫队员搬掉棺材上的东西，掀开棺材盖子，把底下的毡布揭开，露出几支步枪和用油纸包着的子弹。

林茂老婆秀枝颠着小脚进来，不解地问："他爹，你这是干啥？"

林茂把步枪和子弹递给自卫队员，拖着哭腔说："拿枪打鬼子！凡财没了！"

秀枝急忙问："你说啥？"

林茂："咱家凡财没了，被鬼子打死了！"

秀枝愣了片刻，接着泣不成声地哭了起来。

秀枝撕心裂肺地哭喊着："俺的儿啊，凡财在哪？俺的儿啊——"那一声声压抑的、痛苦的长嘘短叹，仿佛是从她灵魂的深处艰难地一丝丝地抽出来，散布在屋里，让在场的人无不动容，暗自落泪。

林茂大声对秀枝说："孩儿他娘，现在不是哭的时候，擦干眼泪，你去喊村里的女人们上咱家拿粮食，做饭摊煎饼！让老少爷们吃饱了，我们有热血跟鬼子玩命，给咱凡财报仇！"

自卫队员们拿着枪跑向围子墙。林茂走到粮房前，手哆嗦着，从裤腰带上解下钥匙开门。

他把一袋粮食从房里搬出，扔在院子里，又去搬另一袋。足足搬出了六袋粮食，有磨好的面粉、小米，也有玉米面和高粱。

秀枝一直哭着，看着他搬粮食。

林茂向她吼道："别嚎了！还不快去喊人搬粮食！"

秀枝止住哭声，看了丈夫一眼，迈着小脚跑出门。

一会儿，家里边来了一群妇女，肩扛手提地搬粮食。

林茂大声对妇女们说："婶子大嫂们，抓紧回去和面，蒸馒头、摊煎饼，往围子墙上送。"

把枪让自卫队员扛走后，林茂自己留了一支。他转身回到屋里，舀了一瓢缸里的水，一仰脖"咕咚咕咚"喝下，脱掉外面的粗布大棉衣，只穿一件贴身小棉袄，用皮带扎紧，背着枪，义无反顾地大步走向围子。

这个头脑灵活、精明能干的农民生意人，他要挺起脊梁，拿起手中的枪去打击侵略者，他要用手中的枪讨还血债，去为死去的儿子报仇！

六、村围北门

八路军伤员张彪在围子墙北边炮楼子上，他手里拿着一支林茂家刚送来的步枪，身边有一个撕开的油纸包，露出黄橙橙的子弹。

张彪端起枪，眯着眼，作了一个瞄准动作，连声道："这真是好枪啊！"接着又道："小日本来吧，老子有这玩意儿伺候你。"

他从射口往外看，一队日军骑兵在村外不远处驰过，在骑兵的后面，步兵纵队浩浩荡荡，后面还拉着山炮。

自卫队员："又有鬼子来了！"

张彪："大家不要怕，鬼子虽然人多，只要咱们同心协力，守住围墙，他们进不来也是白搭！"

林九兰等人抬着五子炮上来了，把炮在围子墙上支好，炮的旁边，众人在忙活着准备火药、铁砂、碎铁等。

八路军伤员赵栓虎手持步枪趴在围墙垛口上，他看到一队鬼子如蝗虫般，正在向村外小河边蠕动。

王向南和林凡义也在观察着日军的动向。王向南转身对林凡义说:"增援的鬼子到了,看样子,有四五百人。"

林凡义看了看王向南:"鬼子人太多,咱不行就撤吧。把乡亲们从东门带到后山去!"

王向南不容置疑地回答道:"绝不能撤!鬼子有马队,只要乡亲们一出村,很快会被追上,那时候就全完了,一个也活不了,现在只能坚守!"

林凡义:"咱能守住吗?"

王向南:"趁鬼子还没有完全合围,派人去找区委和咱部队联系。我们尽量守,能守多久算多久,争取时间等八路军主力部队来解围。"

林凡义:"好!听你的!马上派人送信,咱和小鬼子拼了!"

林凡义提着大刀,各处喊人上架子守围墙。

俗话讲:人心齐,泰山移。这会鬼子来了,渊子崖村各家青壮年都上阵了,有武器的拿武器,没有武器的随便抓个什么铁锨铡刀什么的当武器,围子墙架子上已站满了人,炮楼上架起了炮支起了枪。

50多岁的林崇松,手拖一根钢叉,嘴里骂骂咧咧道:"哎他娘的,还怕他个狗日的鬼子不成?不揍他个龟孙,他就不叫你安稳。"

看到村民们众志成城,群情激昂,林凡义心里又是感动又是忐忑不安。他想,渊子崖村千多口人的命运就掌握在自己手里,怎样才能保护善良的乡亲们呢?现在已经没有退路了,只有打。林凡义咬着牙说:"是祸躲不过,躲过不是祸,鬼子已经把咱包围了,咱想冲也冲不出去。不打,鬼子也不会放过我们,只有等死。咱渊子崖人宁死不当孬种,不如杀他个痛快!"

林庆忠接着说："事情到了这一步，也只好拼个你死我活！"

林凡义挥了挥拳头："东南山驻着八路军的队伍，打起来他们会来支援咱。咱们守住围子，坚决不让鬼子进村！"

共产党员林崇成说："大家沉住气，咱现在不打枪，等鬼子靠近了再打，节约着点弹药。"

桌上摆着下了一半的围棋，木村和矶谷对面而坐，广田站在一旁。接到请求支援的骑兵报告后，三个人的表情都很诧异。

木村："难以置信！本间中队居然攻不下一个村子？"

矶谷："联队长，我带大队去解决吧！"

木村："这盘棋还没有下完呢。广田，命令酒井大队带上四门山炮去支援本间，杀他个鸡犬不留，屠掉这个村子。"

广田："所有人都杀掉吗？"

木村凶狠地说："胆敢反抗皇军的人，让他去死。不许这个村子有一只活着的鸡！矶谷君，该谁落子了？"

矶谷抬手，做了个请的姿势。木村将一枚黑子落在棋盘上。

广田快步跑出门去，荒木和吉野坐在河边折叠好的帐篷布上，看着酒井大队的士兵列队出发。

吉野："是去支援我们中队的吗？不是说，村里只有伤员和老百姓吗？"

荒木："枪声响了很久，看起来不是很顺利啊。"

渊子崖村外，日军阵地上。本间站在酒井对面，成立正姿势，低头报告："没有完成联队长交给的任务，实在对不起！"

酒井瞪了本间一眼："怎么回事？很奇怪啊！你怎么连一个村庄

都攻不下，难道真的没有斗志了吗？"

本间委屈地回答："虽然村里没有正规军，但是围墙很坚固，无法攻破。再加上村民很勇敢，还有土炮和土枪，所以伤亡很大。"

酒井："围墙很坚固吗？开炮试试就知道了。"

四门山炮对准了村子，日军炮兵正在作炮击准备。

酒井转向炮兵队长，表情很轻松，甚至还有些嘲弄的意味。他把带着白手套的右手高高举起："准备炮击！把这围墙给我轰塌了！"

炮兵队长走到炮位前，也举起右手："各炮位一发试射！开炮！"

日军炮兵四门山炮依次开炮。

炮弹呼啸着，准确地击中了围墙，顿时硝烟弥漫，但是没有太大的效果。围墙只是掉了些土块。

酒井举着望远镜观察，他回头命令炮兵队长进行二次炮击！

炮兵队长下令，山炮再次发射，可是围墙依然如故。

酒井大叫了一声："他妈的，八格牙路，真不敢相信！难道是铜墙铁壁吗？"

本间拿着望远镜环顾了一下，向酒井报告："据我观察，村子东北角的围墙，似乎矮一些，好像也薄弱一点。"

酒井问："是这样吗？要看一看才知道。"

他回头喊了一声，命令士兵牵过军马，酒井和本间翻身上马，向着围子墙东边驰去，一队士兵在马蹄荡起的土尘中跑步跟在后面。

第五章　血气如阳

　　构成烽火的岁月，总是伴随着苦难与伤痛；燃成岁月的烽火，一定会漫卷着抗争的风潮。

　　流火滴血的历史告诉我们，抗战八年，沂蒙军民在党中央和各级党组织的领导下，作出了重大贡献：钳制日军兵力6万余人，伪军兵力10万余人。作战4万余次，击毙、击伤、俘虏日伪军25万余人，缴获各种枪支20万余支、炮500余门及大量军用物资。但也付出了重大牺牲。

　　那"被泪水煮过的心"跃过动荡曲折的时空，抹一把眼泪，挺起脊梁。他们躁动着乡野元气，抒写着生命激情，飞扬着中华魂魄的烈烈雄风。

　　沂蒙山是不屈的。革命战争年代，在中国共产党的领导下，八百里沂蒙烽火连天，七十二崮都是过火的石头，不死的山岗。

　　然而，在战争的天平上，最重的砝码是人民。因为人民是民族血性传递的不可取代的载体！

酒井和本间骑着马，在离围子墙东北角不远的地方停下。举起望远镜观察情况。他们发现，此处的围墙果然较别处要低一些，看起来也不甚结实。

酒井把指挥刀指向东北角，命令道："立刻把山炮调过来，再调一个步兵中队！给我炸平攻下！"

传令兵答应一声，飞马而去。

一、围子墙上

土围子里，村里的一群妇女有的提着瓦罐，有的拿着碗，把煎饼和热汤送到自卫队员手里。

林九兰的女人提着瓦罐也来送饭来了，林九兰和汉子们的头发上都是土，汗水冲开了他们脸上的灰土，形成一道道小河沟。

林九兰的女人在地上放了几只碗，招呼男人们来喝鸡汤。林九兰投去询问的目光，女人说，有个炮弹落在家里，炸死了几只鸡，我就把鸡煮了拿来了。

林九兰说："好！大家伙吃！吃饱了，好好打这些小鼻子养的！"

刚吃了几口，林九兰又大声对老婆说："你回家，把那坛子老酒赶快提来。"女人应声，一溜小跑，一会就把酒拿来了。林九兰抱起坛子，把酒倒在几个黑瓷碗里，自己先咕咚咕咚喝了半碗，众人端起碗，轮流喝了一圈。林九兰抹了一下嘴，用手拍了拍肚子，说："老少爷们，大家吃好喝好，过会儿好有力气杀鬼子！"

林九臣的妻子王氏，颠着小脚，送来了用石榴树叶煮的茶水，给男人们说："你们多喝点，打鬼子的时候别喊哑了嗓子。"

亲人们的热情关怀更加激发了自卫队员们的斗志，他们抢修围墙，收集弹药，准备迎接新的战斗。

林凡义和王向南正在沿围子墙巡查，这时林庆忠跑了过来。"凡义，鬼子调山炮到村东北角了！"

林凡义的表情有点紧张，他望着林庆忠，问道："真的吗？看来鬼子要攻打东北角。这可麻烦了！你看清楚了？"

王向南看着林凡义紧张着急的样子，急忙问："村东北角怎么了？"

林凡义说："东北角的围子墙不结实，鬼子要用山炮轰，真抗不住！"

王向南果断地说："林村长，赶紧组织人到东北角围墙，防备鬼子冲进来，我也过去！"

渊子崖林姓辈分严格，按辈分，林凡义应称林九兰爷爷。这时林凡义回头喊了一声："七爷爷！您跟着王班长，把五子炮调过去！那家伙厉害，多带些火药！再去调些人和枪，坚决守住东北门。"

林九兰回答："俺听你的！"

敌人一波一波的进攻被击退了，日军整编队伍调整战术开始了第三轮进攻，敌人凶猛而又密集的火炮"嗖嗖"地像刮风一样，轻重机枪的子弹也像雨点一样射向围墙，炮火硝烟迅速在村子周围弥漫，村里浓烟滚滚，被炮弹击中的房屋顿时成为一堆瓦砾，村东北角土围子也被炸开了一个缺口。

鬼子步兵端着刺刀，成群结队地向围子墙下扑来。自卫队员的各种火炮早已装足了弹药，其中一门"生铁牛"就"喂"了两碗黑药、三碗铁砂。

10多名炮手守在炮旁，手拿火绳，准备轰击，眼看着敌人距离围墙只有25米远了，林凡义低声喊道："准备——放！"霎时，七八门土炮一齐喷出怒火。烟雾丛中，敌人连滚带爬退回了北大沟，留下了十几具尸体。

　　"五子炮"用的铁砂子很快用完了，村里的女人们把铁锅砸成一块块的碎块，送到阵地上来；把铁耙子齿一根根掰下来，直接放到炮膛里。对日军威胁最大的就是这种"五子炮"，一门"五子炮"需要5个人，一个看目标，一个调炮位，两个装火药，一个点火。这种土炮虽然不大，但威力巨大，可以用铁钉、石块做炮弹，炮响之后敌人就倒下一片。但由于填火药时间长，日军就利用这个间隙，派人去抢炮，村民与冲上来的日军展开肉搏战。

　　当日军冲进西炮楼时，林庆海把火绳向火药罐里一抛，只听"轰隆"一声，火光冲天，3个鬼子变成了"火人"。林凡义、林崇松等人趁机冲进炮楼，将他们捅死。还未来得及撤退，又一群日军冲了上来，他们用大刀、长矛和敌人拼杀，边打边撤。

　　林庆海由于烧伤过重，死在土围子下，林崇松也在砍死一个日军后中弹倒下。

　　从东路攻上来的鬼子被自卫队员的炮火打退之后，从西路进攻的鬼子利用我们给火炮装药的机会，又在山炮、机枪的掩护下，从沟底扑了上来，攻在前边的敌人已爬到围墙根下。

　　在这危急的时刻，火炮手林九兰等人，立即点燃"五子炮"，随着响声，离围墙稍远的几个鬼子见了阎王。随后，他们又各自抱起一块大石头，向顺着围墙往上爬的鬼子砸去，只听得"呀""呀"几声，又有3个鬼子兵成了肉泥。

多门"五子炮"的炮膛都发了红，自卫队员们只能一门一门地轮换着浇上煤油降温，继续顽强地坚持战斗。

二、村东田野

一门山炮对准围墙抵近平射，连续开炮。

轰！轰！轰！

围墙在连续的轰击下，又被炸开了一个缺口。

日军步兵呐喊着，再次端着枪冲了上来。

林九兰喊道："坏了，墙炸毁了！"转身回去扛来一块门板和石头堵上。

鬼子刚到围墙附近，"轰"地一声，五子炮打响了。几个日军步兵倒地，其余的鬼子纷纷往后退。

酒井命令道："继续冲！这是不能连发的土炮。趁他们装药的时候，冲进去！"

日军士兵继续冲上来。又是"轰"地一声。

后面的步兵再冲，五子炮又响了。再响，再响。日军步兵伤亡惨重，无力再攻，退了回去。

酒井看傻了："这是什么武器？真是土炮吗？"

操控山炮的炮长满脸迷惑不解的神情。

炮长回答："能连续发射的土炮，还是第一次见到啊。"

酒井气得哇哇大叫，抬脚将一个空炮弹壳踢飞。他拔出军刀，气急败坏、歇斯底里地大吼："给我攻击！攻击！"

日军步兵又开始了新一轮攻击。

桌上的围棋盘摆满了棋子。已经到了胜负之决。广田从门外急匆匆进来。

"报告联队长！酒井大队连续三次攻击，都失利了。"

木村凝神看着棋盘，手里拈着一粒黑子，对广田的话似乎置若罔闻。对面的矶谷有些坐不住了。

矶谷忙说："联队长……"

木村伸出左手，示意矶谷不要讲话。他仔细看着棋盘，估算着胜负。

广田不知所措地站在一旁。

一会儿，木村抬起头，仿佛在自言自语："一个满员大队加上一个中队，还有联队炮兵，竟然攻不下一个村庄。83联队的荣誉何在？"他有些不可理解。

木村站起来，恼羞成怒地对广田命令道："命令整个联队集合，全体出动。我要亲自指挥，攻破这个村子！让他们在地球上消失！"

广田大声应道："嗨！"

沭河边到处是乱哄哄集合待命的日军，有人在吹哨子，有人在大声发布命令。

荒木和吉野还坐在叠好的帐篷上，两人四下张望。

日军83联队的膏药旗在集结的队伍前晃动，吉野十分不解地说："整个联队都要上去了！这是个什么样的村庄，如此难以对付？"

荒木道："这是怎么回事，炮声一直在响，抵抗很顽强啊。难道是遇上八路正规军了吗？吉野，我们要加入战斗了。"

"伍长，你可以吗？"吉野问。

荒木答道："同伴们都在作战，我袖手旁观，不觉得羞耻吗？走吧！"

两个人站起来，拿起各自的武器。荒木的表情有些怅然，他叹了一口气："我原本以为，可以不用再打仗了，要回去休整，回国看樱花了。"

他怅然若有所失地加入到准备出发的队伍里，吉野默默无语地在后面跟着他。

渊子崖村外的田野，冬日的寒风不时吹来，天气阴沉沉的。

日军野外医疗站内，摆放着许多日军士兵的尸体，还有很多的伤兵躺在地上在呻吟。一个日军士兵的腿被打断了，正坐在地上唉声叹气。

木村在酒井的陪同下一边走，一边巡看着。他脸色阴沉，一言不发。

帐篷里搭了一个临时手术台，木村和酒井脸色十分难看地在帐篷门外站着。

一名军医戴着沾了血迹的橡胶手套，从帐篷里走出来，神色艰难地说："阵亡和受伤的士兵大多是被土炮击中的。土炮的装填物有铁砂，还有废铁块和碎农具，非常不规则，所以创面较大，体内异物也无法及时取出，很难治疗。一两天后，将会有大量的败血并发症，还会死很多人，非常抱歉，联队长。"

木村问："被子弹击中的多吗？"

军医说："有，但是不算多。从致伤原因来看，基本可以断定，村里没有八路的正规部队。"

木村说："辛苦了。"

广田骑马过来，向木村报告："联队长！攻击准备就绪！可以开火了吗？"

木村回头，看看地上排列整齐的日军死尸，非常恼火地说："身经百战的勇士竟然死在支那老百姓的手里，死在沂蒙山区小村庄里，简直是大日本帝国的耻辱！耻辱！"

酒井惭愧地低下头。

木村恼羞成怒地命令道："酒井！你亲自带队攻击！以实际行动想办法洗刷耻辱吧！"

酒井大声应道："嗨！"

三、奋勇杀敌

2005年7月，《临沂日报》记者王丽丽采访渊子崖村时年已85岁的老自卫队员林守森。

老人豪迈地说："鬼子来攻渊子崖那年俺21岁，全庄人没有一个打算跑的，都准备和鬼子拼命。俺爬上架子点五子炮，等着送鬼子上西天。当时，日军从村西北方向的深沟里包抄上来，用炮弹轰炸围墙和村庄。一时间枪声、炮声轰鸣，我觉得脚下的大地都在抖动。"

老人接着说："俺上了墙，把五子炮点上，第一炮，鬼子倒下了一大片。鬼子以为这一炮打完，俺就会忙着装弹药，就着急往上冲。结果第二炮，鬼子又倒下了一大片。连放两炮后，敌人就不敢硬攻了。狡猾的鬼子选择了易攻的东北面的围墙发起猛攻，不一会儿，围墙就被打出个窟窿。村长林凡义叫大伙儿赶紧拿家什堵窟窿。许多村民冒着枪林弹雨，用门板、石块把缺口垒上。激战了一上午，敌人始终没能攻进围墙。俺父亲林崇周在扛门板堵窟窿的时候，叫鬼子的炮弹炸得肠子都流了出来。后来，在园子里被鬼子搜了出来，放火给烧了。"这时老人陷入了痛苦的回忆。

林守森老人点着烟，深深地吸了一口继续讲道："战斗还在继续，有个村民想出一个消耗鬼子子弹的好办法，大家用棍子挑着帽子伸出墙外。每次稍一露头就会被鬼子的机枪在围墙上扫道沟。"

战斗仍在激烈地进行，中午过后，敌人的大炮又一轮轰鸣起来，炮弹接连落在炮楼、围墙、房屋和大街上，霎时，炮声隆隆，烟雾腾腾，火光冲天。

村东北角围墙被轰塌了3段，很多自卫队员被埋在土里，有的受伤了，有的光荣牺牲了，拼上了老本的日本鬼子疯狗一样地嗷叫着往前冲。

当年的自卫队员林守森正在向青少年进行革命传统教育

林凡义光着膀子只穿一件夹袄，腰插手枪，拎着大刀，大喊了一声"快堵住缺口"，就飞奔而来。

　　这时，领头的一个鬼子兵已冲进了缺口，年轻的自卫队员林端五手握铡刀，迎了上去，只听得'刷'的一声，这个鬼子脑浆迸裂，命归西天。

　　当林端五举起铡刀冲向另一个鬼子时，一颗子弹突然飞来，打在他右边的胸口上。他拼了最后一口气把冲上来的鬼子的胳膊砍掉，接着又双目怒睁，狠狠地扑向鬼子，用牙齿咬住鬼子的耳朵。这时他的父亲林九宣用长矛捅向鬼子的脑袋，林端五就这样和鬼子同归于尽了。

　　林九宣看着倒在血泊里的儿子，悲痛欲绝，立即两眼出火，他从鬼子脑袋上拔出长矛，转身向缺口处的敌人冲去。举起长矛，这位五十出头的庄稼人像疯了一样不顾一切，狠狠地又刺死一个鬼子。

　　林凡义和林九宣一左一右守着缺口，与敌人短兵相接。不多时，林九宣老人身上已受了两处重伤，终于支持不住，歪倒在围墙下。

　　他非常吃力地说："凡义，狠劲地打！拼到底，报仇！报仇啊！"说完就闭上了眼睛。

　　老人的话给林凡义增添了无穷的力量，他忍住心头的悲痛，挥动大刀，和冲上来的两个鬼子进行顽强的肉搏。两个鬼子把林凡义围住，嗷嗷地叫着。

　　这时，膀大腰圆的林九乾不顾一切地提刀赶来，手起刀落，结果了一个鬼子的狗命，他自己也身中数弹，倒在地上。

　　林凡义正要弯腰挽起自己的乡亲，这时另一个鬼子的刺刀，已经对准了林凡义的脑门。正在危急时，突然，那个鬼子瘫倒了，林凡义惊奇地回头一看，原来是林九乾的妻子用镢头从背后把鬼子砸死了。

砸死了鬼子，林九乾的妻子手挂镢头，大口喘着粗气，额头上沁出汗水，心情激动又有点慌张。

冬日，午后的阳光照在她涨红的脸上，寒风吹动了她的头发，看上去俨然一位威武的巾帼英雄。

四、围子被破

当代著名作家何建明在《南京大屠杀全纪实》一书的第三章"窒息的金陵城"写到：

"如果说日军第一天进入南京城内心还有几分恐慌的话，那么到了14日之后当他们发现这座中国六朝古都完全掌控在他们的铁蹄之下，如同一个被一群豺狼包围住的裸女时，大和民族强盗的那种放纵、无耻和以胜利者姿态自居的狂妄心态，简直达到了极点，因此在之后的一周里，日军不再是人，而是一群随意屠杀、奴役和欺凌中国人的野兽，甚至比野兽更残忍……"

"日本兵举枪冲来，我举双手，从车子里出来。经日军同意，我爬过残破的城门，穿行在布满中国军人尸体的街上。见到日军的恶作剧——被砍下的头颅平放在路障上，一个嘴里放了块饼干，另一个嘴里插了只长长的中国烟斗。"

美联社记者查尔斯是13日后经日军允许进入南京城的西方记者，他在发往《芝加哥每日论坛报》的报道中记述了最初两天的见闻：

"14日，目睹日军洗劫全城……沿着横陈着人、马尸体的街道走到北门，见到第一辆日军车子驶入城门，车轮在碾碎的尸体上打滑……"

"15日，陪同使馆的一位仆役去看她的妈妈，在沟里发现她妈妈的尸体。使馆另一位男工作人员的兄弟也死了。今天下午，看见几位解除武装的士兵被拉出屋去枪毙，再踢进沟里。夜里，看到500名老百姓和解除武装的军人的手被捆绑着，由手持中国大刀的日本兵押着……没有人活着回来。"

"16日，去江边的路上，见到街上的尸体又多了许多。路途中遇到一长列中国人，手都被捆着。一个人跑出来，到我跟前双膝跪下，求我救他一命。我无能为力。我对南京最后的记忆是：死难的中国人，死难的中国人，还是死难的中国人……"

查尔斯只在南京待了几天就离开了，他实在无法待在这样的"人间地狱"里，他告诉他在美国的同行，说如果再待上一两天，他"必定窒息而亡"。

查尔斯的同行记者斯蒂尔，比他早一天离开南京。斯蒂尔在15日那天给《芝加哥每日论坛报》发了一篇题为《目击者叙述沦陷城市"四天地狱般的日子"街道上尸体积有五英尺高》的报道。

为了求证这样的血腥事件，笔者从史料中找到了当时的日军现场记录。比如与近藤荣四郎同一个联队的黑须信忠在16日的"日记"中这样说：

"午后1时，从我炮弹兵抽出20名去幕府山方面扫荡残敌。二三日前俘虏的支那兵之一部分五千余人被领到扬子江岸边用机关枪射杀了。其后再以刺刀恣意刺杀。我也在此时刺杀了绝对可憎的支那兵约30人。"

"登上堆积成山的死人身上去突刺时的心情，就是要拿出压倒魔鬼的勇气，用足了力气去突刺。支那兵在呜咽呻吟，既有年长的，也有小孩，一个不留统统杀死，试着用刀把头砍下来。这样的事真是迄今从来没有的稀罕事……回来已午后8时，手腕相当疲劳。"

听听，这样的魔鬼杀中国人时的心境是何等残暴，把他们的暴徒与魔鬼心态表现得淋漓尽致！

没有比这样的暴行更残忍的了！杀人在日军眼里已经变得很平淡很平常，中国人甚连猪狗都不如。

笔者看到以上的文章，不觉陷入了深深的沉思，感觉十分悲哀的同时，心情特别难受又特别郁闷。

人从生命一开始，人性中就被注入了血性。真正有血性的人性才是完整的人性，缺乏血性的人性，应该就是奴性。我们中华民族的子孙们并非没有血性，只是没有人带领他们发出最后的吼声；他们并非没有力量，而是没有一面旗帜把他们召唤团结起来！

在国难当头之际，面对手持现代化武器、武装到牙齿的日本侵略者，在中国共产党的领导下，我们沂蒙父辈们的血性被唤醒，被点燃，他们没有畏惧，没有退却，毫不犹豫地拿起了土枪、土炮和各种可以用做武器的农具，义无反顾地要与侵略者进行殊死的战斗。

一寸山河一寸血。历史不是空洞的，它之所以厚重，是因为由无数个鲜活的生命书写而成。

他们要用自己的热血谱写中国人民为民族独立而奋勇献身、气壮山河的光辉篇章。

围墙被打破的消息在村子里传开了。

令人惊奇的是，居然有人冒死赶回村里，他叫林怀岭。这个60多岁的老汉由于腿脚好跑得快，人送外号飞毛腿。林怀岭外出归来发现鬼子早已包围了村子，这位年过花甲的老人想到村里的乡亲们的安危，没有躲避，他要回村和乡亲们一起战斗。林怀岭躲过日军的炮火，凭着熟悉的地形隐蔽着向村里爬去，有几次差点丢了命。他想，死也得和父老乡亲们死在一起。

他勇敢地躲过敌人的子弹钻进了村子，并大声呼喊："八路来了，别害怕呀！"林凡义、林庆忠拉着他问："您见着八路了？"林怀岭激动地说："我哪见着了，我是给大家打气！"林凡义拉着老人的手激动地说："你真行，是咱渊子崖村的人！"

在村民的英勇顽强的反击下，鬼子的进攻又被打退了，但土围子缺口也扩大了。

自卫队员林守森，在围墙上放完最后一颗炮弹后，这时一个鬼子兵端着刺刀弯着腰冲上来了，林守森捡起身边的石头边打边转移。鬼子在后面追着手无寸铁的他，林守森拐弯时灵机一动钻进了地瓜窖里，保住了性命。

缺口内外，死尸横躺竖卧，鲜血染红了黄土。

林九乾的妻子，呆呆地跪在丈夫的尸体旁，像失去了知觉一样。

林九乾的父亲林秉标闻讯赶来，九乾的妻子看到公公，喊了一声"爹……"就"哇"地一声哭起来，眼泪像泉水一样，不住地往外流。林秉标站在儿子的尸体前面愣了一霎，转身拿起一捆草，轻轻地盖在九乾的身上，忍着悲痛，坚强地对儿媳妇说："孩子，咱不哭，站起来，拿起家什，和小日本拼到底！"

说着，林秉标把握紧了的拳头松开，又咬牙扛起了一个厚厚的门板。听了公公的话，儿媳擦干眼泪站了起来，拿起镢头，坚定地跟在公公身后，走向围墙缺口处。

在密集的枪林弹雨中，几十个乡亲们赶来了，林崇成组织乡亲们男女老少齐动手，冒着生命危险，大家用一筐筐石头、一块块门板、一袋袋沙土，围堵缺口。

年近50岁的林秉标上身只穿一件对襟棉衣，裸露的前胸冒着热气，他扛门板，搬石头，在紧张中累得满头大汗，在大家艰苦的共同努力下，缺口终于堵住了。

当林秉标把最后一袋沙土搬上墙顶时，一颗子弹打来，击中了他的头部，他摇摇晃晃地从梯子上倒了下来。

乡亲们急忙把他扶起，他却永远闭上了眼睛。临死，他的手还紧紧地攥着一块石头。

暂时的平静，往往预示着更大的战斗。

不多久，炮声又响了，鬼子果然又发动起了更加猛烈的进攻。

一颗炮弹在围墙缺口爆炸，石头、沙袋、农车、门板等填充物被炸得粉碎。刚刚垒起的东北围墙缺口又被敌人密集的炮火摧毁；滚滚的浓烟，呛得人们喘不开气，睁不开眼。

在炮火的掩护下，一群鬼子兵端着刺刀再次冲向缺口。

围墙上的自卫队员用雁枪和土炮向外面的日军开火。

林庆忠和林九兰操控着五子炮，对准围子墙缺口。

又是一炮打过来，围墙被打开了一个洞。墙外激烈的枪声响成一片，不断有自卫队员从围墙上被击中，掉了下来。

一个日军从围墙洞里钻进来，又一个，再一个——

林庆忠点燃了五子炮，"轰！"的一声，前面的鬼子倒下了，后面的又冲上来，五子炮连续发射。

鬼子被打倒了十来个。五子炮开完了五炮，哑巴了。日军士兵端着上了刺刀的步枪，哇哇叫着直冲过来，扑向操控五子炮的林庆忠和林九兰。

林凡义："不好！鬼子要抢咱的炮！跟俺来！"

他举着大刀冲过去，自卫队员跟在他身后，与鬼子展开肉搏。混战中，自卫队员们毫不畏惧，他们横下一条心，狭路相逢勇者胜，不是你死就是我活，在面对面的拼杀中，他们砍死了不少鬼子，但也伤亡惨重。

林凡义和一个鬼子格斗，鬼子的刺刀扎伤了他的大腿，他忍着剧痛和鬼子拼搏。

危急时刻，王向南从围子墙上翻身跳下，一瘸一拐地赶过来，一枪击毙了要用刺刀捅林凡义的鬼子。

围墙上，自卫队员喊了一声："鬼子又来了！"

趁着围墙倒下去的瞬间，林庆忠和林崇岩跳出来，用大刀与冲上来的日本兵搏斗，他俩一左一右合力砍倒了这个鬼子。

狡猾的本间在后边用手枪向上射击，林庆忠和林崇岩发现后迅速隐蔽起来。这时，本间挥刀指挥士兵向上冲。

在本间的指挥下，鬼子又冲上来了，林崇岩使出全身力气，将土炮推下去。一个日本士兵被翻滚的土炮砸倒。

混乱中,林庆忠点着了火药桶。"轰"的一声巨响,炮楼被炸塌了,冲上炮楼的2个鬼子被炸翻在地,鬼哭狼嚎地叫着。

王向南趴在断墙上,举着驳壳枪,向冲过来的鬼子射击。林崇福试图背他走,被王向南推开了。

王向南:"你快走,和自卫队一起保护乡亲们!"

林崇福执拗地说:"俺背你走,不能不管你!"

王向南晃晃手里的枪:"我就死在这儿了!子弹打完了,咱还有刀!刀砍坏了,咱还有手!只要人活着,就和鬼子干到底!你们快去救乡亲,能拖多久拖多久,能救一个算一个。走!你走啊!"

林崇福犹豫片刻,跑远了。王向南利用断墙掩护,镇静地向鬼子射击。一个,又一个,日军士兵倒在他面前。

一个鬼子的伍长对准他开了一枪,子弹击中了王向南的胸部,他晃了一晃从断墙上摔了下来,鬼子伍长嚎叫着用刺刀扎向他。

王向南艰难地抬起手,驳壳枪响了。子弹正中鬼子伍长的前额,从脑后窜出,连带出的血肉脑浆竟将鬼子伍长战斗帽从头上拽下。

鬼子伍长一头栽在地上。

后面的日军士兵扑上来,王向南再扣扳机,没有子弹了。两个异国的禽兽凶狠地用刺刀向他扎去,王向南身中数刀,壮烈牺牲。

这时,本间举着刀歇斯底里地地吼叫着,越来越多的日军士兵从围子墙洞里钻了进来。

五、巷内激战

一个崇尚英雄的民族，才会英雄辈出。

一个英雄的村庄，一群刚烈的百姓，一场血与火的拼杀开始了。村民们都明白：不是你死就是我活，只有跟鬼子玩命了！

村里的墙拐角、小巷里到处都有人和鬼子拼命，村民们边打边撤，用笟钩、铁锹、菜刀、锄头同敌人展开了惨烈的巷战和肉搏战。

小山一伙儿童藏在院里，好像听见爹的喊声。这时有两个日军走过，小山突然站起，拉开弹弓，打中一个日军的眼睛。另一个日军准备开枪，小山的伙伴大牛，从一侧猛地掷了一块石子，正中鬼子兵的下巴，鬼子疼得嗷嗷地叫着，小山和大牛机灵地跑了。

21岁的林九义身强力壮，他手里握着一把铁叉，隐蔽在巷道的一个拐角处，听见日军的皮靴声由远而近，他出其不意地一铁叉刺出去，那鬼子"哎呦"了一声倒在地上。他接着又隐蔽起来，另一个鬼子听见声音，东张西望时，林九义又突然跳出来用铁叉刺向这个鬼子，这个鬼子还没明白怎么回事就见了阎王。

日军从后面涌了过来，林九义扔下铁叉跑到一个院子里，躲进草垛里，一个日本兵正要准备点火烧这个草垛时，年轻的自卫队员钢蛋，从墙角手提铡刀突然向鬼子砍去，只听"刷"的一声，鬼子脑浆迸裂，倒地而死。当他举刀砍向另一个鬼子时，一个日军士兵从不远处开枪，夺去了他年轻的生命。

看着倒在血泊中的儿子，钢蛋的爹两眼冒火，他举起长矛，不顾一切地迎着后边的鬼子冲了上去，使尽全身的力气用长矛捅死了

临沂华东革命烈士陵园陈列的反映渊子崖抗日自卫战时村民奋勇杀敌的浮雕

（1949年底镌刻）

一个日本兵。

这时，另一个鬼子又扑了上来，身受两处重伤的老人支持不住，浑身是血，慢慢地倒下了。临死还高呼着："乡亲们，拼到底，死也不能当孬种！"

"轰"！"轰"！"轰"！

日军连续三发炮弹打在豁口附近，围墙明显地坍塌下来，露出一个大洞。

炮弹爆炸溅起的碎石落在自卫队员的身上。林凡义用力紧了紧腿上受伤处裹的布条，抖抖身上的土，紧握大刀，高声喊道："大家注意！小鬼子马上又上来了！"

围墙缺口的硝烟还未散去，日军士兵端着上了刺刀的步枪，哇哇叫着冲了进来。

几乎同时，围子里的土炮响了。冲进来的鬼子被轰倒，后面的接着冲上来了，又被轰倒，其余的鬼子掉头就跑。

围墙，在这个节骨眼儿上可以说是保护渊子崖村的唯一一道屏障。轰垮围墙打开缺口是日寇的主攻目标。

副村长林庆忠给五子炮装铁砂。铁砂没有了，他急得跺脚。

林九兰过来报告说："凡义！咱的炮没有铁砂了！"

林凡义着急地问："火药呢？"

林九兰急忙回答："火药还多，就是没铁砂了！"

林凡义大声说："让妇女们抓紧再回家，把所有能用的铁家伙都砸了，拿碎片装炮打鬼子！"

林九兰答应一声，一转身就跑得不见了。

渊子崖村里的激战，从早上一直打到傍晚。村民们边打边退，退守到村里最后一条街道时，弹药已经没有了。这些庄稼汉手中仅持着原始的武器，他们的身后就是渊子崖村的祠堂和为八路军藏粮食的农舍。

鬼子的进攻又要开始了，村民们都知道这是渊子崖的最后时刻，他们要为最后的坚守而浴血奋战。

六、村长凡义

红了眼的鬼子像疯狗一样地打进村来，有的鬼子到死也想不明白这个村的老百姓是一群什么样的人，难道是吃了豹子胆吗？抵抗是如此的顽强。

林凡义手拎大刀，上身只穿了一件单棉坎，浑身是血，满脸是灰，两眼怒睁，杀气腾腾。他仍在组织村民在街头与日寇展开生死搏斗。

两个鬼子端着刺刀"嗷嗷"地叫着冲上来了，林凡义和林清杰趁其不备猛地扑了上去。林凡义手起刀落，结果了一个鬼子，林清杰从后面用镢头朝着鬼子的腰部狠狠地抡了过去，鬼子一个狗吃屎趴倒在地上。林凡义一个箭步冲上去，挥起大刀用力向鬼子的头部砍去。两个小鬼子命归西天。

又有几个鬼子从街口冲来，林清杰不幸中弹，临死手里还紧紧握着他那把带血的镢头。

林凡义急忙窜到另一个街口，迎面碰上了林清武，他一手握着一个从敌人身上缴来的手榴弹，一甩手扔进敌群，两个鬼子被炸倒，其余的鬼子继续扑来。林清武为了掩护林凡义，故意向另一个方向奔跑，鬼子紧紧追赶。他跑到街口转弯处，纵身跳入井内，敌人赶上来，向着井里打了几枪，林清武紧贴井壁，死里逃生。

林凡义穿过几条街道，几处院落，很快集合了10多个自卫队员。大家虽已精疲力竭，可复仇的怒火却在心里越烧越旺。

他们在各个院落、巷道、街口和敌人展开了游击战、麻雀战。得势就上，不得势就走。有些村民手拿着抓粪用的大铁抓钩，鬼子一露头，村民们就一拥而上，群起围攻。

这时，西小巷子里，忽然发出一阵阵的喊杀声。林凡义带着几个年轻力壮的小伙子，赶紧向西小巷靠拢。只见林清义等10多位60多岁的老人，手拿大刀、长矛、铁叉，正和4个鬼子混战，他们立刻翻过墙头，去支援老人。

但占领了街口的鬼子用密集的枪弹封锁了前进的道路，使他们寸步难行。

这时，大批鬼子源源不断地涌进村里。自卫队员和乡亲们在街头巷尾用镢头、铁锨、铡刀、菜刀、锄头同敌人展开了惨烈的搏斗。有的夫妻并肩在院里和敌人拼杀，有的父子协力在巷口阻击敌人，有的母女合力与鬼子厮打在一起。到处都是自卫队员和村民们的喊杀声与鬼子的嚎叫声。

林凡义和林庆会边打边撤退到村东南的一个巷口，见林崇洲负了重伤，就赶忙把他架到一个柴火园里叫他休息。

林崇洲怎么也不肯，他大声喊道："凡义！凡义！咱们的房屋在着火，乡亲们在遭难，我宁愿拼死也不能躺在这里。"说着昏倒在地。

林凡义安排林庆会看守伤员林崇洲，自己赶忙往外走，刚翻过墙头，来到另一个院落，几个鬼子就冲进柴火园。

林庆会再也按不住心头的怒火，猛地从草垛旁冲出来，把长矛刺进一个鬼子的后背，这个鬼子的小命立马就上了西天。林庆会却被另外一个鬼子抓住，他拼死挣扎，猛一回头，"咔嚓"一声咬断了鬼子的一个手指头。

这壮烈的情景，被刚苏醒过来的林崇洲看见了，他忍受着伤口的剧烈疼痛，挣扎着起来，刚抢起镢头要砸鬼子，终因失血过多又昏倒在地。

凶恶的鬼子，把林庆会、林崇洲用绳子捆绑结实，扔进了熊熊燃烧的草垛里。就这样，两个庄稼人被鬼子活活烧死了。

黄昏，村内一条巷道里，翠翠在前面拼命地跑着，一个鬼子兵端着枪在后面紧追。眼看就要追上了，林凡义从旁边闪出来，挥起大刀，将鬼子兵砍死。

林凡义对翠翠叫道："快往村南面跑，那里没鬼子！"

翠翠气喘吁吁地说："凡义哥，你也跑啊！"

林凡义急忙说："你快走！俺是村长，得管乡亲们！"

翠翠看了他一眼，坚定地说："凡义哥，我不走，你到哪我到哪，要活一块活，要死一块死！"

林庆祥坐月子的老婆躺在炕上，头上还围着布，她焦躁不安地抱着未满月的孩子。这时，林庆祥从外面满头大汗地匆匆跑进来。

林庆祥急切地说："抱着孩子，快走，鬼子来了！"

他扶起老婆，自己抱上孩子，一块往外跑。刚到大门口，一个日军士兵从院门外冲进来，抬手就是一枪。

林庆祥的老婆身体晃了晃，接着一头栽到地上。林庆祥抱着孩子往屋里跑，日军士兵追上来，从背后捅了他一刺刀，林庆祥倒地。婴儿从他手里脱出，摔出好远。婴儿在襁褓里哇哇地哭叫着。

日军士兵从林庆祥背上拔出刺刀，上前两步，残忍地将刺刀捅向襁褓。

婴儿的哭声嘎然而止，日军士兵竟残忍地用脚踩着襁褓，拔出刺刀，奸笑了一声，转身就要往外走。

这时，林庆祥突然从地上爬起来，猛地抓住日军士兵的脚，使劲一拽，日军士兵一个狗吃屎摔倒了。林庆祥趁势就骑在日军士兵的身上，双手抓着他的头，在石板铺的地上使劲磕着。日军士兵的脸被磕得血肉模糊，林庆祥像疯了一样，连磕数十下，日军士兵被磕了个半死。

林庆祥摇摇晃晃站起来，拣起日军士兵的步枪，用枪托砸向他的脑袋。日军士兵的脑袋被暴怒的林庆祥砸了个稀烂。

林凡义、林九乾掩护着乡亲们，在巷道里边打边退。

巷道很窄，两人守在拐角处。一个日军士兵冲过来，被林九乾用长矛捅死。后面赶来的日军士兵将刺刀捅进林九乾的胸膛。他用尽最后的力气抓住日本兵的枪托，林凡义挥起大刀砍死了日军士兵，林九乾慢慢地闭上了眼睛。

这时，两个日军士兵沿着狭窄的巷道冲过来。

林凡义让翠翠先躲一下，接着他掏出日制撸子手枪，双手握着，向日军士兵连打几枪。

砰砰砰砰！

两个日军士兵连续倒下。林凡义扣动扳机，没有子弹了。他扔掉撸子，从地上捡起大刀，靠在墙边，等待着。翠翠抱着块石头跟在他身后。

暂时没有了动静。林凡义等了一会儿，探头向外看。

只见巷道里，日军士兵一边喊着，一边后退。

拼杀了近一天的林凡义一口饭没吃，一口水没喝，这时才觉得浑身冒汗，口干舌燥，他俯下身子，想捧一口汪里面的水喝。突然一发炮弹落入水中爆炸，两个鬼子借机冲上来了。

又一发炮弹打来，鬼子嗷嗷地急忙卧倒，林凡义拉着翠翠趁着硝烟借机跑了。

七、硬汉九兰

天气渐渐阴冷起来，村子里烟尘弥漫，不断传来枪声、喊杀声、吼叫声。自卫队员和村民们正在与鬼子激战。

激战中，不能不提林九兰。

村民林九兰，因叔伯兄弟排行老七，人称"林老七"，30岁出头年纪，四方赤红脸，仪表堂堂，一米八几的大个儿，平添了几分威武之气，谁见谁都说像见了"关云长"。

他扛大活出苦力，力大无比，煎饼卷大葱一气吃6个，单拱木轮车子推8斗黄豆过沙河，曾给地主当过多年长工。九兰一辈子娶过四门媳妇，说起来还挺曲折的。头一个媳妇死了，岳父一家见他为人厚道实在，心眼儿好，又有老牛般力气能挣饭吃，就把他小姨子送来续弦。过门不久，第二个媳妇暴病死去。第三个媳妇过门三四年后也离他而去，而且都没有留下根种苗儿。

人说九兰命硬克女人，九兰也自叹命苦，打谱光棍后半辈子。没料到枯枝发芽儿，村里南北街对过本家的一个嫂子死了男人，寡居了。女人长得也有几分俊俏，常帮九兰缝缝涮涮，九兰也帮她干些体力活儿。一来二往，天长日久俩人就好上了。这事儿透出风来，族人说是败坏了门风。可林九兰不这么认为，我行得端，走得正，哪个敢来挡横头？九兰八头骡子都拉不回头的犟脾气上来了。官府上见！官司打赢了，终于和心上的女人在一起了。可为打赢这场官司，他竟卖掉了祖上连心连肉的四五亩好地。九兰同寡妇嫂子热热闹闹地拜了天地。媳妇也为他争气，连着串生下两个虎头虎脑的胖小子。

正当他盘算着老婆孩子热炕头，过安稳顺当日子的时候，万恶的日本鬼子杀到了家门口。已参加了村自卫队的庄稼汉林九兰义愤填膺，他告诉妻子，看好家，带好孩子，自己义无反顾地走上了打鬼子的第一线。哪里需要他往哪里去，哪里危险他冲在哪里。

敌人越来越多，村民们渐渐支持不住了，林九兰、林庆海等人分别撤到了围子里东西两个炮楼上，林凡义和林庆会等人也撤到围子里一个院落内。

日军越过缺口，冲进村内，守卫东炮楼的林九兰、林九先用大刀、石头、瓦块继续战斗。鬼子一拥而上，有的冲进了炮楼，林九兰看到护身楼墙被炮弹打得就要倒塌，便急中生智和林九先一起把一段楼墙推倒，几个鬼子被砸死在墙下，冲到炮楼底下的鬼子也吓愣了眼。

东炮楼丢掉以后，鬼子又冲进了西炮楼。

林九兰吼了一声，冲了过来。他脱掉棉袄，赤裸着上身，抄起一把铡刀，奔向围子墙洞。

铡刀，本是庄稼人铡草、树枝、秸秆、玉米秆或其他植物类茎根东西的器具，在底槽上安刀，刀的一头固定，另一头有把，可以上下活动。当野兽般的侵略者闯入家园时，铡刀却被派上了用场，成了杀敌的有力武器。

林九兰、林崇松等人，手持铡刀，像两尊守门神一样，坚守在缺口旁边。

日军士兵展开全面攻击，东北角围墙处兵力最集中，很多士兵正在搭着人梯爬墙口。

本间中队的士兵向围子墙洞冲去，荒木端着枪，慢慢跑着，他弯腰要往洞里钻。

吉野跑到他的前面:"伍长!我先进去吧!"

他说着,弯腰钻进去,荒木跟在他身后。

围子墙东北角,林九兰双手握着铡刀,站在围墙洞旁。

一个日军士兵钻进来,刚要直起腰,林九兰早把铡刀举过头顶,高吼一声,杀你个狗日的,挥刀向下劈去,血光飞处,鬼子人头落地,林九兰一脚把人头踢出洞外。

又有鬼子冲进来,林九兰剑眉倒竖,怒目环睁,他大声叫骂道:"杀你个王八蛋,剁你个驴日的。"骂一声杀一个,一阵猛砍狂杀,一连劈死7个鬼子。铡刀最后砍卷了刃,敌人望而生畏,不敢再冲。

这些张牙舞爪的侵略者,眨眼功夫就这样简简单单地成了中国百姓的刀下鬼!

鬼子的血溅到林九兰身上,林九兰几乎成了一个血人。前胸的汗水、血水和灰土混在一起。

林九兰举起滴着鬼子兵鲜血的铡刀守在洞口,渐感体力不支,喘着粗气大声说:"小鬼子有种,咱更有种!"众乡亲见他如此英勇,受了鼓舞,纷纷拿起了大刀和长矛躲在洞口,准备杀敌。

吉野钻了进来,林九兰上前猛地用肩膀将他撞倒,大吼一声,用尽全力抡起铡刀,砍掉了吉野的脑袋。他握着铡刀刚转过身,荒木端着刺刀恶狠狠地向他捅过来。

刺刀捅进林九兰的肚子,他手里的铡刀无力地垂下。荒木试图拔出刺刀,林九兰两眼怒睁着,用双手死死地握住枪管。

荒木用力拔枪,但却拔不出来。几个日军士兵从洞里钻出,纷纷用刺刀捅向林九兰。

林九兰对鬼子吼道:"小鬼子,来吧!俺死也不当孬种!"

鬼子们拔出刺刀,林九兰身上的多处伤口一起喷出鲜血,一个铮铮铁骨的汉子怒睁着双眼,他那高大的身躯像山一样重重倒下了……

荒木跪下来,看看身首分离的吉野,又看看像雕像一样的林九兰,眼睛里露出了恐怖的目光。

他慢慢站起来,端着步枪吼了一声:"杀死他们!全部!杀死他们!"

人们去抬林九兰的尸体的时候,发现林九兰家的狗始终站在他旁边,这只忠诚的狗一直守护着主人,不让外人靠近。人们找来林九兰的妻子,这个女人悲痛欲绝,她拍了拍这只狗的头,狗伏在女主人的怀里,双眼发出悲悯凄惨的光芒。乡亲们都说这狗通了人性,而鬼子、汉奸狗也不如!

在和鬼子的拼杀中,林九兰的老父、三哥林九京、侄子林雪都悲壮地死去。

八、村庄傍晚

夕阳西下,阴冷的天空泛着丝丝红霞,沂蒙大地沉浸在缕缕寒气中。

日军士兵正在准备新一轮攻击。本间坐在一个弹药箱上,军服上有很多的口子,他满脸是血,军刀斜靠在腿边。

荒木衣冠不整,垂头丧气地走到他面前。本间抬头看了他一眼,说道："不是跟你说，不必参加战斗的吗？"

荒木叹了一口气，抱怨地说："这是打的什么熊仗，太窝囊了。"

本间叹了口气说："原以为是轻松的任务，没想到会如此惨烈！中队减员过半，实在太丢人了。这是个什么鬼村子？攻进去后，一定要把他们全杀了！"

村内街道，有些村民慌乱地跑着，不远处，成群的日军端着枪冲过来，边冲边开枪，村里枪声阵阵，浓烟四起，呐喊声、叫骂声和哭声混成一片。

自卫队员们边撤退边抵抗。

拐过了巷子口，年近70岁的老族长站住了，他伸手拉住林清义，气喘吁吁地说："不跑了，清义，咱们老了，活够了。豁出命掩护儿孙们，给他们一条活路吧。"

林清义回头看着老族长："好！老兄弟们，咱和鬼子拼了！"

十几个老人都停下了，众人躲在两旁的屋舍中。

这时，两个日军士兵喊叫着追了过来。

老族长手持铁锨突然从房舍中冲出来，冷不防地向一个鬼子铲去。十几个老人都冲过来了，他们有的提着铁耙，有的握着镢头，有的抓一把锄头，有的持着镰刀，还有的攥一把杀猪刀，这些怒火填膺的老人们一拥而上，和两个日军兵打在一处。两个鬼子嗷嗷地叫着，倒在了这些老人们的脚下。

这些昔日不可一世、耀武扬威的鬼子兵，也许做梦也没有想到他们的生命就这样结束在沂蒙山区的一个村庄里。

更多的日军赶来，老人们被日军包围在巷道中。

一个日军机枪手趴在地上，用机枪瞄准混战中的人群。他的旁边站着酒井。

酒井喊了一声，日军士兵迅速和老人们脱离，退到机枪射手后面。

机枪响了，疯狂的子弹射向巷道里的老族长和林清义等十几个老人，他们倒下了，他们的鲜血染红了脚下的土地。

眼看着西边天上的晚霞渐渐地隐去，黄昏在松涛和山风中悄悄地降临。广阔的天幕上出现了最初的几颗星星，树木间晃动着飒飒飞翔的蝙蝠的黑影。

梁化轩带着队伍跟着日军在街道上跑着，村里的大街小巷到处是尸体。王小二看着遍地死去的村民，站住了，他大喊了一声："弟兄们，我们别跑了！都站住！"

伪军们站住，望着他。

王小二结结巴巴道："咱这，这，这是干啥？鬼子在杀咱，咱的同胞，太惨了，太惨了，咱还算是人吗？猪，猪，猪狗不如！"

梁化轩走过来，扇王小二的嘴巴，大怒道："王小二，你他娘的想造反吗？"

王小二愣愣地看着梁化轩，突然举起步枪，一枪把梁化轩打倒了，接着一个箭步冲上去用枪托朝梁化轩的脸上使劲砸去。

王小二边打边说："砸死你个狗日的！我让你当汉奸！我让你当汉奸！"

伪军们都愣在那儿，呆呆地看着王小二狠命地打梁化轩。接着又一个伪军跑过来，端起刺刀朝着梁化轩的前胸猛刺过去，梁化轩挣扎了一下，翻了翻白眼，死了。

这个恶贯满盈、作恶多端的汉奸队长怎么也没想到，自己罪恶的生命就这样结束了。

王小二扔掉枪，转身对伪军们说："弟兄们，这个仗我们不能再，再打了，不能再给鬼子卖，卖命了，咱们跑，跑吧。"这时有人在喊："八路来了，八路来了。"

顿时一片混乱，伪军们一窝蜂似的跟着王小二向村外跑去，有的伪军连枪也扔了。

村里一条十多米宽，不到两百米的街道，每隔不到一米就有死尸。几具、十几具尸体堆在一起，摞在一处。死者形态各式各样，死者

临沂华东革命烈士陵园陈列的反映渊子崖抗日自卫战村民奋勇杀敌的浮雕（1949年底镌刻）

伤口各有不同，受枪击者，不是一枪两枪，而是弹孔布满全身；马刀的伤迹大都是削在头颅，砍掉胳膊；有的村民被刺刀挑穿，胸腹大开，肝肠暴露；脸上的皮肉，被刺得烂糊糊的面目难辨。

那些日本鬼子的尸体有的被砍掉了脑袋，有的不是被狠狠地卡住脖子，就是被搂抱着泡在水缸里，耳朵被咬掉，鼻子被啃去，手指头被咬断，除了枪伤外，最多的是被锐器击伤。除此，三角六棱的石块，圆如馒头的鹅卵石，不是把鬼子砸碎了脑袋，就是砸开了脸，有的砸断了肋骨，有的砸烂了心肺。

第六章　坚贞不屈

　　战争本乃雄性之舞台，电影《战争让女人走开》使"战争让女人走开"成为一句名言。

　　可当人们翻阅流火滴血的厚重历史时，却吃惊地发现，战争没有让女人走开。在革命战争年代，沂蒙山的妇女呈现给我们的是一幅巨大、斑驳且壮美的画卷，她们像蒙山一样巍峨雄伟，充溢着阳刚之气；她们像沂水一样妩媚动人，洋溢着温柔之情。

　　抗日战争时期，沂蒙山区有15.5万名妇女，以不同方式掩护了9.4万革命军人和抗日志士，4.2万名妇女参加了救护八路军伤员的行动，她们共救助伤病员1.9万人。

　　在漫长的战争中，她们用柔弱的双肩扛起了共和国的大厦，她们用三寸小脚踏出了胜利的大道，她们用纤纤小手举起了共和国的大纛。

　　2009年6月17日上午，首都北京，京西宾馆。

新中国成立60周年献礼片《沂蒙六姐妹》首映式在这里举行。笔者作为影片的监制策划之一，参加了首映式之后的座谈会。在会上，著名文艺评论家李准先生满怀深情地说："沂蒙妇女的艰辛史就是中华民族的磨难史，沂蒙妇女的觉醒史、抗争史就是中国社会的前进史、幸运史，更是以沂蒙妇女为代表的广大底层妇女的勤劳、善良、坚韧、执着，和对于自己做人良心的无比忠诚，构筑起了维护我们国家民族尊严的最后的，也是最牢不可破的防线。忘记沂蒙妇女，就是背叛历史，轻视底层妇女，就是轻视人的尊严和祖国的尊严。"

渊子崖妇女在自卫战中坚贞不屈的表现，是中国现代妇女史中的光彩夺目的一页。为人民群众是创造历史的动力这一科学论断，作出了令人震撼的诠释。

一、妇女解放

> 玉龄女子哭吞声，哭向床前问慈母。
>
> 母亲爱儿自孩提，如何缚儿如缚鸡。
>
> 儿足骨折儿心碎，昼不能行夜不寐。
>
> 邻家有女已放足，走向学堂去读书。

这首诗是解放前广大妇女对封建社会的血泪控诉和对新生活的渴望和追求。

先进的文化带来思想的转变。渊子崖村的妇女们在先进文化的影响下，响应抗日政府的号召，积极投入到抗日活动中去。她们首先打破旧的封建传统观念，自己解放自己，积极放足，参加"识字班"，学习文化。

妇女缠足的起源，有多种说法，多数人认为此俗始于南唐后主李煜。这位亡国之君令他的宫嫔以帛绕脚，纤小作新月状，于是人皆效之，从此这种陋俗便从宫廷到民间，在全国各地广为流传。

清朝初年，朝廷曾下令禁止，奇怪的是这朝廷的禁令如同一纸空文，清朝的妇女缠足有增无减。直到辛亥革命后，这一陋俗才逐渐废除。但一些缠过足的女人，仍然受其拖累，难以复原。

抗日战争爆发后，日寇在我国各地大举进攻、扫荡，老百姓在共产党的领导下，投入到轰轰烈烈的抗日战争中。妇女们往往因为小脚走不快、跑不动而首先成为牺牲品。

我党所进行的一系列解放思想的抗日宣传活动，在农村影响震

沂蒙老区妇救会在组织妇女为抗日前线赶制军鞋

动很大，打开了妇女解放的突破口，使几千年封建社会强加在妇女身上的精神统治开始动摇。广大妇女群众看共产党兴的事样样都好，从心眼里信赖共产党，冲破了阻力，走出了家门，投入到党所领导的反磨擦、借粮度荒、减租减息、合理负担、拥军支前、生产自救等各项活动中。

渊子崖村的妇女放脚活动主要是在妇女自己的组织——"妇救会"的具体组织下进行的。他们首先进行发动工作，挨家挨户进行动员；然后分片开妇女会，让大家进行新旧社会对比、控诉旧社会罪恶；同时，又教妇女们大唱《放足歌》：

姐妹联合起来呀，齐心把脚放！参加了妇救会呀，帮着把日战。建立民主独立的新中国呀，那时节咱妇女彻底得解放。

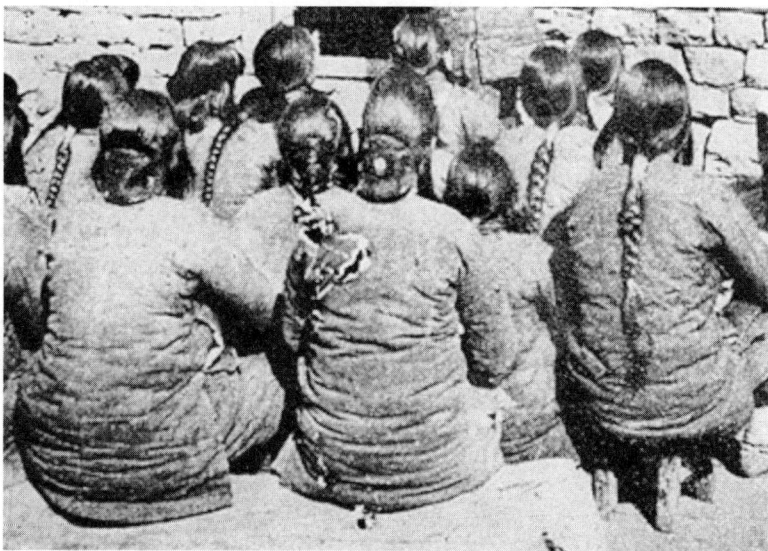

抗战时期的沂蒙识字班

李大嫂，在房中，哭哭啼啼放悲声。孩子他大大（孩子的父亲）这么年轻，上年死得真苦情。

这上年，打麦场，鬼子汉奸来抢粮，牲口抢了去，粮食抢个光，四湖（田野）里抓人乱放枪。

小孩子，吓变脸，俺的脚小走不远。孩他大大无法办，顾前顾后舍不了俺。

鬼子兵，走上前，举起刺刀将他穿。鲜血流，吓死俺，任啥不知大半天。

孩他大大死了俺可怎么办？

劝姊妹，心放宽，放脚还是为打日本。快快地放，莫迟缓，早放一天是一天。

大家伙，齐心干，赶走了鬼子和汉奸，咱们庄户人才平安，这才过一个胜利年。

妇女在旧社会受苦最深，一旦发动起来，她们的革命也最彻底。革命战争年代，在壮大军队、支援战争、抗日自卫中妇女起到了重大作用，应该说渊子崖村的妇女就是最典型的代表。

"识字班"以沂蒙方言中对沂蒙年轻女性群体的称谓而知名。识字班历时70余年，仍然铭刻在沂蒙老区人民的心中，是一股无比神奇的巨大力量。

识字班是沂蒙根据地民众教育的一种活动形式，是以农村年轻未婚女性为主体的青年妇女学习文化知识、进行各种政治活动的教育组织形式，在教育学习、拥军优属、动员参军、支援前线、生产劳动等各项工作中发挥了重大作用。

沂蒙根据地的识字班最早出现于1939年底。1940年10月22日，《大众日报》发表题为《普遍开展冬学运动》的社论，指出"冬学运动对于根据地的建设、民主政权的巩固和群众工作的深入，都是重要的一环"。

当时，莒南全县办冬学100多处，学员4600多人，识字班近千人。可以看出，在沂蒙抗日根据地，参加冬学教育的人员中女性较多，以识字班为组织形式的冬学教育也已普及开来。

渊子崖村成立了抗日民主政权后，全村的妇女也发动起来了，1941年初，村里妇救会响应党的号召，在村里成立了识字班，全村有40多名未婚女青年和少数已婚妇女参加了识字班。她们边劳动边学习，边参加抗日斗争，特别是八大剧团在村里为期10天的演出，对她们的影响特别大。村里的识字班有的还参加了民兵自卫队的军事训练。

渊子崖村里的识字班担负了多重社会角色，她们的社会地位相应地从"治内"走向"治外"。她们救护伤员，抚养革命后代，动员丈夫、儿子、兄弟参军参战，拥军支前，搜集、传递情报，直接参与抗粮抗捐和抗日活动，等等，承担了繁重的战时任务。

在临沂有一位曾被毛泽东主席三次接见的全国著名女民兵战斗英雄，她就是电影《南征北战》中成功掩护部队强渡流沙河的女民兵连长的原型侍振玉。

侍振玉是笔者同年入伍战友的岳母，她唯一的女儿刘淼曾多次给我讲过母亲的英雄事迹。

1929年农历2月15日，侍振玉出生在沭水县大曹庄村。她家祖辈逃荒要饭，10个兄妹中先后有3个哥哥1个姐姐夭折。在那种一葫芦收一瓢的年景，爹妈狠狠心把大姐送给人家当了童养媳。也许是苦难的日子磨练了侍振玉倔强的性格，爬山上树、下河游泳，她样样都行，和小伙伴打架，她也不服输。

1940年，村子里组织起了抗日武装，被大人们喊做"假小子"的侍振玉成了儿童团团长，带领孩子们站岗、放哨、查路条……侍振玉在战火中不断成长，17岁那年就加入了中国共产党。侍振玉曾担任区民兵自卫队长、区联防队长、区武装部干事等职务。她带领民兵组织工作组征收公粮，辗转敌后广泛发动人民群众打游击、埋地雷，打得敌人魂飞胆破。敌人恨透了侍振玉，悬赏三百大洋捉拿她。在炮火连天的岁月里，她出生入死，共参加大小战斗近百次，足迹踏遍蒙山沂水。

1949年，侍振玉作为华东民兵代表的唯一女性，出席了中国新民主主义青年团第一次全国代表大会，被授予全国"女民兵战斗英雄"称号。毛泽东接见了侍振玉，握着她的手亲切地说："你们华东好苦，淮海战役打得好苦，你们民兵立了大功！"不久，为筹备全国青年代表大会，侍振玉留在了北京，她再次见到了毛泽东。1949年7月，世界青年代表大会将在匈牙利举行，侍振玉被光荣地推选为3个代表之一。临行前，毛泽东亲切地接见了侍振玉，并说道："你们是我们的女中豪杰，这次出席国际会议，你们代表的是中国。"

解放后，侍振玉服从组织安排，在上海、长春、天津、临沂等地工作过。1995年8月，侍振玉作为特邀劳模代表参加了山东省纪念抗日战争胜利50周年庆祝大会。

沂蒙妇女以质朴、勤劳、善良、坚贞、不屈、奉献、大爱为特征的识字班精神，在渊子崖战斗中得到了淋漓尽致的展现和升华。

二、女人行动

巾帼不让须眉，妇女奋起抗战。

敌人开始打炮的时候，村里的女人们着实吓得不轻，她们带着幼小的孩子到处躲藏，炮弹把她们的心都震碎了。这些善良贤惠的女人们惦记着在围子墙上打仗的男人，担心着全家人的性命，更担心鬼子闯进围子里烧杀掠淫。

是啊，这些山区里从没有出过远门的女人们，平时见个生人都害羞，怎么能在突然到来的灾难面前不害怕呢？可是，一旦战斗打响后，她们的胆量在敌人的炮火声中，在对鬼子的仇恨中渐渐大了起来。

战斗打响后，全村的妇女都行动起来了。围子墙土炮没有铁砂子了，二嫂跑进灶房，将灶台上的铁锅端了下来，她倒掉锅里的水，拎着锅往外跑。

林九习的媳妇在和几个本家的妯娌们吃力地拿着钳子、扳子、铁锤等工具在掰耙齿，不一会七八个铁耙子的耙齿被掰得一干二净，手被刺破了，流了血，她们也全然不顾。

在村中街道上，不少妇女拎着自家的铁锅，从四面八方跑向村街口的铁匠铺。

铁匠铺门前，林九勤带着几个妇女，拿着铁锤在砸锅。

砸碎的铁锅片被装在袋子里，装满了，就有人背着往围墙处跑。

地上一只只铁锅，有的铁锅还带着余温。

祠堂里躺着不少受伤的自卫队员，村里的妇女们忙前忙后，有的送水，有的给伤员喂饭，还有的帮着包扎伤口。

在激烈的巷战中，鬼子到处杀人放火，整个村庄上空一片浓烟，全村妇女们的叫声和孩子们的哭喊声，像尖刀一样刺痛大家的心。

林庆忠忍着悲痛，翻过几道墙，来到一个巷口，只见林九臣的妻子，手拿一把菜刀，正向前冲。

林庆忠赶忙把她拉住，她挣开了林庆忠的手，悲愤交集地说："孩子他爹被鬼子杀死了，房子也烧了。我要替他报仇！"林庆忠让她先躲一下，林九臣的妻子说："反正都是死，我不怕！"

正在这时，浑身是血的林清杰被三个鬼子追来，林庆忠拉着林九臣的妻子赶忙闪进院内，等鬼子走到门口，九臣的妻子突然举起菜刀冲出去，双手砍倒了后面的一个鬼子。

这时，走在前面的两个鬼子丢下林清杰，回过头来凶狠地用刺刀把九臣的妻子扎死。

九臣妻，这个要报杀夫之仇的女人，终于如愿以偿。她倒在血泊中，手中还紧握着那把杀死鬼子的菜刀不放。她的鲜血染红了脚下的土地。

村里平时话不多，不大出门，整日在家绣花鞋的寡妇翠琴不知从哪出现了。她的丈夫年前被鬼子杀害了，由于悲痛过度，胎儿惨死腹中。翠琴把仇恨化做勇气和力量，要和鬼子拼命，蓬头垢面的她左手拿一把剪刀，右手拿一把斧头，此时的她像一个勇士，不顾一切地冲上来，从背后照着鬼子的头就是一斧头，那鬼子兵摇摇晃晃的倒下了。翠琴仍不解气，照着鬼子的前胸又是一剪刀。

另外一个鬼子先是一愣，翠琴举起斧头像疯了一样地又冲上来，鬼子的刺刀刺中了她的右手。这时林清杰回过头来，从后面举起一块石头狠狠地砸向鬼子兵。林庆忠举起大刀，也冲了上来，这个不可一世的鬼子兵就这样死在了渊子崖村三个普通农民的手中。

三、林欣姑娘

附近枪炮声、喊杀声阵阵传来，三喳喳躺在木床上，眉头紧皱着，表情有些痛苦，林欣走到他身边，三喳喳睁着眼睛看她。

林欣担心地问："三喳喳，你不要紧吧？"

三喳喳低声道："疼。"

林欣关心地说："忍忍吧，等打跑了鬼子，咱就请郎中给你医伤。"

三喳喳："俺等不到郎中了，俺会死的。要是在死之前多杀几个鬼子也不觉得冤了。"

林欣亲切地说："好好养伤，养好了伤才能多杀鬼子。等打跑了鬼子，俺就嫁给你。"说着，俯下身子，在他的脸上亲了一下。

三喳喳笑着看着林欣："你这么一说，俺的伤口就不疼了。"

他躺在那里，嘴里哼起了小调。

三喳喳，显神威，

鬼子吃了一个咣啷雷，

一声轰隆一声响，

丢了你的小命你怨谁，你怨谁？

林欣的眼泪默默地流了下来。这时，隔壁一声炮响，鬼子野兽般"嗷嗷"的声音不时传来，情急之下，林欣扶着三喳喳在巷道里跑，被两个日军士兵发现了，鬼子端着枪在后面追赶。林欣和三喳喳熟门熟路地跑进一户人家，穿过院子进了屋躲避起来。日军士兵追进来，冲着屋里"呼呼"开了两枪，没找到人，又吆喝着跑到别处去了。

屋里昏暗，林欣从窗户翻出去，又伸出手去拉三喳喳。

三喳喳急忙说："林欣，你跑吧！好好活下去！将来嫁个好人家！"

林欣着急地说："三喳喳，你别说了，快上来吧！"

三喳喳："俺跑不动了，早晚是个死，就现在吧！"

他说完，转身拿起一个木凳，一瘸一拐地向门口走去。这时一个日军士兵端着枪又冲了进来，三喳喳躲在旁边趁其不备用木凳用力将鬼子砸倒，林欣又赶过来，顺手摸起墙角的铁锤朝着日本兵的头部又狠狠地砸了一锤，日本兵两腿一伸咽了气。

三喳喳回头对愣在那儿的林欣喊："你快跑！"

林欣含着泪："三喳喳，我要和你一起走，我不能扔下你一个人不管。"

话刚说完，又一个日本兵端着刺刀进来了，三喳喳推开林欣，转身奋力扑向鬼子，并大喊："林欣，你快跑！"终因体力不支，被随后进来的日军士兵用刺刀活活刺死。

林欣悲痛欲绝，用力把锤头抛向刺杀三喳喳的日本兵。鬼子兵见铁锤头飞来，头一低正中他的脖子，那鬼子兵"哎呦"一声倒在地上。当另一个鬼子正要刺杀林欣时，一个腰间挂着东洋刀，军官模样的鬼子大声喝住了他。

鬼子军官来到林欣眼前。他用一只手顶在林欣尖尖的下巴颏上，把林欣的脸掀仰了起来。贪婪的目光上下打量着，像是一个购物商在一个古董店里欣赏一件心爱的玩物，亦像一只恶狼在对着一只刚刚捕获即将吞噬的猎物。

也就在这时，恶狼的目光从林欣脸上移到了她后脑勺上的假髻儿。

秘密终于被发现了！恶狼取刀一下子把假髻挑掉了，林欣的短发露了出来。

"八格呀噜！"恶狼一下子咆哮起来。

"嗯"地窜上了几个鬼子，如临大敌，用刺刀直顶林欣的脑门儿。

鬼子军官用手拨开了架在林欣头顶上的刀丛。

按照他的示意，两个鬼子分别翻卷了林欣的棉裤腿儿。凶残的强盗脸上又露出了奸诈的狞笑。原来鬼子又发现了新秘密：这一带老百姓穿的棉裤里子都在染坊里染成浅蓝色，唯有八路军穿的棉裤里子是不染色的白布做成。

鬼子军官又咕噜了几句。

汉奸翻译走过来，这是一个穿便衣戴礼帽的家伙。他装腔作势地对林欣说"你伪装不成了，太君早就认出了你是女八路……太君夸你大大的漂亮，要带你同他一起走……"

林欣站在地上一动不动，像被钉子钉住似的。

一个鬼子上前来推，这时，林欣的弟弟小凡善不知从哪里跑来，哭喊着找姐姐，并死拽住姐姐的衣襟不放。鬼子凶狠地朝林欣弟弟开了一枪，小凡善"呀"地一声倒在地上。

坚强的姑娘眼角里淌出了两行酸楚的清泪，眼睛里闪现出利剑般的寒光……

蓦地，她攥住了鬼子军官的左手，猛地抬起一只脚向他的裆部踢去，并狠劲地咬了一口。顿时鬼子军官恶狼般地嚎叫了一声，疼得像被杀的猪一样嗷嗷直叫。盛怒之下，他抽出了指挥刀，朝姑娘头上残忍地刺去。

刽子手的屠刀刺中了林欣的头部。

血，殷红的鲜血，青春的热血，泉水般地涌了出来……

年轻的八路军女战士林欣倒下了……

她重重地压在弟弟身上。

死于九泉之下的姐姐不会想到，她的弟弟林凡善并没有死。子弹从他脖子下穿皮而过，但姐姐的遗体压在他身上时间太久，竟把他的左胳膊压成了终身残疾。

四、不屈女人

突破土围子的鬼子，进村后，烧杀抢劫，无恶不作。一个鬼子的伍长看见村里的一个年轻妇女，企图奸淫，这个妇女拿起剪刀不顾一切地冲了上去，刺破了鬼子的左胸。鬼子用右手抽刀要砍这位妇女时，这时她的婆婆，一位60多岁的老太太举起镢头狠狠地砸向了鬼子的头部，鬼子顿时头破血流，摇晃了一下，应声倒下。

婆媳俩上前看鬼子还没有死，又狠狠地捅了几剪子，砸了几镢头，直到鬼子咽气。

大牛的妈妈那年30岁出头，身材细长，面容娇好，鬼子冲进来后，已经来不及跑了。她先把大牛藏进鸡窝里，叮嘱儿子千万不要出声，回头又拿了把菜刀在屋里藏了起来。一个鬼子兵端着步枪冲进她家里，见院里没人，想去抓鸡，鸡叫的声音让大牛妈出了一身冷汗。她不顾一切地提着刀冲了出来，鬼子兵先是一愣，接着飞起一脚把大牛妈的刀踢掉，奸笑了几声，接着放下手中的枪，饿狼似的扑向大牛妈。大牛妈一边反抗，一边紧紧抓着鬼子的手不放，和鬼子扭打在一起，但终因体力不支，被鬼子压倒在地。她松开了手，喘着粗气，两眼怒视着鬼子，危机中，大牛妈猛地掏出腰里别的木把锥子狠狠地向鬼子的脖子扎去。鬼子兵疼得嗷嗷直叫，松开了手，来不及提裤子，抓起地上的三八大盖枪，向大牛妈刺去。大牛妈向右一闪，刺刀刺中了她的左腿，大牛妈不顾疼痛，举起手里的锥子向鬼子兵扑去。

这时，大牛爹赶来了，目睹了眼前的这一幕，他难以相信，平时性格温顺，连鸡都不敢杀的妻子面对野兽般的鬼子兵竟会如此勇敢，他抢起一把锄头向鬼子的后腰砸去，鬼子兵一个趔趄倒在地上。大牛妈一看鬼子还在喘气，瘸着鲜血直流的左腿，跟跟跄跄地回到屋里端起锅里烧的开水泼在鬼子的头上，日本兵被烫得鬼哭狼嚎。

大牛也从鸡窝里冲了出来，搬起一块石头，狠狠地砸在鬼子的头上。大牛爹看着快要咽气的鬼子又接着挥起锄头，一边砸一边骂道："砸死你这个狗畜牲！"

这个日本鬼子兵也许做梦也没有想到，他就是这样在沂蒙山区渊子崖村老百姓一家三口的合力围攻下被活活打死的。

大牛妈松了一口气，看了看手中带血的锥子，说到："我就把锥子带在身上，小日本鬼子再敢欺负我，就扎死他个畜牲。"

著名作家王火，是笔者40年前在临沂第一中学读书时的老师，他是一名抗日战争的亲历者，曾以《战争和人》这部书写抗战历史的作品荣获茅盾文学奖。他在《对南京大屠杀的采访与思考》一文中写到："南京沦陷后，日寇在南京市内及郊外有计划、有组织地血腥屠城，并大肆强奸妇女，仅占领南京一个月中，估计就发生强奸事件有两万多起。"

鬼子突破土围子进村后，时间长达近4个小时，渊子崖村的女人们，母女、婆媳齐上阵，和日本鬼子进行了殊死的搏斗，无一人受辱。

在这里，我们可以清楚地看到沂蒙妇女在国难当头之时，面对倭寇的暴行是怎样地奋起反抗，坚贞不屈，视死如归。头可断，血可流，就是不能受小鬼子糟蹋。

这是多么地令人敬畏，又是多么地伟大崇高。

在采访中，笔者得知渊子崖战斗结束后，村里青壮年死了那么多，有的女人还没有脱去新娘的嫁衣就成了寡妇，有的女人丈夫牺牲时，孩子还嗷嗷待哺，还有的女人丈夫在与日寇搏斗时被打成终身残疾。这时，有个别妇女感到生活没有了指望，无奈地离家出走了，还有的抱着孩子回娘家了。

但是，村里绝大多数妇女都留了下来，她们擦干了眼泪，掩埋好丈夫的尸体，一边带好孩子，照顾受伤的丈夫和家里的老人，一边积极参加生产自救，无怨无悔。

哦！这就是我们沂蒙山的女人！为了夺取革命战争的胜利，伟大的沂蒙女性作出了如此巨大的牺牲和奉献，充分展示了沂蒙妇女无私无畏的博大胸怀和高贵品质。

第七章　危难真情

"蒙山高，沂水长，军民心向共产党，……续一把蒙山柴炉火更旺，添一瓢沂河水情深意长……"

对敌顽，蒙山曾涌起恨的大潮；对亲人，沂水曾流淌着爱的大波。

蒙山沂水曾养育过几十万人民军队。革命战争年代，沂蒙百姓见危授命，苌弘碧血，毁家纾难，戮力支前。沂蒙山区420万人就有120万人支前，23万人参军参战，10万多人血洒疆场。那时节，支前车队八百里，村村灯火夜夜明……

在血与火的战场，沂蒙人民与人民军队建立起了浓浓的鱼水之情和密切的血肉联系，筑起了坚不可破的铁壁铜墙。

战争这个雕塑大师把沂蒙山雕塑得更加凝重、庄严、显赫。正义战争这透视人类心灵的窗口，又把沂蒙山人坚韧不屈、誓死如归、慷慨无私的品格展现到了极致。

村内战斗还在激烈地进行，鬼子的枪炮声越来越猛了。渊子崖村的上空被炮火硝烟弥漫着。

林凡义和林庆忠带领自卫队员和村民们在和鬼子们浴血奋战。

情况紧急，林凡义找来自卫队员大栓和儿童团长虎子，要他俩火速向冯区长报信求援，并叮咛他俩说："现在我们村老少爷们的性命难保，你们无论如何要把信送到老冯那儿，他接到信一定会想办法救我们的。"

大栓挥了挥拳头坚定地表示："俺俩只要有一个人活着，也要把信送到！"

"冯区长认得俺，只要能出去，俺跑得快，一会就送到了。"还不到15岁，长得虎头虎脑的虎子像大人一样地说。

林凡义用力拍了拍他俩的肩膀："好，你俩注意安全，赶快走吧。"

一、板泉区委

一根绳子从围墙上扔下来，垂到地面。自卫队员大栓和虎子先后从绳子上滑下来。

两人弯着腰，迅速地向不远处的树林跑去。

日军骑兵浅见在马上发现了他们，他掉转马头追了过来。

虎子和大栓一前一后拼命地跑。浅见在马上用步枪射击，他连开数枪，都没有打中。马蹄声急，远处，又有几个日军骑兵向这边驰来。

大栓喊了一声，站住了。"虎子，你快跑！"

虎子喊道："大栓哥，咱俩一起走！"

大栓："你走！快去找冯区长求援，一定要带队伍回来！要不村里人说不定就全完了。"

大栓喊完，毫不犹豫地转头迎着日军骑兵而去。

虎子犹豫了片刻，撒腿向村外树林跑去。

浅见高举着马刀飞驰而来，对着大栓的头顶向下挥刀劈去。

大栓急忙躲开了，他在地上顺手捡起一根木棍。

浅见勒转马头，又高举马刀跑回来。大栓躲过马刀，用力一棍将浅见抡下马。

浅见仰面摔在地上，他刚要爬起来摸腰间的手枪，大栓冲上去，又一棍将他打倒在地，然后迅速骑在他身上，用棍子紧紧扼住浅见的咽喉。

浅见拼命挣扎，大栓涨红着脸，死死按住他。

一声枪响，大栓背部中弹，但是，他仍然没有松手。

又是一声枪响。大栓虽然再次中弹，可是纹丝不动。

几个日军骑兵过来，围着他俩转了两圈，其中一人翻身下马，他端着枪，小心地走到跟前，用枪托将大栓打倒。

大栓慢慢地倒在一旁，持枪的日军踢了他一下，毫无反应，他双手握拳，两眼大睁着，却停止了呼吸。

持枪的日军轻蔑地大吼道："浅见！起来了！没用的家伙！"

浅见仰面躺着，已经死了。

树林里，虎子飞跑着远去，渐渐不见了人影。

在三义口村的一间茅草屋内，中共板泉区委正在开会。

区委书记刘新一，时年23岁，是胶南市刘家庄村人。1938年8月参加革命工作。翌年，加入中国共产党，到沂蒙山区参加抗日活动。1941年春，党组织派他到中共临东工委工作。是年6月，任中共板泉区委书记，是一位血气方刚、年轻有为的革命战士。

会议开始，刘新一高兴地说："我向大家宣布一件事情，刚才接到滨海专署通知，调我们区长冯干三同志到赣榆县任抗日民主政府县长。这是上级对我们区抗日工作的肯定，也是我们板泉区委的光荣。大家鼓掌向老冯表示祝贺！"

掌声刚落，一个武工队员急忙过来报告："渊子崖村的儿童团团长虎子死里逃生来到我们这边，说村子被鬼子包围了，鬼子正在攻打土围子，需要我们马上去解救。"

这时虎子也满头大汗、气喘吁吁地闯进门来，急切地问："冯区长，刘书记，队伍啥时候去？"

刘新一安慰他说："你先不要着急，先吃口饭，我们抓紧研究下。"

"赶快吧！再晚就来不及了。俺村一千多号人能不能活，就指望你们了！"虎子恳切地说。

茅草屋里，会议改变了主题，马上研究如何解救渊子崖群众的对策，大家表情都很凝重。

区委书记刘新一焦急地说："鬼子突然包围了渊子崖村，现在八路军都在外线作战，我们马上派人向八路军主力求援，可是一来一回五六十里路，赶到渊子崖村，怕天都黑了，远水救不了近火。"

区长冯干三脸涨红着，吸得烟袋锅吱吱作响。身为一区之长，百姓遭残害，生灵受涂炭，他深感焦虑忧心，恨不得一步奔向渊子崖。他毫不犹豫地说道："老刘！我的意见，咱得赶快组织力量去救村民。我带武工队去吧！"

区委宣传委员赵同劝阻说："冯区长，虎子说，鬼子有千多号人，咱区武工队只有三十来个人。即便去了，也是以卵击石，反而白搭上性命。"

冯干三坚定地说："搭上性命也得去！是咱发动老百姓抗粮抗捐的，是咱号召群众和鬼子对着干的，现在乡亲们在和鬼子拼命，咱能袖手旁观见死不救吗？"

赵同解释说："我不是说咱不管，我是说……"

冯干三："啥都别说！除了军粮，咱还有四个八路军伤员在渊子崖村呢。老百姓豁出命来保护咱们的人，咱见死不救，还是人吗？老刘，把武工队给我分一半，我去渊子崖村！"

刘新一："老冯说得对，救民水火不是写在匾上、挂在嘴边说的漂亮话。咱要对得起自己的良心，老冯！赣榆还等着你这个新县长去上任呢，我带武工队去！"

冯干三坚决地说："咱俩就别争了，现在，我这个县长上任不上任是小事，最要紧的是救渊子崖的老百姓。板泉区不能没有书记。再说，渊子崖附近的地形情况我更熟悉。我必须去！"

刘新一瞪起了眼睛："书记又怎么样？坐岸观火苟且偷生，生不如死！要不，咱俩一起去。要死，咱死在一块！咱得给渊子崖的老少爷们一个交代！"

冯干三望着刘新一，激动地说："人生自古谁无死，留取丹心照汗青。老刘，有你这句话，我就是不当这个县长，死都值了！咱得留下抗日的种子，不能都搭进去。别争了，我带队伍去，就这样说定了！"

二、紧急救援

三义口村外，区武工队员全副武装在空地上集合。

区长冯干三站在队列的前面。"同志们，鬼子人多咱们人少，敌强我弱。之所以要去支援，就是要为八路军主力赶来争取更多的时间。凡是去的人，可能都回不来了。所以，我问下大家，你们可以自己选择去或者不去。愿意跟我走的，举起手来！"

武工队员们毫不犹豫地齐刷刷举起手。冯干三的眼睛湿润了。他嘴唇哆嗦着，半晌才开口："立正！报数！"

武工队员响亮地报数："1，2，3，4，5，6，7，——31！"

冯干三神色庄重地命令道："报双数的，出列！跟我去渊子崖！"

十五个武工队员站了出来，排在单数的机枪手大柱也站了出来，他双手端着机枪。

大柱："冯区长，打鬼子没机枪怎么行？"

冯干三走到大柱身旁，伸出手拍拍他的肩膀。宣传委员赵同报的是单数，他也默默地站到了要出发的队伍中。

结果，整个区武工队无论单数双数全部集合在一起了。

冯干三看了他片刻，什么都没有说，但他的眼圈红了。

宣传委员赵同催促说："冯区长，我们赶快走吧。"

这时，区委书记刘新一走过来，紧紧握住冯干三的手抖了抖说："老冯，咱俩一起去。"

捐躯赴国难，视死忽如归。区武工队一行30多人在刘新一和冯干三的带领下，跑步向渊子崖出发。

刘新一和冯干三带着武工队员心急如焚一路急行军，接近傍晚的时候，他们气喘吁吁地赶到渊子崖村东岭的树林，冯干三命令道："依托地形掩护，隐蔽前进，在靠近鬼子时，打他个措手不及。"

大柱将机枪架了起来。武工队员围在冯干三身边。

冯干三："现在后悔还来得及，有谁想离开？"

众人都不动。刘新一和冯干三望着众人。

赵同："冯区长，别再问了。要死，咱们死在一起！"

冯干三："兄弟们，打鬼子！咱们来世见了！"

这时，日军指挥官从望远镜里也窥察到了前来增援的区武工队，日军的几挺机枪堵住了前进的道路。

日军骑兵迅速向武工队冲过来，形成了半包围圈。飞奔的马蹄扬起了一溜烟尘……

刘新一卧在离冯干三不远的一棵松树下，手持驳壳枪，在沉着地观察情况。冯干三趴在一个土坎边，从旁边一个武工队员手里抓起一支步枪，瞄向一个日军骑兵，一声枪响，战马嘶鸣，一个鬼子应声倒在马下。周围的日军骑兵迅速围了上来。

冯干三举起驳壳枪命令道："开火！"

大柱的机枪响了。冯干三带着武工队员向日军开火。

武工队员们迅速射击，区委宣传委员赵同掏出一个手榴弹，向日军马队扔去。"轰"的一声，两个日军骑兵被炸倒在地。

日军对武工队的射击更加密集，子弹压得武工队员们站不起身，只好卧地匍匐前进。当场，有两个武工队员壮烈牺牲。

在丘陵的两侧，日军骑兵快速移动，日军士兵呈散兵线，形成包抄之势，向着武工队员扑过来。

刘新一和冯干三带领武工队员们奋勇还击。

战斗正在激烈地进行，敌强我弱，寡不敌众，情急之下，冯干三又亲笔写了一封短信，信封上加有一根鸡毛和一根火柴（急忙火速之意），再次派人送信，向八路军山东纵队二旅五团求援。

区委书记刘新一用驳壳枪里的最后一颗子弹瞄准一个日军骑兵，日军骑兵胸部中弹倒下，刘新一快速冲过去夺下日军的三八大盖步枪，并拿走死去日军身上所有的子弹。

刘新一靠在一棵大树后，举起三八大盖连续击中了两名日军骑兵。这时，另一个日军骑兵从右侧开枪，击中他的右臂，刘新一以树为依托，用左手托住枪，击中了日军的战马。

这时，疯狂的日军又冲上来了，他和冯干三指挥区武工队连续打退了鬼子两次进攻。刘新一在身负重伤的情况下，仍坚持战斗，在连歼三个鬼子后壮烈牺牲。

三、老冯牺牲

黄昏村外，20几匹日本军马来回奔驰，武工队员在和日本骑兵激烈战斗，杀声、枪声、炮声、战马的嘶鸣声在这个沂蒙山的小山村交织在一起。

冯干三身材高大魁梧，四方脸膛，肩宽背阔，头戴一顶八路军帽，手里提着驳壳枪，旁边是一支从鬼子手里夺来的三八大盖步枪，他半跪在地上，两眼怒火，身上已多处受伤，身边倒着已经牺牲的赵同。

一个日军骑兵向他冲过来，冯干三开枪，击中了军马，翻滚的军马将冯干三撞倒，驳壳枪甩了出去。

冯干三站了起来，猛地扑向摔下马来的日军骑兵，他一米八的个头，用身体将日军骑兵撞到，然后狠狠地掐着他的脖子，与鬼子进行肉搏。身材矮小的鬼子不是冯干三的对手，几个回合下来，命归西天。

这时，另一名日军骑兵冲上来，用马刀向冯干三砍去。他摇摇晃晃地倒下，冲上来的鬼子再次用刀刺中了他的胸部。鬼子十几个骑兵围着倒在地上的冯干三，又连续刺了几刀，马蹄密集地在他身上践踏。

木村骑在马上，远远看着，广田骑马陪在一旁。

广田感慨："原来支那人也很英勇啊。这么二三十个人，就敢攻击一个联队的皇军。"

木村："明知赴死还要战斗，是真正的勇士。喂！到此为止吧！"

骑兵们勒住缰绳，向两边退开。木村趋马上前，打量地上的冯干三。

冯干三仰面朝天，壮烈牺牲时，还怒睁着两眼。

木村骑在马上向冯干三恭敬地敬了一个礼，说道："无论你是谁，都可以称得上是英雄。"

冯干三壮烈牺牲时，年仅39岁。他原名冯贵祯，是莒南筵宾镇范家水磨村人。因与道口乡丁家介脉头村丁旆等三人共同盟誓，参加革命，誓死抗日，三人都将名第三字改为"三"，因而改名叫"干三"。1938年参加革命并加入中国共产党。

1941年春，为进一步开辟板泉一带的工作，党组织派冯干三到板泉区任区长。当时，板泉区情况十分复杂，既有汉奸，又有土匪。

冯干三在区委的统一领导下，积极宣传党和政府的方针、政策，组织群众开展抗日活动，积极做好统战工作。沭河西岸小梁家的汉奸刘文义，经过冯干三做工作，他明通日本，暗里常给冯干三送情报。

冯干三工作作风深入扎实，在区公所十几名干部中，他廉洁奉公，身先士卒，模范带头，对板泉区四五十个村庄的情况都了如指掌，特别是对渊子崖村的情况更熟悉，应该说村长林凡义就是他的好朋友，也是他一手培养起来的村干部。

冯干三晚间还经常带领区中队去小梁家汉奸据点作政治宣传，瓦解敌人。当时沭河西岸流传着这样一句话："鬼子汉奸不长眼，出门碰上冯干三。"人民群众对他称颂有加，鬼子汉奸对他恨之入骨。

冯干三牺牲后，滨海区专员谢辉安排其全家8口人，随专署机关活动，转移时，老人和孩子都由专人用小推车接送。

冯干三的儿女冯玉善、冯玉香、冯玉兰等均参加革命，其长子冯玉善随部队南下，曾任杭州市公安局副局长、嘉兴县委书记等职。次子冯玉堂，在家乡务农。三子冯玉田，曾任莒南县水利局相邸水库管理所所长、县水利局科长等职。长女冯玉香在郑州飞机场工作。二女儿冯玉兰务农，三女儿冯玉珍在十字路镇中心学校任教师。

至今渊子崖村的老人们一提起冯区长，仍然唏嘘不已，他们逢人便说，若不是冯区长他们，俺渊子崖的一千多口人就都死在鬼子手里了。偶然见到冯区长的儿孙们都要亲切地拉到家里，问寒问暖，热情招待，不是亲人胜似亲人。

冯干三的形象在人们的心目中是那样的伟大崇高，采访中，笔者试图想找一张他生前的照片，一睹风采，他的小儿子冯玉田说："那时，战争年代没那个条件，父亲就没有留下照片。解放后，县里一个中学美术老师根据我们家人的描述给他画了一张，也不知道像不像。"

四、残阳如血

凄凉的黄昏，残阳如血。夕阳似乎陡然从地平线上断裂了，无声无息地消失，沭河对面的山口上，只残留着一条血红。

在村里养伤的四名八路军伤员在班长王向南的带领下，协助村长林凡义组织并参加战斗，在浴血奋战中，为了保护村民全部献出了自己年轻的生命。

下午4点多钟，正在外线作战的八路军山纵2旅5团3营董营长带领的7连和9连，县大队与县委临时召集的各区中队闻讯赶来援救。

他们从村东向鬼子发起了进攻。

为了救援渊子崖村民，八路军增援部队，攻到村东沟底，向鬼子发起攻击，将日军引出村外，他们边引边打，付出了沉痛的代价。

天快黑了，村外的枪声也停下来。这时，林凡义才知道鬼子兵是被我增援部队赶走了。

县委宣传部部长徐坦身上9处负伤，奄奄一息，经抢救方才脱险（后来在另外的一次战斗中牺牲）。

区中队副队长高秀连在与敌人搏斗时，子弹打光了，剩下最后一颗手榴弹，与日本兵同归于尽。

区武工队员刘汉成、谷鸿安等二十几名战士视死如归，在与敌浴血奋战中献出了年轻的生命。

八路军山纵2旅的营长纪恕、王汉农，连长王文瑞在援救渊子崖与日军战斗中光荣牺牲。

2旅5团的一个尖刀班被日军骑兵包围，经过激战，只有一位姓宁的战士幸存下来，其余全部牺牲。

他们在为谁而战？他们为什么要战？因为他们明白，救老百姓于水火之中，是党领导的人民武装必须要做的事情，不管是刀山火海都要竭尽全力慷慨赴难。因为这不是任务，这是责任，这是担当。

据当年八路军山东纵队2旅5团9连副连长陈进城生前回忆：

"12月19日（农历十一月初二）早饭后，连长马登殿同志带领部队进行村落战斗演习。指导员杨映雪同志准备下午上党课。我和副指导员李兴华同志准备面、肉晚上改善生活。大约9点左右，听到西北方向传来"咚！咚！"的炮声。马登殿同志和杨映雪同志停止了他们的工作，到村后观察情况。不一会，营部命令要我带一个排进行武装侦察，其他部队作好战斗准备。

我和1排长高书纪同志带领部队向炮声的方向奔去。路上许多赶刘家庄集的人急忙往家走。我遇人就问："哪里打炮的？"他们说："渊子崖同汉奸打起来啦！"战士们听到后异口同声地说："我们同渊子崖的群众一起把汉奸消灭掉，叫它知道我们的厉害。"我们走到谷家岭村前，炮的声音变了。我在想不可能单是汉奸队，鬼子可能来了。战士们很天真地说："副连长，我们冲上去吧！"我没有说什么，把部队带到村后面隐蔽的地方，同高书纪同志观察情况。只看到渊子崖村北面炮声隆隆，尘土飞扬。在12点左右，从北面来了一个人，我问："是鬼子来了吧？"他说："是的。"我问："有多少？""光看见像黄老鼠似的一大片。""你估计有多少？""大概有1000多。"我又问：

"你看见有炮吗？"他说："有朝天的两门，平着的两门。"我立即写了情况报告，派通讯员送往营部。我们在此严阵以待，下午1点半左右，枪声被炮声淹没，火光冲天，硝烟弥漫，已看不到渊子崖的村庄。战士们焦急地说："渊子崖的群众怎么样了，我们为什么不去营救？"这时，还不见通讯员来，我也有点着急。大约在3点左右，通讯员气喘嘘嘘地跑来说："营长叫你赶快出击。"我同高书纪同志迅速带着部队顺沟向西北方向运动。7连两个排从东岭上如同泰山压顶之势向敌人猛冲。敌人的机枪在狂叫，子弹从身边飞过，炮弹在我们阵地上爆炸，炮弹爆炸后，尘土和浓烟掩盖了阵地，我们之间谁也看不到谁。尘土味和硝烟气味使人透不过气来。7连的勇士们冲到渊子崖的东沟里同敌人短兵相接，手榴弹成群地飞上敌人阵地。勇士们在机枪的掩护下冲到村子东头，因围墙太高挡住部队前进，勇士们向北冲去同敌人争夺围墙缺口。敌人以密集火网封锁了勇士们的进攻道路，并乘机反扑过来。勇士们在排长的指挥下，打死打伤敌人10多名。但由于寡不敌众，被迫向南转移，我们有5名战士负伤。

7连同敌人在东沟短兵相接的时候，高书纪同志带领1排运动到离敌人200多米的地方，敌人还未发现。我和高书纪同志指挥全排打了两个排枪，鬼子倒下了五六个。这时，敌人用机枪向我们扫射，并有10多个敌人冲上来，高书纪同志组织火力把敌人击退。1班乘胜追击，占领距我们30多米的几个坟包。敌人在机枪和小炮的掩护下向1班进攻。1班战士在班长赵永同志的带领下沉着应战，并在2、3班的支援下，用手榴弹打退了敌人的进攻，鬼子丢尸两具。1班副班长李树荣同志左臂负伤，赵永同志叫他下去，李树荣同志说："我的

★

第七章　危难真情

营救任务还没完成，不能下去。"他仍继续坚持战斗。铁沟崖村的鬼子出来向1班右翼侧击，被2、3班击退。这时，有一个手提指挥刀的敌人暴跳如雷，指挥二三十个敌人在机枪、小炮的配合下向我排进攻，1班被迫撤到沟里。全排进行阻击，把敌人打退，敌人又丢尸4具。有七八个敌人占领了1排占领过的坟包，从此，我们同敌人展开了激烈的阵地争夺战。经过两次反复争夺，勇士们寸步不让。

这时，太阳快要落山了。村里的土炮声接连不断，我站在沟沿上观察情况，3班长王守义同志把我拉倒。我问："你干什么？"他指着我的左臂说："你看！"噢，原来我的棉大衣被机枪打了几个窟窿。我站起来向渊子崖西南大门看去，只见村里的群众向外突围，我们的勇士们一见群众突围，就不顾自己的安危向敌人冲去。虽然又有6名战士负伤，但他们仍然坚持战斗。在同敌人未分胜负的情况下，7连1排前来支援。我们同敌人一直战斗到渊子崖的群众全部撤完，才停止战斗。

夜幕降临了，村民们没有去找自己死去的亲人，却举着火把，漫山遍野地四下寻找牺牲的八路军和武工队员的尸体。

林凡义和翠翠也举着火把在田野里寻找着。

有人喊："找到了，冯区长在这里！"

林凡义向着喊声的方向跑，众人都围拢过去。

冯干三仰面躺在地上，腹部、胸部、头部都被刺刀戳穿，全身血肉模糊……

林凡义悲痛欲绝："冯区长！冯区长！"他站在冯干三等同志的遗体旁，禁不住泪水直流，嚎啕大哭。

林凡义跪下了，大家都跪下了，村民们久久地长跪不起。

一片火把，照着八路军和武工队烈士殉难处。

渊子崖街道上横七竖八躺着牺牲了的父老乡亲、八路军战士、武工队员，横七竖八、成堆成垛的尸体流出来的鲜血，已经凝固，黄土变成黑红色，并且已经板结。

就这么一天的时间，许多熟悉的面孔已不能再相见，人们的悲恸从心底翻起，泪水溢出眼眶，顺着面颊流淌，忍不住啜泣。全村哭声一片，悲痛的气氛笼罩着整个渊子崖村。

多年后，林凡义的儿子林祥秀回忆起父亲时说，父亲在世时曾经多次对他讲过："那天黄昏的时候，八路军山纵2旅5团部分战士和刘新一、冯干三的区中队，不顾一切从村东北赶来救援。日军立即折身扑向八路军，在日军精良武器的进攻下，前来增援的八路军和区中队30多人，在村东岭胡头沟一带，被日本鬼子马队圈住，一个人也没剩下，全牺牲了。"

林祥秀说，父亲每当谈到此处，总是泪流满面，他说："我们在打扫战场时，发现县委宣传部长徐坦身上有9处枪伤，奄奄一息，经抢救才脱险。后来，鬼子以为我大部队随后跟来了，很快就撤了。当时，全村只剩下最后一条街，所有的人都挤在那条街上，没地方跑。如果不是刘书记和冯区长带领八路军武工队及时赶来救援，全村人非都死了不可。是共产党救了我们渊子崖人民。"

五、战后余劫

西边的太阳就要落山了，渊子崖村依然炮火连天。战斗已经进行了9个多小时，日军终于突破土围子冲进了村里，开始实施疯狂的暴行。

村里到处是断壁残垣和累累弹痕，到处是倒在地上的死难者，渊子崖笼罩在一片阴森可怕的恐怖之中。

为了保住林氏家族最后一点血脉，林凡义安排林老九趁夜色把十多个年幼的孩子藏在猪圈旁的地窖里面。林老九将一个最大的孩子拉过来，对着孩子说："小毛头，你牢牢地给我记住，以后等这些孩子长大了，告诉他们，咱渊子崖村打鬼子，全村没一个孬种。"

林老九离开地窖不久，就发现日军朝着猪圈和地窖搜索而来，他悄悄地爬在墙头上，见一个鬼子端着刺刀东张西望地向这边走来，林老九不动声响地绕到鬼子背后，突然举起铁棍用力向鬼子的脑袋砸去，这小鬼子连哼一声也没有就见了阎王。后面的两个鬼子冲上来，一起向林老九开枪，老九身中数枪，他艰难举起着铁棍挣扎了一下，仰天倒下。

村子里，到处都有房屋在燃烧，哭声、嚎叫声和痛苦的呻吟声连成一片。

经过一番激烈战斗，直到太阳落山，鬼子在我八路军和武工队的英勇打击下，开始撤退。

鬼子逃走时，将手无寸铁的村民分成几队赶到村东北角岭下一个叫葫芦头沟的地方。

日寇沂蒙山区大屠杀时的疯狂虐行

这个地方有好几人深，老百姓把这个深渊叫做石窝口。

鬼子把群众赶到渊子边上，叫人们一字排开，然后挨个用刺刀捅，寒光闪过就是一道道直喷冲天的血柱，然后扑通一声推到渊里。霎时，渊子里就流了一片血水，尸体成堆。

有个叫林崇都的村民见快刺到他了，趁敌不防一头钻到渊子里。鬼子把死尸扔进去压在他身上，他在水中浸了半天，虽然侥幸保住了性命，却留下了终身的残疾。

有个叫王言智的小伙子，当时只有16岁，排在最后。前胸被刺三刀，但未中要害，他倒在血泊里，昏迷过去了。晚上阵阵寒风吹醒了他，发现鬼子已经走了。他挣脱绳索从死人堆里爬了出来，经抢救才活了下来。

村民王言平被刺伤后还有一口气，日本鬼子发现后又猛踢两脚，踩得肚肠子都顺着刀口淌了出来，直到死去，惨不忍睹。

村民林崇修刚结婚一年多，就被鬼子打死了，其妻当时还不到20岁，已有一个吃奶的女孩。本来是如花的年华，恩爱的情侣，幸福的新婚家庭，可是万恶的鬼子，杀死了她的丈夫，夺走了她的亲人。

庄东南角有两个柴火园，儿十口子人逃到那里避难，不少人是受了伤的自卫队员。端着刺刀的日本鬼子也"嗷嗷"地追到那里。

自卫队员林守森被两个鬼子紧追着，眼看就要追上了，他见院里有个地瓜窖口，便一探身钻了进去。鬼子朝里打了两枪。守森身体紧贴窖壁，子弹擦耳穿过，险些丧命。

鬼子将追到的人一个个用刺刀捅死，然后浇上汽油焚烧。被烧的尸体发出的油脂味直呛鼻子，令人作呕。四周院墙被浓烟熏黑。

儿童团员林凡华死后倚在墙上被烧了，待到把尸首抬走后，墙面上清晰地留下他被烧后的身影。

血腥屠杀仍在西南门里进行着。被逮来的30多名村民被绳子反绑着，一排溜站在一个大粪汪沿上。林凡秀和他二弟也在其中。

身后持枪的鬼子举枪瞄准。"啪！"的一声枪响，排头的一个中弹倒下。

第二个、第三个……

林凡秀可能是排在第六个上。一声枪响，他胸口一热，两眼直冒金星，随即倒在了粪汪沿上。

疯狂的鬼子将抓住的人都残忍地枪杀了。

半夜时分，林凡秀被冻醒了。他拍了拍脑袋，想起被枪杀的场景，自己不是做梦吧？他艰难地爬了爬，用手摸到了身边的死人，这才意识到自己没被打死。一阵钻心的疼痛又让他昏死过去了。

第二天早晨，村里人来这里收尸时，发现林凡秀还在喘气，经抢救活了过来。原来，子弹从他第7节脊椎旁穿过去，在右腰第7根筋骨下钻出来，没伤着心、肺、肝等大器官和大动脉。

林崇都、王言智、林守森、林凡秀等人是无数个被侵略者屠杀的中国人中的侥幸者。他们身上至今仍清晰可辨的疤痕是日寇杀人的铁的罪证！

林九习是林九兰的亲弟弟，哥哥九兰手提铡刀，与鬼子拼命的情景，九习看在眼里，记在心里，更增加了他对鬼子的仇恨。

林九习被抓后，这个不甘心束手待毙的热血汉子挣扎着，当鬼子的刺刀还未捅向他时，他高声怒骂到："小日本鬼子，我操你老祖宗，在阴间里我也跟你不算完。"接着一骨碌滚进脚下的水汪里。残暴的刽子手岂肯罢休，一个鬼子跳进水汪举刀向他砍去。他抓起汪泥，一把糊到鬼子的脸上。气急败坏的鬼子，举起刺刀就向林九习刺去。

由于林九习身上的棉袄浸了水，湿漉漉的棉花套子刀刃难进。他的脊梁被刺穿3个血窟窿，脖子上的一刀刺偏了。

晚上，大难不死的林九习从汪里挣扎出来，摸黑爬回家里边，身后留下一串串血印子……

全国解放后，林九习和村里人一样过上了好日子，但渊子崖那场战斗，日本鬼子给全村人和他带来的灾难，他铭记在心，永远都不会忘记。

林九习的儿子林崇礼长大后，他把儿子送到部队，告诉儿子你是沂蒙老区人的后代，要向渊子崖村的前辈学习，当个有血性的好兵，

作者高明在采访渊子崖战斗中幸存者105岁的老自卫队员林九习

报效国家。

1995年初夏时节，为纪念抗日战争胜利50周年，笔者曾和大众日报社记者宋继民，沿着当年八路军115师挺进沂蒙开辟抗日根据地的足迹寻访，那时的林九习老人身板硬朗，声音洪亮，思维敏捷。当回忆起那场战斗时，老人抚摸着伤口，认真地给我们作过讲述，至今让笔者记忆犹新。

光阴荏苒，恍如隔世。2015年4月29日上午，当笔者20年后再次见到这位已105岁的老人时，老人佝偻的后背像小山一样向上拱起，一双棕褐色的眼睛深陷在眼窝里，饱经沧桑的脸上，因消瘦而憔悴，腮帮上的褐斑清晰可见。

当我再问起那场战斗时，这时的老人已经耳聋眼花，吐字不清，只是用手比划着。在与我们合影时，老人却双手挂杖，气定神闲，两眼炯炯有神。

林九习这个经过战争洗礼，饱经战火摧残的百岁老人，依然是那样的让人崇敬。他的形象在我们的心目中依然是那样的高大，笔者在心里默默地祝愿老人健康长寿。

敌人撤退了，村里的枪声逐渐停下来。

激战了一天，精疲力尽的村长林凡义心里惦记着林清义等几位老人，当他找到他们时，林凡义不由愣住了，现场到处都是堆积的死尸，林九星老人正从乡亲们的尸体堆里艰难地向外钻。林凡义眼含热泪，扑上去把老人拉了出来，揽在怀里。林九星的皮肤烧焦了，几处被脏水浸过的伤口还在往外溢血，他痛得全身哆嗦，但没有一声呻吟。

老人对林凡义说："咱没给渊子崖村丢脸！没给咱中国人丢脸！"接着，他断断续续地讲述了几个老人死难的经过："俺们和鬼子拼了一场，10几个人被鬼子打得死的死，伤的伤，鬼子抓住了俺们。没有人性的鬼子用刺刀把俺们捅完以后，扔进大粪汪里，又泼上汽油烧！"

　　老人说到这里，咽了最后一口气，林凡义怀抱着老人的尸体，悲愤交加，怒火填膺，半天说不出一句话来。

　　看，日本强盗给善良平民造成的苦难是笔墨无法形容的，他们的滔天罪行罄竹难书，令人发指。渊子崖村几乎每一户人家都有当年亲人被杀被害的沉痛回忆。

　　在日军这次疯狂暴行中，数以百计的村民被炸死、杀死、烧死，或被炸塌的房屋压死，受伤的无法计算。有些人受伤过重，没过多久就死了，许多人家，一家父子、夫妻、兄弟同时遇难，仅村民林炳标一家就死了九口。老人的五个儿子全被杀害，无一幸免，真是惨绝人寰。

　　鬼子撤退中抓走了林庆平、林凡荣和林凡坤3个人回新浦驻地，走到江苏黑林镇时，林庆平逃跑时被打死。敌人把林凡荣、林凡坤带到营地关了起来，用丧尽天良的办法折磨他们。关押他们的房屋的柜台较高，鬼子便绑着他们跪着当踏板，穿着皮靴的鬼子一个个踏着他们的背过去，把他俩后背的皮肉踏得鲜血直流。当地有个卖茶的地下党员叫张举善，得知情况后，想方设法通过内线把他俩救了出来，又送他们到附近一对老夫妇家里去养伤。张举善告诉他俩："鬼子回来后清点人数，死了112人，废了很多枪支弹药，他们栽在一个村老百姓手里。日军指挥官大发雷霆，感觉很丢脸面，把联队长也给撤了。你们渊子崖真了不起！真有血性！"他俩被送回来后，养了几年的伤，身体才复原。

据战后统计，渊子崖自卫战军民团结一致，浴血奋战，英勇杀敌，共击毙日军112名、毙伤伪军42人。

同时，此战也给渊子崖村造成了深重的灾难和巨大的损失。全村壮烈牺牲和被日寇残害147人，重伤216人，严重烧伤17人，加上八路军和武工队干部、战士及邻村群众共死亡242人。房屋被炸毁、烧毁833间，占全村房屋的90%以上。除街南和村沟北少数几户未来得及放火烧以外，其余无一幸免。粮食、衣物、家具、牲畜损失殆尽。

让蒙山动容、沂水流泪的是，别看村中损失这样巨大，但在自卫队员林庆本家，村里为八路军存放的三间屋里的军粮，却秋毫未动，颗粒未损！

第二天上午，八路军山东纵队2团在渊子崖村打扫战场时，孩子们把八路军领到村沟北的猪圈，战士们搬开猪草，看见最上面放着一封信，信上密密麻麻地写满了村里全部村民的名字。鲜血将名字浸成了红色，八路军战士手捧血信和军粮放置的示意图，无不热泪盈眶，泣不成声，八路军山东纵队2团团部书记刘常德嚎啕大哭，他不断念叨着："孩子们还活着，渊子崖不会亡，中国不会亡！这血海深仇我们一定要报！"

渊子崖尚存的村民擦干了眼泪，挽起了胳膊，又挺起了胸膛，他们把用全村生命和鲜血保护下来的军粮亲手送到了八路军与日军激战的前线。

笔者想，这绝不是普通的军粮，这是沂蒙人民对人民军队的深情厚谊，这更是人民群众对党无限忠诚的真实写照。

六、鬼子撤退

西边的太阳落山了，冬日的寒风阵阵袭来。村里正在疯狂大屠杀的两路日军正准备在村中会合，听到村外我军密集的枪声，匆忙撤到村东。

一名传令兵飞马而来："报告联队长！八路军在村东南向矶谷大队发起攻击。"

木村："什么规模的部队？"

传令兵："大约两三百人，八路进攻十分凶猛，据观察，这应该是八路的先头部队。"

广田无奈地说："联队长，我们在这里呆得太久了。"

木村站着不动，沉思良久："命令联队各部，就地归建，与八路脱离接触，向临沂方向撤退！"

传令兵敬礼后，纵马而去。木村看着广田命令道："抓紧清理人数，来不及火化的阵亡官兵的遗体，争取带走。"

广田："嗨！"

说完，木村站在哪儿，环视了一下整个村子，嘟囔了一句："倒霉！打了一个无法交差的仗！"接着翻身上马，带着骑兵匆匆离去。

一个日军传令兵跑到酒井面前报告："村外发现八路大部队，联队长命令，集结队伍，迅速退出村子！"

酒井听罢，扭头听到村外密集的枪声，恨恨地咒骂了一句。"命令各中队，停止清理战场，就地集结！"

渊子崖村东北角的地上扔了满地的血纸、血布，日军在此建立了"战地抢救医院"。

有一块地皮被烧焦，还有许多铁皮子弹箱被烧得烟痕斑斑，这是日军临时的火化场，战死者被火化后，野兽们将其同伴的骨灰带走。

傍晚，日军沿着小路向临沂方向狼狈撤退。

队伍中随处可见伤兵，骡马拉的车上，堆着死尸。

一名日军士兵唉声叹气地说："这是我们最糟糕黑暗的一天！灭了大日本皇军的威风，长了土八路的士气，长了东亚刁民的志气。"

冬日清晨，古城临沂，天气阴暗，北风呼啸，天空不时地飘着零星雪花。城内，几家老字号糁馆已经开张，但生意萧条，来喝糁的人门可罗雀。

临沂日军军营，一辆辆日式军用卡车停在那里，83联队的日军正在有秩序地上车。担架上躺着伤员，一些受轻伤的士兵相互搀扶，爬进车厢。

不远处，广田表情忧郁地看着士兵将来不及火化的尸体搬进车厢。

四辆大卡车的车厢里摞着日军阵亡士兵的尸体，密密麻麻，摞满了车厢，车厢上面用白布和黄布盖着。

传令兵跑过来，向他敬礼，送来一封电报。

畑俊六大将下了指示："结束对共党沂蒙根据地扫荡，所有部队迅速返回驻地维持局面。沂蒙山区原部队不动，再留下山田一本带领两个联队，协助巩固扫荡后的局面，并责令山田一本，加紧对115师驻地附近清剿。"

广田看过电报后，发出了"嘿嘿"几声冷笑，命令道："全体集合，准备撤离。"

广田来到营地作战室。室内，酒井、矶谷等军官神情焦虑地站着。

青砖地面上铺着一块白布，木村敞开军服上衣，前胸裸露出野兽般的黑毛，面向东方跪在白布上。他手里握着一柄胁差（注：切腹专用的短刀），军刀横放在面前，一副貌似庄重的表情。

广田从门外匆匆跑进，看见此景，劝道："联队长，这是在干什么？"

木村低沉地说："83联队伤亡惨重，竟没有征服一个村庄。我已无颜再见师团长阁下。所以决定切腹自杀，向天皇谢罪。"

广田："一定要这样吗？"

木村："只有这样，才能挽回83联队的荣誉，诸位才可以不被兄弟联队所耻笑。我已经决定，不用再罗嗦了！请你来，是有一个私人的请求。"

他从地上拿起军刀，双手捧着，递向广田。

木村："作为我的副官，请充任介措吧，在切腹之后，砍下我的脑袋，拜托了。"

他说完，向广田低头致意。

"必须这样做吗？"广田问道。

木村："失去荣誉的军人，活着还有什么意思？就这样吧。"

广田弯腰还礼。双手接过军刀："既然联队长坚持，我很荣幸。"

木村抬头看着众人，闭上了眼睛，接着又睁开眼睛说道："83联队的指挥权，暂由矶谷君代理。诸君，以前若有失礼的地方，请原谅吧。"

矶谷、酒井等军官站成一排向木村鞠躬。

木村大叫一声，将胁差刺入腹部，向左边划开，接着又转向右边。他的表情很镇静，虽然很痛苦，但是神情虔诚。

血流在白色的布上，洇红了一大片，木村的身体向前倾倒，他死了。

广田拔出军刀，刀刃闪着寒光，他双手握刀砍了下去。

矶谷、酒井等军官摘下军帽，向木村跪拜。

这时，窗外传来汽车开动的声音。传令兵进来报告："部队集合完毕，是否出发？"广田吼了一声："撤！"

这支参加所谓铁壁合围大"扫荡"的日军部队，就这样狼狈不堪地滚出了沂蒙根据地。

七、浴火重生

渊子崖村外一下子添了一片片新坟。

村里家家戴孝，户户有哭声！有多少人家破人亡，又有多少孩子成了无依无靠的孤儿……

整整半个月渊子崖村都是阴天，雾连着雾，云遮着云，后来又下起了大雪。这雪下得很大，纷纷扬扬地下了一天一夜。到处银妆素裹，天地一片洁白，一株株树仿佛一株株梅花。

老人们说："老天爷开眼了！这是给咱渊子崖挂孝啊！"

战后，沭水县抗日民主政府为在渊子崖自卫战中壮烈牺牲的刘新一、冯干三、赵同、刘汉成等烈士举行了隆重的追悼大会。全县军民决心继承先烈遗志，化悲痛为力量，向日本鬼子讨还血债，将抗日战争进行到底。

渊子崖自卫战，村民们付出了血的代价，但却充分展示了中国人民不畏强暴、宁死不屈的血性。

冬天的夜晚，严寒袭击着沂蒙山。12月24日，莒南县115师师部驻地，沂蒙根据地的反扫荡总结会议、大反攻动员会议正在这里召开。

指挥部的两间草屋里，门窗用草苫子挡着，两盏马灯挂在中间的梁头上，与会人员坐了满满的一屋。

宣布会议开始，所有的人都自动站了起来，向在反"扫荡"中牺牲的同志们默哀致敬。

"同志们，先烈们光荣地走了，我们要接起他们的担子，完成他们的未竟事业。总结反'扫荡'的经验和教训，进一步给予日本侵略者以沉重打击。"中共山东分局书记朱瑞用沉痛的语气说。

"这次日寇大'扫荡'，使我根据地蒙受了巨大损失，但也使根据地军民受到锻炼，得到提高。近日渊子崖村打鬼子的自卫战所表现出来的大无畏精神和英雄气概，也充分验证了我根据地军民的力量和能力。从整体意义上讲，胜利是我们的，失败的是日本侵略者。日寇妄想利用大'扫荡'和三光政策消灭我抗日军民，使沂蒙根据地变成无人区，变成一片白地。结果，他们的梦想没有实现，我们抗日军民，在锻炼中成长壮大，不但没被消灭，还有力地打击了日寇。我们给外围部队创造了一个宽松的环境，他们大量地歼灭了敌人，开辟了大面积的根据地，使日本侵略者腹背受敌，不得不偷偷溜走。事实已经说明，日寇的扫荡是没有宣布失败的失败，我们的反'扫荡'成功了，胜利了。"

"我们在总结经验的同时，还要做好反扫荡的善后工作。首先，要整顿建立基层政权、党群组织，恢复增强抗日力量。其次，发动群众搞好房屋修复、恢复生产等抗灾救灾工作，保障群众的生活，特别是像渊子崖这样的英雄村庄。再则，大批的日寇撤了，还有部分日伪军盘踞在根据地内的一些据点里，我们主力部队要铲除这些垃圾。我们地方干部要发动群众，密切配合，完全彻底地完成这次反'扫荡'工作……"

明亮的马灯照着屋里所有人的脸庞，一张张严肃冷静的面孔，都往一个点上聚焦。

大病初愈的罗荣桓，矫健沉稳地站了起来，他那宽厚的面庞上又添了一层严肃，显得更加威严。他坚定地说：

"渊子崖自卫战狠狠打击了日寇的嚣张气焰，极大地鼓舞了根据地人民的抗日斗志。日本鬼子连一个村庄都没有征服，这充分说明

1941年12月25日延安《解放日报》刊发的"沂蒙地区我进击残敌"的消息

了我们的老百姓是英勇不屈的，他们在党的领导下，一旦组织发动起来是不可战胜的。畑俊六在沂蒙山区横行了一个多月，犯下了滔天罪行，欠下了一大笔血债。这个恶贯满盈的家伙虽然走了，但他还有留下的爪牙，他们还想长期霸占这里，这是妄想。血债要用血来还，时机到了，我们现在就要它偿还血债！"

"毛泽东主席说，'敌进我退'，'敌退我进'。畑俊六走了，我们的主力部队也回来了。畑俊六在这里还留了个尾巴，我们就狠狠地把这个尾巴给它剁掉！"

罗荣桓沉稳有力的声音令人兴奋，鼓舞人心。

中共山东分局，八路军115师司令部，滨海专署和沭水县委等有关方面非常重视，迅速组织周围各村的群众前来渊子崖援救。

粮食、布匹、衣物、药品等救济物资送来了……

盖房的木料、草料送来了……

渊子崖村的人们擦干了眼泪，挽起袖子，振作起精神，在废墟上重建家园。

八路军115师保卫部的张企晗，以行医为名，为党做地下工作，他招收共产党员、渊子崖邻村的谷家岭村的谷俊德为徒，在谷家岭村成立了中西医济生药房，谷俊德渊子崖战斗结束后的当天就迅速赶到了现场，在抢救受伤群众方面起了很大的作用。

据谷俊德回忆："当时所有受伤的人，都分散居住在各村亲戚朋友家中，每个受伤人员必须先由我检查，确定治疗方案、上药方法、如何包扎等。以后就由我带上药品、器械，步行到各村各户，上门轮流巡回治疗，即划分几片，今天到这一片上药治疗，明天又去那一片上药治疗。有时上级部队派医生来检查伤情和治疗情况，都是由我带领他们去检查指导。当时有个重伤人员林庆柏，全身被炸，伤口大小共14处，大腿上有两处骨折，给他上药时，他从来不喊疼，伤口深洞处一次排出浓液一半小泥瓦盆，他那种咬牙硬撑的壮汉精神实在可嘉。他是住在卞家涝波村的亲戚家。还有个青壮年叫林令恒，上肢两侧被炸成严重开放性骨折，给他上药时，他从不叫疼。实际上他两个上肢整个骨头都被严重炸碎，疼得真是要命，伤势很严重，不久就牺牲了。林智华被严重烧伤，他被烧得双目失明，全身被烧的伤，深到肌肉深层，十分严重。还有他几个叔叔和周围邻居多人被烧成重伤。林凡阳的妻子，大腿受伤骨折，经很长时间的治疗，仍成残疾一辈子。王言智，他胸部被鬼子刺刀刺伤，经很长的治疗后，他又参加了八路军抗日、打鬼子。当时各村都参加了抗日武装联防组织。距渊子崖很近的楼里村，也同时一起都上岗守围子和敌人打仗，但因楼里村村小势孤，人又少，很快被鬼子从围子东门打了进去，杀人放火，烧了部分房屋，枪杀了14口人，受伤7人。其中一个叫王言奎的青年站在围墙架子上，被鬼子一枪打伤头部，成了哑巴，造成终身残疾。还有周家岭村韩辉彬的妻子，听到鬼子来跑到门外，被日本鬼子一枪打断了腿，成了终身残疾。有的伤者一治就是三四年，药费全由沭水县政府报销。"

据当年参加渊子崖八大剧团演出的文工团员陶纯撰文回忆：

"渊子崖的英雄人民，牺牲了147名英雄儿女，日寇也伤亡了和这个数相当的士兵。让日本侵略者想一想，虽然在正面进攻，蒋军一退千里；可是在敌后，死亡大量的士兵，没有征服一个村子。

按这个比例计算，即使日寇倾巢而来，只能是埋葬在中国农村的汪洋大海里。渊子崖英雄的村庄，使日本侵略者在精神上受到一次沉重的打击。"

"我们的政府和子弟兵在渊子崖村进行救死扶伤的工作：死者被妥善而光荣地安葬；伤者被送到后方医院去治疗；儿女牺牲了，老人由公家奉养；父母牺牲了，儿女由政府照顾；房子被烧的马上修盖；生活用具毁坏的立即补充。政府送来了救济粮和款，邻近村庄送来了所有生活需要的物品。不过一天的时间，家家户户都安排好了。县区干部都住在这村里，办理一切善后工作。渊子崖村没有被吓倒，复仇的气氛笼罩了根据地。"

冬去春来，冰消雪化。1942年春，渊子崖村在板泉区委的帮助指导下，成立了党支部。抗日民主政府送来了种籽，并组织邻村的乡亲们帮助渊子崖村春耕。村里各家各户的农田里都下了种儿。

渊子崖村的农田春意盎然，又出现了生机……

当地渊子崖村老百姓流传着这样的抗日歌曲：

（一）

41年沭河畔刮着西北风，鬼子汉奸来进攻，

渊子崖的人民要革命，

哎哎呦渊子崖的人民要革命。

（二）

18岁青年团扛土炮，80岁的老头装药包，

打得那个鬼子哇哇叫，

哎哎呦打得那个鬼子哇哇叫。

（三）

妇女们也参战，手拿菜刀上前线，

送茶又送饭，哎哎呦送茶又送饭。

（四）

小英雄儿童团真勇敢，搬运石头当炮弹，

打倒鬼子一大片，哎哎呦打倒鬼子一大片。

（五）

八路军同志们一援助，

把鬼子汉奸打跑了，

把渊子崖的百姓救出来了，

哎哎呦把渊子崖的百姓救出来了。

八、绕村而过

沂蒙十月，秋高气爽。天空中团团白云像弹好的羊毛，慢慢地飘浮着。大部分树叶都渐渐地变黄了，有的已经枯落下来，唯有枫叶红了起来，火红火红的，为秋天增添了一道亮丽的风景线。

1942年夏，刘少奇受中共中央委托到山东指导和帮助工作。他对山东分局的指导和重大问题的处理，充分体现了中共中央的正确路线，对山东抗日根据地军民胜利度过困难时期起到了重要作用。

沂蒙抗日根据地认真贯彻刘少奇同志的指示和山东分局《抗战四年山东我党工作总结与今后任务》文件精神，深入开展减租减息群众运动，调动了广大群众抗战和生产的积极性，进一步加强了抗日根据地的建设。

1942年以来，日军为建立华北兵站基地，摧毁抗日根据地，聚歼抗日有生力量，在山东推行"治安强化运动"，多次"扫荡"鲁中沂蒙山区。人数较多的有3次，第一次是2月，第二次是8月，第三次是10月至11月。前两次重点"扫荡"国民党鲁苏战区总部及所属部队，第三次重点针对共产党领导的沂蒙根据地。

罗荣桓认为敌人将要"扫荡"鲁中沂蒙山区，决定第115师师部及新111师主力在滨海不动，密切注意敌人动向，进行反"扫荡"部署。

于是，黎玉率领山东分局、山东军区、省战工会、抗大一分校和新111师一部，于10月15日西越沂、沭河，转移到沂水县西南部的南墙峪一带。

1942年10月，临沂、莒县的日军2000余人，越过沭河东进，开始"扫荡"滨海区。

一队全副武装的日军在沭河边道路上由西向东行进，骑兵队伍的后边是数门山炮，步兵紧跟在后。

当队伍行至离渊子崖不远的地方时，他们看到了渊子崖村的围墙。整修后的围墙在秋日阳光的照耀下，像长城一样，更加雄伟壮观。围墙四周松柏挺拔树叶翠绿，几只小鸟在围墙上空盘旋了一圈，又飞向远方。

日军队伍停了下来，他们注视着远方的围墙和村庄。

队列前面是两个骑着马的军官，其中一个佩戴大佐军衔，他举起望远镜观察了片刻，他的身后是一位少佐。

大佐十分惊奇："前面是什么地方？是要塞吗？"

日军少佐驱马上前："阁下，是个村庄，叫渊子崖。"

大佐的表情有些诧异："啊，这就是让83联队丢脸的那个村子吗？看上去像城堡，很壮观啊！"

少佐："83联队死了112名官兵，也没有完全攻破这个村子。木村正雄大佐为此切腹自杀了。这件事，在国内影响很大，连天皇陛下都惊动了。"

大佐用轻蔑的语气说："木村这个不走运的家伙。连一群老百姓都对付不了，碰到这样的事，恐怕他只有切腹自杀一条路可走了。"

"不过，这个村刁民的英雄精神的确让支那人自豪光荣。同时也给了我们大日本军人一个警示，中国的老百姓是不好惹的，也是有血性的。"大佐接着又说。

少佐一脸不屑的表情："木村还被称为陆军之星，看来只是徒有其名而已。如果是我们联队，一定可以兵不血刃，拿下这个村庄。阁下，要征伐这个村子吗？"

大佐转过脸，若有所思地看着少佐。然后说："有必要吗？军人只有在必须作战的时候，才会付诸武力。这叫勇敢，否则就是鲁莽。"

他用马鞭指着少佐，悄声细语："清醒一点，用军人的头脑思考吧。"

说完，大佐在马上挺直了腰杆，神色庄重地向渊子崖村方向深深鞠了一躬。

然后再次用马鞭指向少佐："命令部队，绕村而过。"

少佐应声："嗨！"

日军大队人马在渊子崖村旁悄声走过。

第八章　永垂史册

炮火中倾洒的热血，是奔涌而出的民族气节；残阳下铮铮的铁骨，构筑起民族的脊梁！

渊子崖自卫战，是一次英勇无比的英雄壮举，是一幅表现中国人铮铮铁骨的经典画面，是一曲响亮的民族正义之歌，谱写了中国抗日战争史上农民自发组织的最著名、最刚烈、最悲壮、最具民族不屈精神的壮丽诗篇。

"现在每天早上都吃临沂煎饼"的迟浩田老将军，对沂蒙山有着刻骨铭心的眷念之情，数次泪洒沂蒙，他纵情高歌："蒙山高沂水长，好乡亲永不忘。"

"沂蒙人民啊，我们的党记住了你们的大功。"

渊子崖自卫战后，消息传到了遥远的陕北黄土高原，延河之畔宝塔山下，中共中央所在地延安。

延安新华社通电全国，详细介绍了沂蒙山根据地渊子崖村民同仇敌忾、不畏强暴、宁死不屈、抗击日寇的英勇事迹。消息发出后，在全国引起了很大的反响，大大地鼓舞和振奋了全国军民抗击日寇的热情和斗志，同时也狠狠打击了日寇的嚣张气焰。

延安《解放日报》发表社论，表彰渊子崖村民的英雄业绩，对该村的抗日自卫战给予高度评价，称他们在全国树起了"村自为战"的抗日典范。

1942年春，滨海专署授予该村"抗日楷模村"的光荣称号，渊子崖被誉为"中华抗日第一村"。

一、建塔纪念

"诚既勇兮又以武，终刚强兮不可凌；身既死兮神以灵，子魂魄兮为鬼雄。"2300年前，楚大夫屈原叹息。楚怀王、楚顷襄王之世，任馋弃德，背约忘亲，以致天怒神怨，国蹙兵亡，徒使壮士横尸膏野，以快敌人之意。屈原悲伤至极，乃作《九歌·国殇》，恸悼楚士。戴震注："殇之言伤也。国殇，死国事，则所以别于二者之殇也。国殇，由是成为死国事者的民族挽歌。"

存史启后人，树碑昭英烈。1944年春，在抗日战争进行得如火如荼的时刻，滨海专署为了表彰渊子崖自卫战中牺牲的烈士，召集全区的能工巧匠，在村北的小岭上，用紫色的巨石建成了一座凝聚国人血泪和骄傲的六角七级纪念塔。

纪念塔的厚重无疑是中国人民气节的厚重，在刚刚从敌人手中夺回的土地上建塔立碑，这个举动无疑宣示着沂蒙人民不可撼动的钢铁意志。他们要保家卫国，用自己的血肉筑起新的长城。

该塔由当时沭水县县长王子虹亲自指挥，由岭泉镇石沟村著名石刻家、建筑师徐聚一精心设计。全塔用石沟红色水成岩条石砌成，造型美观，气势雄伟。塔底周长18米，塔身高9米，塔座、塔身共3层，塔尖3层。层间皆系飞檐石雕，塔身为正六边形，呈六角七级宝塔型，由6块大型红色碑石砌成。6块石碑上都凿有抓手和空槽，互相连接，十分牢固。塔内是空的，建筑时采用土囤和中间吊线法，塔尖顶端有一只风向和平鸽。纪念塔坐北朝南，塔身共铭刻了242位烈士姓名及其英雄事迹。

纪念塔的正面镌刻着1941年12月20日沭水县参议会撰写的纪略："打日本，中国人人有责，韩复榘军队不战而退，我沭水人民和全山东人一样的揭竿而起，在共产党领导下，坚持对敌作战，保卫自己的家乡，许多民族英雄在这伟大的卫国战争中，尽到了他们的责任，为国为民流尽他们最后的一滴血。这些英雄们的事绩正是我们后死者的榜样，也是沭水人民的光荣，尤其渊子崖一仗，更显现出中华民族的伟大气节。1941年12月19日（农历11月2日），日寇以千人之众，包围上来，用近代化的武器，屠杀我徒手的中国人民，纵火烧毁我房屋，施行其惨无人道的三光政策，但是没有一个人屈服，钢枪不多，就用铡刀菜刀当武器，男人守围坚持与敌搏斗，妇女儿童在敌人炮火下搬运弹药石头，男女老幼一齐下手，他们知道：不管敌人怎样残暴，对待敌人只有一个办法：打！在敌人面前至死不屈服，战斗从晌到晚，坚持最后一条街，正在激烈肉搏的时候，八路军赶来解围，才把全村群众救获出来。在这一战斗里，我虽伤亡百余，但亦杀伤了百余敌人，沭水的优秀子弟表现出可敬的革命英雄主义

渊子崖抗日烈士纪念塔全景（1944年春由当时滨海专署修建）

气概，不少的人拼掉了自己的性命。中共板泉区分区区委书记刘新一同志，民主政权区长冯干三同志以及优秀的共产党员赵同、刘成汗、谷洪安同志和我渊子崖战斗中百余亲爱同胞，他们为了人民的事业，做卫国战争的先驱而英勇牺牲，这是值得我们大书特书和永远追念的。日寇打进中国已经快七年了！在野兽们疯狂的烧杀下，多少人被屠杀，多少人流离失所，多少人家破人亡，多少妇女被奸淫，现在是清算血债的时候了！我们知道：烈士的血不是白流的，血的债要用血来偿还！让我们踏着烈士的血迹斗争前进吧！"

纪念塔的两侧，是八路军115师、滨海专署主要领导人和参议会的题词。

时任八路军115师参谋长，建国后为开国上将的陈士榘的题词是："为国家争生存，为民族求解放，流尽最后一滴血，永垂万古增光荣。"

时任滨海专署专员、滨海区支援前线司令员谢辉的题词是："人民的英模——千百万群众的心，祝福抗日烈士们安眠。"

时任中共临东工委书记、临东行署主任、沭水县委书记吴镜的题词是："精神不朽。"

时任沭水县独立营营长和独立营政委的钟贤文、李振邦的题词是："虽死犹荣"。

时任沭水县县长兼县大队长王子虹的题词是："为国为民比称后世楷模，光荣牺牲，精神长留人间，后辈当继承先烈遗志，完成民族解放事业。"

时任滨海区参议会议长高赞非的题词是："为了民族的解放，自由、幸福新中国的建立，你们流尽了最后一滴血，你们的令名，将与光辉的民族斗争历史，永垂不朽！"

渊子崖抗日烈士纪念塔沭水县参议会敬题的碑文

时任滨海区委书记，建国后担任山东省副省长、山东省委常委、省纪委书记的王众音多年后在《滨海区抗日战争的艰苦岁月》一文中回忆道："面对恶劣的形势、艰苦的环境，滨海地委在山东分局领导下，采取了一系列措施。首先是不断地进行革命教育，使党内党外、干部群众树立抗战必胜的信心。号召全区党政军民，在最困难的时刻，咬紧牙关，渡过难关。其次是由党带领广大军民同敌、伪、顽进行不屈不挠的斗争。1941年12月，沭水县渊子崖村男女老幼几百人，用大刀、长矛、菜刀、土炮，同1500多日寇苦战一天，消灭日寇一百余人，全村也有147人壮烈牺牲。当时滨海区参议会为牺牲的群众所立的纪念碑，现在还矗立在渊子崖东岭，碑文上写着'云山苍苍，沭水泱泱；烈士之风，山高水长'。"

1947年春，国民党整编74师路过渊子崖村，一个国民党军官看到塔上的文字记载，又惊又怕，企图毁掉这座纪念塔。他命令士兵拆掉了基座上的围栏，想推倒塔身，可纪念塔仍像蒙山一样巍然耸立着。这个军官气急败坏地向塔开了一枪，子弹崩掉了纪念塔第三层东南角的一小块石片，这块疤痕也便永远地留了下来，至今清晰可见。

灵魂赋予尊严，血性赢得光荣。建国以来，党和各级政府为了纪念在渊子崖战斗中死难的烈士，缅怀他们的丰功伟绩，作为烽火岁月沉淀与留存的宝贵财富，在临沂华东烈士陵园纪念堂里陈列着精工细雕的渊子崖自卫战的浮雕；在山东省博物馆里展出了渊子崖战斗时用过的土枪、土炮和大刀、长矛；在北京军事博物馆里设置专门版面，介绍渊子崖战斗的经过。中央和省市各大主流媒体都曾以多种形式进行过报道，以唤起后人历史的记忆，牢记侵略战争给中国人民带来的深重灾难，希望永远不再有战争，为开拓和平、友好的未来而努力。

为纪念抗日战争暨世界反法西斯战争胜利70周年，国家新闻出版广电总局专门安排了有关单位制作了动漫片《血战渊子崖》，在全国引起了社会各界的关注。

临沂市近年来在市区公演的红色经典《蒙山沂水》大型实景演出，其中"血染渊子崖"一节，百余名演员以生动真实感人的舞蹈再现了当年渊子崖自卫战悲壮的场景。

临沂市委常委、宣传部长林国华在各种场合不止一次地强调："我们要充分利用文学、影视等各种形式大力宣传渊子崖村民抗日的大无畏精神，讴歌沂蒙人民可歌可泣的英雄事迹，以进一步大力弘扬新时期沂蒙精神，凝聚起临沂人民全面建设小康社会的强大精神力量。"

这让笔者想起了一百年前鸦片战争时期广州人民自发的武装抗英斗争。1841年5月25日（道光二十一年四月初五），英军攻陷广州城北诸炮台，设司令部于地势最高的永康台。永康台土名四方台，距城仅一里，大炮可直轰城内。清军统帅奕山等求和，5月27日与英订立《广州和约》，以支付英军赎城费、外省军队撤离广州等条件，换取英军交还炮台，退出虎门。但和约墨迹未干，英军就不断窜扰西北郊三元里及泥城、西村、萧冈等村庄，抢掠烧杀，奸淫妇女。广大民众义愤填膺，各地团练共图抵抗。29日，三元里村民击退来犯小股英军，三元里民众料到英军必会报复，所以在三元古庙集合，相约以庙中"三星旗"作为指挥战斗的令旗，宣誓"旗进人进，旗退人退，打死无怨"。同时，爱国士绅何玉成等会后出面分头联络附近103个乡的群众，准备共同战斗。次日，南海、番禺百余村团练手持戈矛犁锄，群起围困永康台。相持近半日，英军司令卧乌古亲自带兵出击。团练且战且退，诱敌至牛栏冈丘陵地带。时大雨骤至，英军火枪受潮不能发射，团练民众冒雨反击，将英军分割包围，肉搏鏖战。追击过程中，英军第三十七团的一个连60人被义军截至稻田中，三四十名印度雇佣兵被刀砍毙伤。英军派出两个水兵连，带着"雷管枪"前来增援。被围困两小时之后，英军撤退至四方炮台。

5月29日，一小股英军又窜到三元里村抢劫奸淫，村民奋起搏斗，打死英军数名。5月30日清晨，三元里及各乡群众数千人，手持锄头、铁锹、木棍、刀矛、石锤、鸟枪，向英军盘踞的四方炮台挺进佯攻。英军司令卧乌古率领侵略军负隅顽抗。在战斗中，敌军少校毕霞紧张恐惧过度，加以天气炎热，昏倒在地，几分钟内死去了。敌军乱放枪炮、火箭，群众按计划且战且退。据参与此次战役的英军记载说："我们的火箭炮继续对着他们的队伍一行一行地推过去，他们仍然没有什么畏惧的表现，摇动着旗帜和盾牌，引诱我们向前进。"卧乌古气急败坏，命令英军追击。村民群众牵着骄横愚蠢的敌军的鼻子到达牛栏冈附近，忽然战鼓擂响，埋伏四周的七八千武装农民猛冲出来，将敌人团团围困。此时旌旗蔽野，杀声震天，妇女儿童也上阵助威，为各乡的村民战士送饭，以林福祥为首的五百余名水勇也闻声赶来，参加战斗。各乡群众愈来愈多，英军急忙开枪射击，但挡不住武装群众的洪流。卧乌古指挥部下分两路突围，武装群众当即从两翼包围英军后路，并趁他们渡河和单列行进的有利时机，冲上前去肉搏。

按国内通行说法，此战共毙伤英军少校军需毕霞以下近50人，生俘10余人（一说歼敌二百余人）。而据卧乌古报告，为战死5人，受伤23人，毕霞系"疲劳过度而死"（另一说法死7人，伤42人）。5月31日，三元里人民再次包围四方炮台。广州手工业工人以及附近州县如花县、增城、从化等地团练也陆续赶来，围台民众增至数万，相约饿死英军。他们用土枪、土炮、矛戈、盾牌、锄头、镰锹等，与英军作战，可谓"刀斧犁头在手皆成武器，儿童妇女喊声亦助兵威"。卧乌古不敢再战，转而威胁官府，扬言毁约攻城。奕山等闻讯恐慌，急派广州知府余保纯出城，先安抚英军，复率番禺、南海两县令向团练中士绅施加压力。士绅潜避，团练逐渐散去，台围遂解。英军撤出虎门时发出告示，恫吓中国人民"后勿再犯"。人民群众当即发出《申谕英夷告示》，警告英军，若敢再来，"不用官兵，不用国帑，

三元里抗英

自己出力，杀尽尔等猪狗，方消我各乡惨毒之害也！"

三元里之战，英军惨败，6月1日英军退出了广州。

三元里人民的抗英斗争，是近代中国人民第一次大规模的反侵略斗争。它对英国侵略者的沉重打击，极大地鼓舞了中国人民不畏强暴，敢于同西方列强拼搏的斗争勇气。

笔者想：整整一百年，渊子崖村抗日与三元里抗英的斗争几乎如出一辙，都是抗击外来的侵略者，所不同的是三元里抗英由于清政府的腐败无能，人民的抗英成果没有得到充分体现，而渊子崖抗日自卫战却极大地鼓舞了全国人民的抗日热情和杀敌斗志。

如果说三元里抗英是近代中国人民反侵略斗争的第一面光辉旗帜，那么，渊子崖是近代中华民族抗日楷模第一村。

采访中，我们巧遇来渊子崖村检查工作的板泉镇镇长王言君，王镇长告诉笔者："现在镇上正在按照上级的要求编制渊子崖村自卫战红色旅游规划，修建纪念馆，在烈士纪念塔前做一些雕塑，同时把这个点和中共莒南县第一个党支部——板泉党支部纪念地以及大白常村明朝重臣清官"王璟御封林"串珠成链，古今结合，以红带绿，共同发展，形成系统的爱国主义教育基地，让子孙后代永远牢记历史，为建设幸福美好的家园而努力。"

二、前仆后继

毛主席说："成千成万的先烈，为着人民的利益，在我们的前头英勇牺牲了，让我们高举起他们的旗帜，踏着他们的血迹前进吧！"

渊子崖自卫战结束后，经过战争洗礼的村民们擦干了眼泪，掩埋好亲人的尸体，悲伤过后更多的是对日寇侵略者的仇恨，是积极参加抗日斗争的热情和奋勇杀敌的斗志。

副村长林庆忠1942年春调往当时的沭水县汀水区任武工队队长，同年秋，又回到板泉担任区第一任武装部长，领导当地武装，组织发动群众开展抗日斗争。

林凡义的二弟林凡俊、三弟林凡智和村自卫队员林庆礼、林庆贤、林繁钧等30多人义无反顾地参加了八路军和武工队，积极投入到艰苦卓绝的民族解放斗争中去。

采访中笔者了解到了一个鲜为人知的真实故事，故事的名字叫"两发炮弹"。

渊子崖村的小伙子大牛，在渊子崖自卫战中，一家三口合力打死了一名日本鬼子。后来父亲被鬼子杀害，母亲在与鬼子搏斗时，左腿被刺成重伤，落得半身残疾。父母和村里老少爷们宁死不屈打日本鬼子的英雄壮举，给当时才十多岁的大牛的心里打下了深深的烙印，让他永远难忘。

为了照顾母亲，18岁他就结了婚，新婚第二天区里号召支前，他就告别了母亲与新婚的妻子，毫不犹豫地推着独轮车，随村里的人跟着支前的队伍上了前线。

临行前，年轻漂亮的妻子哭着抱着大牛舍不得让他走，他坚定地对妻子说："村里的年轻人都去支前去了，我不能当孬种让人家瞧不起。打完了仗我就马上回来。"

大牛的独轮车上装着带有两发炮弹的弹药箱和其他支前物品。

他一路随着支前大军风餐露宿地向南开进，下雨了，怕炮弹受潮，用自己的衣服盖着弹药箱。天热了，憨厚的大牛怕太阳把炮弹晒炸了，又把随身带的被子盖在弹药箱上。

支前大军，车轮滚滚，浩浩荡荡地到了徐州贾汪淮海前线，当把炮弹交给部队后，华东野战军炮兵团张团长看着大牛运来的炮弹完好无损连磕磕碰碰的痕迹都没有，专门表扬了他，让他随支前的队伍回去。别人都回家了，大牛却坚决不回家，村里人跟他开玩笑说说："新媳妇在家等着你，赶快回吧！"

大牛执拗地说："不，我要跟着部队打仗，亲眼看着我送来的炮弹在敌人中爆炸。"

渊子崖村人踏着烈士和父老乡亲的血迹前仆后继，他们在战场上不怕流血牺牲，英勇杀敌，为了革命战争的胜利和民族的解放，又有一些渊子崖人为国捐躯。

林守俭，男，1920年出生。1942年8月参加八路军。1943年1月，在郯城战斗中，竖梯登城，击毙敌重机枪手3名，歼敌10名，荣立大功1次。1945年6月，参加讨伐国民党军梁仲亭部的战斗。1946年，任连指导员，在辽西开原战斗中，带领战士引爆敌人的弹药库，炸毁敌军据点，荣立大功1次。1947年，在东北梁半囤战斗中壮烈牺牲。

林庆先，男，1899年出生。参军八路军115师，1944年在蒙阴战斗中英勇杀敌，不幸中弹牺牲。

林庆安，男，1920年出生。参军八路军115师，1942年在沂蒙山区一次反"扫荡"作战中光荣牺牲。

林凡洛，男，1925年出生。1941年2月参加八路军，1944年在临沂与日军作战中不幸牺牲。

林凡斗，男，1921年出生。参军后随部队参加抗美援朝战争，1952年牺牲在异国他乡。

林凡文，男，1916年出生。参加八路军担任侦察员，1943在日照县两城战斗中英勇牺牲。

林守基，男，1906年出生。参加八路军担任连队司务长，1942在日照县碑廓战斗中血洒战场。

渊子崖自卫战后，在抗日战争最艰苦的岁月里，沂蒙老区掀起了参军参战、拥军支前的热潮。在参军热潮中，县长王子虹冒着大雪，亲自抬花轿，迎接入伍青年，轰动了沿途村庄。仅莒南县就有13698人参加八路军，66740名青壮年参加抗日自卫队。为了民族的独立和人民解放，莒南县涌现出一大批可歌可泣的英雄人物和模范事迹。

"披红戴花骑大马，参军卫国保家乡"，抗战时期沂蒙老区掀起参军热潮

群英谱之一——特等功臣曹玉海

1941年12月，渊子崖自卫战发生后，出生在莒南县涝坡乡东店头村贫苦农民家庭的曹玉海，时年不满18岁，耳闻目睹了本县渊子崖乡亲们抗日的英勇壮举，他备受鼓舞，决心战场杀敌，立志报国。

1943年1月，八路军山纵2旅驻扎莒南一带。曹玉海毅然参军，走上了抗日战斗的前线。参军不久，

特等功臣，一级战斗英雄曹玉海

在一次反"扫荡"战斗中负了重伤，被部队安排送回家养伤。这年秋天，起义后归八路军建制的东北军111师在他家乡驻扎，曹玉海坚决要求重返前线打鬼子，经地方政府和部队批准就加入了万毅同志领导的新111师。1944年2月，他光荣地加入了中国共产党。国仇家恨，点燃了他心头杀敌的怒火，在战场他表现出敢打敢拼的大无畏精神。因战绩突出，多次受到表扬和嘉奖。在坚守龙古山和重罗山阻击战中，因作战勇敢，被滨海军区授予战斗英雄称号。

1945年8月，曹玉海所在部队，遵照党中央、毛主席的指示，在罗荣桓的指挥下，挺进东北，投入了解放东北的战场。

曹玉海同志在著名的四平血战中，负伤不下火线，英勇顽强，奋勇杀敌。被军部评为战斗英雄、保卫四平十勇士之一，军长梁兴初、政委刘西元亲自为他签发了嘉奖令和立功喜报。

在东北战场，他还参加了1947年夏、秋、冬季的三大攻势，和

辽沈战役的黑山阻击战、辽西会战，直至解放沈阳。随后入关，参加了天津战役，又南下中原，参加了渡江战役，这期间他先后在战斗中立功7次，其中立大功3次，获奖章5枚，并数次被评为战斗英雄或战斗模范，成为我军营长。

1949年6月，部队溯江西进，在宜昌战役中再次负重伤，部队安排他到后方医院治疗。伤愈后，组织上决定他转业到武汉监狱任监狱长。

1950年抗美援朝战争爆发，他多次递交申请书，要求重返部队，抗美援朝，保家卫国。1950年7月，当组织批准他的请求后，他未来得及与亲人和恋人告别，立即奔赴朝鲜战场并再次担任营长。在子月峰战斗中，他出敌不意地用一个连歼敌120余人。在杨站战斗中，他灵活地指挥两个连队创造了全歼土耳其军一个营的出色战例。在突破"三八线"战斗中，他亲率突击连穿插敌后，歼敌400余人。1951年2月5日，奉命带领一营坚守350.3高地，七天七夜消灭敌人600余人。12日，在敌众我寡的情况下，曹玉海指挥官兵并首当其冲，数次打退敌人进攻，但不幸身中两弹，光荣牺牲，时年28岁。战后，被中国人民志愿军总部追认为"特等功臣""一级战斗英雄"。

1953年10月29日，新华社从平壤发出专电，向世界公布了中国人民志愿军英雄模范和特等功臣名单，排在最前头的是特等功臣黄继光、杨根思二人。接着是特等功臣、一级战斗英雄邱少云、曹玉海、胡修道、王海、杨连第、郭忠田。

曹玉海，一个在沂蒙山区出生，在抗日战争、解放战争和抗美援朝战争中锻炼成长起来的战斗英雄和人民功臣。他所带领的部队

114师9团1营也被志愿军总部命名为"抗美援朝英雄营"。他的遗像高挂在丹东抗美援朝纪念馆的大厅里。在中国人民解放军38集团军，他的英名人人崇敬，他的事迹人人传颂。在军史馆大厅里，有曹玉海的专版介绍。在曹玉海当年所在部队的师、团、营纪念馆（室）也都有他的专门版面。曹玉海的光辉事迹，教育鼓舞了一批又一批的革命军人。现在每逢新兵入伍、老兵复员以及平时学习，曹玉海的事迹都是38集团军政治思想教育必不可少的教材。

2013年6月27日上午，曹玉海纪念馆在莒南县大店镇——山东省政府、八路军115师司令部旧址开馆，成为齐鲁军民开展爱国主义教育的又一重要基地。

纪念馆由莒南县县委县政府筹建，历时11个月，得到济南军区、临沂市人民政府及曹玉海生前所在部队、单位的高度重视和大力支持。该馆以曹玉海生平为主线，共分9个展区，展出历史照片120余幅及大量珍贵文物，并借助光电沙盘、流媒体等先进手段，全面展示了曹玉海的英雄事迹。

烈士走了，化做了青风，化做了白云，留给人们的是永久的缅怀。他是沂蒙先模人物的杰出代表，莒南人民的光荣和骄傲。

群英谱之二——"谁第一个参军俺就嫁给谁"

参军对今天的青年来说，也许算不了什么。但在战火纷纷的年代，当兵就意味着打仗，就意味着牺牲。

"生命诚可贵，爱情价更高。若为自由故，二者皆可抛。"在人的一生中，没有什么比爱情和生命弥足珍贵的。但为了民族独立、自由、和平和人民解放，沂蒙儿女甘愿把生命交给党，把爱情献给

抗日战争中"谁第一个参军，俺就嫁给谁"的梁怀玉和丈夫在一起

人民军队，表现出了沂蒙人民为革命事业奋斗的坚定立场和信念，表现出了沂蒙人民为革命胜利勇于牺牲奉献的博大无私的胸怀、正确的价值观念和崇高的精神境界，这在人类战争史上是十分罕见的。

这是个真实的故事。故事发生在1942年莒南县洙边村。村里的"识字班"队长叫梁怀玉，不但娟秀娇美，而且思想进步、工作积极。当时，日军对沂蒙根据地进行疯狂的封锁和"扫荡"，莒南根据地遭到了严重的创伤，部队急需补充兵员，县里广泛发动青年参军入伍。为了带好这个头，平素见人脸泛红潮的梁怀玉在全村动员参军的大会上，却一扫腼腆，出语激昂，第一个走到台上，大胆地对台下的青年说："谁第一个报名参军，俺就嫁给谁！"她的话音刚落，有一名叫刘玉明的青年抢过"彩球"："我报名！"

捷足先登者家贫如洗，年逾三十，其貌不扬。玉马铁鞍，本难匹配，村人感叹唏嘘。柔女一诺千金，是日晚，壮夫靓女，长枕大被，永缔鸳盟……翌晨，村中有十余女青年送情郎奔赴沙场……

春风吹，柳叶青，我送哥哥去当兵。

哥哥你参军去前方，我在后方生产忙。

冬有棉衣，夏有粮，请你把心放。

送哥哥到军营，参加队伍真光荣！

《我送哥哥上战场》这首送郎参军的歌在沂蒙大地经久不息的回荡。

群英谱之三——"三烈士之家"

在一切为了前线、一切为了打败日本侵略者的动参运动中，广大农民打破了"儿子是父母传宗接代的希望，丈夫是妻子的顶天柱"的传统观念，出现了"母亲叫儿打东洋，妻子送郎上战场"的动人情景，涌现出了一大批送子参军、送夫参军的先进代表人物。

坊前乡聚将台村村民刘永良，出生于贫苦农民家庭，青少年时靠扛长工为生。1933年5月，因土匪诬陷，被抓进沂州府，坐牢半年，备受酷刑。其妻不堪打击，服毒自杀。后刘永良被无罪释放。

1939年，刘永良积极参加抗日活动。1940年送长子刘福林参加八路军。1942年，又将年仅17岁的次子刘孟林送到区中队，参加地方抗日武装斗争。他嘱咐儿子："不把日本鬼子赶走，咱穷人不解放，你就不要回家。"同时，他带头参加农救会组织。刘永良还鼓励支持两个儿媳参加农业生产劳动，学习纺线织布，支援前线。为减轻政府负担，他谢绝政府对他实行代耕代种、免纳钱粮等照顾。

1946年，人民解放军急需补充兵员，根据地开展大规模的动员参军运动。刘永良做好刚结婚十几天的三儿媳妇的工作，又把三儿子刘洪林送上前线。在他的带动下，全村一次就有7名青年参军。

1947年春，其长子在对敌作战中不幸牺牲。1948年次子又壮烈。此时，刘永良忍着强烈的悲痛，谢绝政府给他的种种照顾，和儿媳妇们一起舂米磨面、做军鞋，动员参军参战，发动民工支前，样样工作跑在前面。长子、次子牺牲后，他对年轻的儿媳妇像对闺女一样，在生活上给予照顾和安慰，后来，支持两个儿媳先后改嫁。

1950年冬，在抗美援朝战争中担任志愿军112师炮兵营副连长的三子刘洪林在价川郡战役中壮烈牺牲。噩耗传来，刘永良悲痛欲绝。莒南县人民政府为照顾其生活，于1951年春在县城建3间房让他居住，并配1名公务人员帮其料理生活。他谢绝政府的照顾，坚持住在村里。他说："花国家的钱，给政府添麻烦，那样对不起我牺牲的儿子。"他默默无闻地以更大的热情投入到农业生产中去。1958年，莒南县人民政府授予他光荣匾一块，上书"三烈士之家"。后来他还主动担任了村科学实验队队长。1963年，他被选为山东省第三届人民代表大会代表。1976年去世，终年85岁。

1944年至1945年，抗日战争进入了关键时期，我军对日军的大反攻拉开序幕，部队急需扩充兵力，沂蒙根据地再次掀起参军热潮。莒南根据地内村村锣鼓响，街街秧歌舞，欢送亲人入伍的场面随处可见。莒南县自建立抗日根据地后，每年开展一次大参军运动。1943年春，全县就有1000人参加主力部队；1944年春，又有1488人参军。抗战8年，全县共有13689人参加八路军。

"八路军来独立营，谁去参军谁光荣。骑着马来披着红，光荣光荣真光荣"的秧歌声，经久不息地回荡在莒南大地的上空。"

群英谱之四——红嫂尹德美

莒南县前辛庄村的尹德美，历尽千辛万苦，抚育革命后代，用一颗善良的心，结下了两代人的情意；用一腔纯真的爱，凝聚了鱼水般的军民情缘。

沂蒙红嫂尹德美

1943年11月一个寒冷的夜晚，八路军一部转移到前辛庄村。邻居孙大娘抱着一个婴儿，领着一男一女两个八路军干部来到尹德美家。尹德美在7天前刚生下自己的第一个孩子，但孩子落地不久就夭折了。孙大娘告诉她，来的这位男同志是山东军区司令部通信大队长黄志才，女同志是部队无线电台台长刘凯。这个孩子是他们的头生子，叫迎胜。因为部队经常转移换防，每天都在打仗，孩子刚满15天，他们想把孩子托付给尹德美抚养。尹德美听后坚定地说："孩子交给我，就请你们放心，有我就有孩子在！"

从比，尹德美就承担起了抚养小迎胜的任务。由于家庭困难，奶水不够吃，尹德美就把家里仅有的一点儿小米和白面留给迎胜做添补。鸡下了蛋，尹德美也舍不得给自己补月子，全攒给迎胜吃。迎胜在8个月时出疹子，呼吸困难，病情十分严重。尹德美用睡筐背着迎胜步行十多公里去医院治疗。尹德美在医院守着孩子七天七夜，迎胜才从昏迷中醒来。

1949年7月，迎胜的爸爸、妈妈从东北战场转战到湖南长沙市，便将迎胜接走了。新中国成立后，迎胜一家到了北京，刘凯写信邀尹德美去北京观光。迎胜时刻不忘莒南养父母的养育之恩，经常来看望莒南的养父母，并把大学毕业后参加工作第一个月的工资全部寄给了尹德美妈妈。后来，迎胜又提出要与从小一起长大的尹德美的女儿梅吉结婚。尹德美考虑梅吉是农村户口，有些犹豫。刘凯却说："你放心，我们情深似海的感情是在革命的风雨中建立起来的，是经得起考验的！"后来，两家便结成了亲家。

群英谱之五——爆破英雄蒋凤友

蒋凤友是莒南县十字路镇温水泉村人，自小跟父母逃荒要饭，饱尝了旧社会的辛酸。抗日战争爆发后，他参加了民兵。并于1943年光荣地加入了中国共产党。在血与火的战争中，成长为一名坚强的革命战士。

1941年，日本鬼子对沂蒙山区进行残酷的"扫荡""清剿"，国民党玩弄"消极抗战，积极反共"的伎俩，根据地处于极端困难的环境中。这年春天，八路军工作组驻进温水泉村，帮助蒋凤友成立了一个15人的游击小组。没有武器，便从地主手里弄到了3支步枪，站岗放哨，保护群众。不久山东军区领导机关来到温水泉，遭受日寇摧残的群众，见到自己的队伍来了，非常高兴，通过减租减息，抗日热情空前高涨，民兵很快增加到120人，蒋凤友被选为民兵队长。

为了更有力地打击敌人、消灭敌人，蒋凤友带领全体民兵，在上级领导机关的帮助指导下，开始研制石头地雷。他们制造的石头雷，可真是独具匠心，什么连环雷、母子雷，达30多种。有的像西瓜，有的像鱼篓，奇形怪状，这些土家伙在战斗中发挥了巨大的威力。

1943年初，一天早饭后，放哨的民兵报告，鬼子从十字路向温水泉方向来了。蒋凤友立即同李凤池、刘中田、李凤门、王文田等6人，携带着地雷跑到村西敌人必经之路鬼汪崖石桥上，在桥西头埋下了一窝雷，精心进行了伪装。蒋凤友隐蔽在左边的一个丛林中，窥待敌人的到来。不一会，日寇骑着高头大马，耀武扬威地走来，刚踏上石桥，就听"轰、轰"几声，只见眼前的鬼子人仰马翻，血肉横飞，后面的鬼子乱成一团。这次战斗炸死3个日本鬼子，炸伤10多个。温水泉地雷战首战告捷的消息，像插上翅膀传遍全省各地，抗日军民深受鼓舞，县领导在温水泉召开庆功大会，给蒋凤友等人披红带花。山东分局和地区也进行了通报表扬。

驻扎在临沂城的日本鬼子，于1943年夏季开始向东"扫荡"。一天，蒋凤友接到上级命令：这次鬼子"扫荡"经过你村，要抓紧做好战斗准备。蒋凤友指挥群众转移后，带领民兵很快在东道口、街头、院内，布下了百余窝地雷。早饭后数百名鬼子兵开始向温水泉方向移动。蒋凤友高兴地和大家说："鬼子又要会餐我们的铁西瓜了！"

可是，这伙狡猾的家伙刚走近村头，就拐弯向南去了。蒋凤友一看着了急，便说："要引他们上钩，不能让这些杂种溜走。"说完就带领几个民兵进了村子，朝着鬼子放了几枪。鬼子听见村里有枪声，调头就向村内冲来，他们刚踏进南门就撞上了地雷，7个鬼子丧了命，还有几个受了伤，其他鬼子吓得狼狈而逃。

鬼子吃尽了地雷的苦头，就煞费心机地破坏地雷，他们把抢来的牛、猪、羊驱赶在前面引爆地雷。蒋凤友带领民兵研究出新的办法，并到各地传授技术，日本鬼子们仍然免不了挨炸。他们的地雷战技术很快推广到全县、全省，在1944年的多次战斗中，蒋凤友带领本村和周围村庄的民兵，把一个个村庄布成天罗地网。鬼子一推门，门根的地雷响了；扒粮食，粮囤里的地雷响了；掀锅做饭，锅底的地雷响了……炸得鬼子焦头烂额，鬼哭狼嚎。

艰苦的战斗生活，将蒋凤友锻炼成为一名智勇双全的革命战士。在抗日战争和解放战争中，他一人歼敌105名。荣立特等功1次，一等功9次。先后被山东军区、滨海军区授予"爆破英雄""战斗英雄"的光荣称号，1958年彭德怀元帅来莒南时，亲切地接见了他。他用过的大刀、炸弹、地雷、游击帽等物品陈列在中国人民革命军事博物馆里。他的名字，永垂青史！

群英谱之六——莒南担架队

革命战争年代，莒南县担架队一团顶着敌机的扫射和轰炸，往返于硝烟弥漫的战场，辗转在崎岖的乡间小路，前仆后继，为部队运送粮食、机械、弹药和伤员。

他们从莒南出发，转战于滨海、鲁中、昌潍等地区。经过南麻、临朐、孟良崮、诸城、昌南等几次重大战役，然后再返回鲁南，历时八个多月，行程几千公里，荣获"支前模范""钢铁担运队"等多项荣誉称号。

在一次运送弹药途中，正逢倾盆大雨，为了不让雨水淋湿弹药，担架队员们纷纷脱下蓑衣，摘下苇笠，遮盖弹药箱。小车队在崎岖的山路上行进，由子坡陡路滑，每走一步都必须有四五个人才能把小车拉上去。大雨过后，山洪暴发，河水骤涨。担架队员们就4个人一组，把小车架在肩上抬过河去，最终把弹药安全完好地送到了目的地。

在淮海战役中转运伤员时，他们连续7个昼夜没有休息。时值天气严寒，全团1200人没有穿上棉裤，半数民工缺少棉鞋，但是他们精神振奋，忍饥耐寒，赤脚抬担架，按时完成了上级交给的任务。有的队员腿上生了冻疮，腿肿得厉害，但他们忍着伤痛，不怕疲劳，拄着拐杖抬担架，每夜往返40公里，一连几夜不休息，被誉为"钢铁担架员"。

莒南小车队在冬天运送粮食，被一条大河挡住去路，河上原有的一座桥被敌人炸毁，水面有五六丈宽，结了一层冰。队员们毫不犹豫地脱下棉衣，拿起挡车棍，敲开冰层，架起车子，破冰涉水前进。

莒南担架队一团四连的24个担架队员，在上海战役中，冒着战火硝烟抢救伤员，从前线到包扎所的9公里路程，一天一夜就往返跑了9趟。当问及他们累不累时，他们一致响亮地回答："不怕苦，不怕累，抢下一个伤员，就多一份革命力量！"

家家户户齐动员，男女老少忙支前。动员千百万人民群众踊跃

沂蒙支前的独轮车队在涉水渡河

支前，组成浩浩荡荡的支前大军，形成人民战争的汪洋大海，这是任何凶恶的敌人也无法战胜的强大力量，也是我党我军克敌制胜的重要法宝。在整个抗战时期，沂蒙根据地人民把所有的人力、财力、物力都奉献了出来，谱写了无私奉献、全力支援前线的动人篇章，在中国革命历史上留下了光辉灿烂的一页。

毛主席曾经说过："山东的棋下活了，全国的棋也就活了。"抗战胜利后，山东抗日武装几乎全部开赴东北，抢占东北战略要地，奠定解放战争的第一块基石。沂蒙山区成为华东地区的指挥枢纽，为中央实施"向北发展、向南防御"战略方针，产生了重要作用。

在长期的革命战争中，沂蒙一直是山东和华东党政军首脑机关的驻扎地。全国最早的省级党报《大众日报》在这里创刊，最早的省级新华社山东分社在这里创办。

历史充分证明，无论是抗日战争，还是解放战争，沂蒙山区都是全国著名的革命根据地之一，是打击日本侵略者和国民党反动派的主战场。

三、抗战胜利

中华民族经过8年艰苦卓绝的浴血奋战，终于赢得了抗日战争的伟大胜利。

日本宣布无条件投降的那一天，举国欢腾，沂蒙人民和全国人民一道敲锣打鼓，载歌载舞，奔走相告，欢庆胜利。

在这激动人心的日子里，渊子崖村里墙壁上立即贴出了两条标语，一条是"日本投降！"另一条是"中国胜利！"

1945年8月15日下午，渊子崖全村男女老少1000多人聚集在抗日烈士纪念塔前，天气似乎也在为在那场战斗中牺牲的烈士们哭泣，下起了毛毛细雨。乡亲们眼含热泪，敬献了用鲜花制成的花圈，齐齐跪在烈士塔前，用沂蒙人民传统的方式祭奠烈士，告慰九泉之下的先烈们：你们的鲜血没有白流，日本投降了，我们胜利了！气氛庄重肃穆。

也就是在这一天下午，在遥远的日本东京，日本广播协会大楼外戒备森严。在播音室内，日本最著名的播音员和田信贤，紧张地坐在麦克风前，两眼直盯着时针，因为中午12点整将由他开播裕仁天皇关于接受《波茨坦公告》的御音。

"嘀嗒，嘀嗒……"时针指向了中午12点整。和田开始播音："请

日本宣布无条件投降，每一个中国人的脸上都洋溢着胜利的喜悦

全体听众起立，即将播送最重要广播。"

举国上下，凡腿脚灵便者，均肃然起立，准备洗耳恭听最重要广播，但只有一个人没有起立，这就是裕仁天皇本人，他一直低着头，神情异常紧张地在椅子上坐着。天皇身边的侍从都吓坏了，担心他会支持不住。

播音员说："天皇陛下将向全国颁布诏书。我们奉命转播他的御音。"

《君之代》乐曲奏过之后，稍停片刻，便传来了以往只有为数很少的人才能听到的天皇的声音：

"兹告尔等忠良臣民：

鉴于世界之大势和帝国之现状，朕决定采取非常措施，以收拾残局。

朕已授命帝国政府通告美、英、中、苏四国，接受其联合宣言……

……望尔等臣民之赤诚使帝国国体得以保持，使朕与忠良臣民得以共存。尔等切戒悲伤冲动，滋生事端；同胞切勿互相排挤，致使时局混乱，误入迷途，丧失对世界之信心……"

举国上下倾听，聚精会神，一片寂静。顿时，许多听众在抽泣，千百万人在恸哭。然后，他们在万分羞辱和悲痛之余，却也有着某种终于获救之感。连年的战祸、死亡和破坏所造成的可怕的不堪忍受的重担，终于要卸掉了。

当日下午3时，铃木首相向天皇提出内阁总辞职。

9月2日清晨，东京湾阴云低垂。美、中、苏、英四国各具特色的国旗在美军"密苏里"号战列舰上迎风招展，格外引人注目。

当日约7时30分，一艘驱逐舰开到"密苏里"号战列舰旁边，盟国的陆海军将领和美、英、中、苏等国的代表先后走下驱逐舰，登上"密苏里"号战列舰，准备受降。

这时"密苏里"号战列舰上顿然静寂下来，甚至可清晰地听到波浪击打舰舷的声音。原来是"兰斯多恩"号驱逐舰载着11名日本投降代表驶了过来。

8时45分，一个头戴高礼帽、身着燕尾服并系着宽领带的日方文职官员，被一名美国军官领着，艰难地登上了"密苏里"号战列舰，这位文官就是日本外相重光葵。他连上扶梯都感到十分艰难，每走一步都得呻吟一声。他的左腿多年前曾在上海被朝鲜热血青年的炸弹炸断，安上假肢后便步履艰难了。

站在扶梯上面的美国军官，本以为戴高礼帽后面的那个满脸沉郁的日本将军梅津会搀扶行动不便的重光葵一把，哪料到梅津竟故意让他出丑，根本不去扶他。最后还是一个美国人拉了他一把，才使他终于痛苦地、狼狈不堪地登上了他即将代表日本政府在投降书上签字的"密苏里"号战列舰。从后甲板到举行投降仪式的前甲板沿扶梯走过的这段痛苦路程，使重光葵成了所有人注目的中心人物。

当日本代表团站好位置后，全体立正倾听舰上牧师的祈祷。尔后，扩音器中播放了《星条旗不落》。

麦克阿瑟与尼米兹、哈尔西等人走过甲板，从容地来到一张桌子旁边。桌子上铺了一块带有咖啡斑点的绿绒布，绿绒布上摆满了文件。

"我们各交战国的代表，"麦克阿瑟一字一板地说，"聚集在这里，将要签署一个庄严的协定，从而使和平得以恢复。涉及截然相反的理想和意识形态的事端已在战场上见了分晓，因此，我们无须在这

1945年9月2日　日本签署无条件投降书

讨论或辩论。……我本人真诚地希望，其实也是全人类的希望，就是从这个庄严的时刻起，将从过去的流血和屠杀中产生一个更加美好的世界，产生一个建立在信仰和谅解基础上的世界，一个奉献于人类尊严，能实现人类最迫切希望的自由、宽容和正义的世界。

接着日本大本营代表、陆军参谋长梅津僵直地走上去，连坐也不坐，脱掉手套，俯身弯腰，便在投降书上草草地签上了自己的名字，回归原来位置。

麦克阿瑟签字后，继由美国代表尼米兹海军上将、中国代表徐永昌上将、英国代表福莱塞海军上将、苏联代表杰列维亚科中将、澳大利亚代表布莱梅将军、荷兰代表欧英中将、法国代表莱克勒将军、加拿大代表哥斯格洛夫上校、新西兰代表伊席特将军先后签字。

全部典礼不到半个小时即告完成。亲临现场的《大公报》记者朱启平，在当日即写下了中国新闻史上的经典之作《落日》："……全体签字毕。此时是9时18分。我猛然一震，'九一八'……十四年过去了，没有想到日本侵略者竟又在这个时刻，在东京湾签字投降了，天网恢恢，天理昭彰！"日本投降书中写道："我们兹宣布日本帝国大本营及在日本控制下驻扎在各地的日本武装部队，向同盟国无条件投降。"

历史性的日本投降签字仪式的胜利结束，标志着人类历史上规模最大、最为惨烈的第二次世界大战的结束，也标志着长达14年之久的中国人民抗日战争胜利结束。

9月3日被中国政府法定为中国抗日战争胜利纪念日。后来，这个日子被全世界公认为同时也是世界反法西斯战争胜利纪念日。

抗日战争的胜利，彻底改变了中国近代因战争失败而割地、赔款、出让国家主权的屈辱历史；使中华民族空前觉醒，爱国主义得到极大弘扬；光复了自甲午战争以来的失地；废弃了帝国主义强加在中国人民头上长达百年之久的一系列不平等条约。

这场近代史上中国人民反对外敌入侵第一次取得完全胜利的民族解放战争，使中国的国际地位空前提高，成为世界反法西斯战争的四大国之一和联合国五个常任理事国之一。

中国抗日战争是世界民族解放史册上的灿烂篇章。抗日战争胜利的历史充分说明，中国人民能够在民族危难中开辟新的道路，中华民族具有无限的生命力。

中国是第二次世界大战亚洲主战场。中国军民不屈不挠、艰苦卓绝的抗日战争，消灭并牵制了日本侵略者大量兵力，以伤亡3500万人的巨大民族牺牲，最终赢得了抗日战争的伟大胜利，为世界反法西斯战争胜利作出了巨大贡献。

美国总统罗斯福说："假如没有中国，假如中国被打垮了，你想有多少个师团的日本兵，可调到其他方面来作战，他们可以马上打下澳洲，打下印度……他们可以一直冲向中东，和德国配合起来，举行一个大规模的夹攻，在近东会师，把俄国完全隔离起来，吞并埃及，斩断通往地中海的一切交通线……"

英国首相丘吉尔说："如果日本进军西印度洋，必然会导致我方在中东的全部阵地崩溃。而能防止上述局势出现的，只有中国……"

苏联统帅斯大林说："只有当日本侵略者的手脚捆住的时候，我们才能在德国侵略者一旦进犯我国的时候避免两线作战。"

毛泽东主席说："我们中华民族有同自己的敌人血战到底的气概，有在自己自力更生的基础上光复旧物的决心，有自立于世界民族之林的能力。"

中国抗日战争在世界东方演出了一幕威武雄壮的活剧，创造了人类战争史上的奇迹。中国抗日战争是中华民族与日本法西斯进行的一场正义与邪恶、光明与黑暗、进步与反动的大搏斗。面对日本法西斯的侵略，中国的工农商学兵、各族人民、各民主党派、抗日团体、社会各阶层爱国人士和海外侨胞，在中国共产党倡导、以国共合作为基础的抗日民族统一战线旗帜下，万众一心，同仇敌忾，英勇奋战，终于打败了日本法西斯侵略者。

八年抗战中，中共山东党组织贯彻抗日民族统一战线政策，执行游击战的战略方针，发动了抗日武装起义，组建了抗日武装。八路军115五师主力进入山东后，使山东抗日武装力量大大加强。山东抗日根据地军民在对敌斗争中，实行正规兵团、地方部队、民兵三结合，进行人民战争，在山东抗战中起到了中流砥柱的作用。以1942年计，山东纵队和115师钳制的日军达4.5万人，占华北日军总兵力的18%；钳制伪军17万人，占华北伪军总兵力的57%。这对全国抗日斗争都是有力的支援。

八年抗战中，山东八路军等武装力量和广大民众共对日伪军作战7.8万次，毙、伤、俘日伪军53万多人，创建了面积达12.5万平方公里、拥有2400万人口的抗日民主根据地。到抗战胜利结束，在山东已建立起27万主力部队、50万民兵和150万自卫团的强大人民武装。

正如罗荣桓元帅所说："山东人民对抗日战争和解放战争都有重大贡献，前后出的兵员总数在100万人之上。如果没有山东根据地，要集中那么多的兵力进军东北是不可能的，解放战争初期集中我军向北转移也没有了立足点，对后来的大江南北的作战支援也将是很困难的。所以，对山东人民在抗战时期的功劳应有充分的评价，对山东的人民和军队所取得的光辉业绩一定要好好歌颂。"

八年抗战中，沂蒙军民在党的领导下取得辉煌成果，共作战4万多次，毙、伤、俘日伪军25万多人，缴获各种枪械20余万支，火炮500余门及大宗军用物资。但也付出重大牺牲，据不完全统计，我党、政、军伤亡4万多人，有20多万人民群众惨遭杀害，房屋、粮食、牲畜等物资损失更是难计其数，沂蒙地区遭到空前浩劫。

沂蒙的抗战史，是沂蒙军民在中国共产党领导下，英勇顽强、浴血奋战的历史；是开辟根据地、创建新社会的历史；也是沂蒙精神诞生发展的历史。在这场空前伟大的斗争中，沂蒙军民携手并肩，万众一心，演奏出一曲气势恢弘的时代颂歌，用鲜血和生命谱写了中国革命史上光辉灿烂的篇章。

聆听着这让笔者心潮澎湃的光辉历史，顿感脚下的这片土地是多么地炽热。俗话说，一方水土养一方人。革命战争年代，沂蒙山革命根据地由小到大、由弱变强。党组织从屡遭破坏到发展为几十万党员的中央山东分局，人民政权从无到1945年山东省人民政府成立，八路军115师从入鲁时的7000多人壮大到抗战胜利时的27万人，这个过程波澜壮阔，极其辉煌，蕴含着我党丰富的政治智慧和道德涵养。

蒙山沂水养育出人民解放军两大野战军主力部队，近百万将士在这里转战，并从这里奔赴解放全中国的战场。

1955年至1965年授衔的共和国将帅中，有陈毅、罗荣桓、徐向前3位元帅，粟裕、张云逸2位大将，以及13位上将、64位中将、349位少将在沂蒙生活战斗过。

曾任广州军区政委13年之久的刘兴元，是从莒南县朱芦乡刘家东山村走出去的开国中将，他躯干伟硕，鼻大嘴阔，形貌魁异。因戴近视眼镜，更显不怒而威，气场非凡。

开国中将刘兴元

刘兴元1932年入党，土地革命战争时期，参加红军，长征后到达陕北。抗日战争时期，随八路军115师转战沂蒙山区，任滨海军区政治部主任，参与建立鲁南抗日民主政权和发展抗日武装。解放战争时期，跟随罗荣桓挺进东北，后任东北野战军第五纵队政治委员，第四野战军42军政治委员，身经百战，战功卓著。

新中国成立后，曾任广州军区副政委、第二政治委员，中共四川省委第一书记、四川省革命委员会主任，成都军区第一政治委员、司令员，解放军军政大学政治委员、军事学院政治委员。是中共第九、第十、第十一届中央委员。1955年被授予中将军衔，获二级八一勋章、一级独立自由勋章、一级解放勋章。1988年获一级红星功勋荣誉章。1990年8月14日在北京逝世。他为中华民族的解放和社会主义现代化军队建设作出了重大贡献。

在这种特定的政治氛围和历史条件下，在艰苦卓绝的血与火的战争洗礼中，在中国共产党的领导下，山东党政军民共同熔铸和培育了"爱党爱军、开拓奋进、艰苦创业、无私奉献"的伟大沂蒙精神。

1979年初，笔者担任中国人民解放军陆军第47军步兵141师某团1营1连副指导员时，在兰州军区长安步兵学校（后改为西安陆军学院）政治队学习并担任学员班长。这年"五一"节上午，时任兰州军区第一政委的肖华上将在校长张献奎少将的陪同下检阅了步校学员的分列式。下午笔者有幸参加了肖华政委亲自召开的学员代表座谈会，当肖政委得知我是山东临沂人时，肖华政委握着笔者的手，操着浓浓的江西兴国口音亲切深情地说："临沂是沂蒙山区，抗战时期，我在你们那个地方的莒南县住了四年多，你们那个地方的老百姓好啊！战争年代那么艰苦，条件那么差，但老百姓始终跟党一条心，跟人民军队一条心。自己省吃俭用，把好东西支援部队。还有，莒南渊子崖村抗日自卫战打出了中国人民的志气和威风。沂蒙人民为中国革命的胜利是作出巨大贡献的。我永远都忘不了沂蒙老区人民。"

30多年过去了，每当笔者回忆起此情此景，心情就特别激动，作为美好的回忆永远难忘。

第九章：沂蒙永远

一个山区的担当构成山一样的脊梁，一个小村的血气可以如阳似火。

解读沂蒙，解读渊子崖自卫战，抽象出任何理念都会显得苍白，显得无力，因为沂蒙是鲜活的，渊子崖的故事是鲜活的，足以让人震撼，让人难忘，让人自豪。

沂蒙用善良、坚韧堆积起来的崇高，成为繁茂这方热土的宝贵财富，蒙山沂水用翻天覆地的变化抚慰着我们的期待，回应着我们的祝福。沂蒙精神在新的时代释放出巨大的能量，彰显出无尽的魅力和辉煌！

我相信，崇高是可以遗传的，沂蒙基因让大义永恒、令山水生辉；我坚信，独具情怀与灵性的蒙山沂水会永远，沂蒙精神会永远，渊子崖会永远……

1949年10月1日，中华人民共和国成立了。中国共产党领导人民军队和群众经过浴血奋战，终于推翻了压在人民头上的"三座大山"，赢得了政治上的翻身解放。人民群众彻底成了国家的主人，走上了建设社会主义的康庄大道。

渊子崖，一个普普通通村子里的一群普普通通的平民百姓，不畏强敌，用那誓死保卫村庄守护家乡的铮铮铁骨、让凶残的侵略者有来无回的勇敢举动、豁上命也要捍卫民族尊严的凛然气魄，汇聚成一道血肉筑起的长城，表现了与敌人血战到底的英雄气概，也书写出沂蒙精神的深刻内涵，这种精神至今让人感奋不已，与现实同在，与未来永恒。

"为有牺牲多壮志，敢教日月换新天。"具有光荣革命传统和开拓奋进精神的渊子崖村民和全区人民一道，怀着对社会主义新生活的美好向往，继续发扬战争年代那么一股冲天干劲、那么一种革命热情、那么一种开拓精神，积极探索发展经济、建设社会主义的新路子，迅速兴起了社会主义建设的新高潮，谱写了社会主义建设史上开拓进取、勇于创新、敢为人先的壮丽篇章。

为落实党中央、毛主席"一定要把淮河修好"的伟大号召，根治多年的淮河水患，百万沂蒙儿女，忍饥冒寒，为营造江淮福祉，迁库民40万。无私奉献，敢为天下先，渊子崖村民工200余人，任劳任怨，不甘落后。

三年困难时期，到处闹饥荒，国家需要粮食。沂蒙人民勒紧裤腰带，吃糠咽菜，省下的粮食交给国家。同时，按照国家的要求，把鲁北灾区6万农民兄弟接到山区进行妥善安置。渊子崖村敞开胸怀，先人后己，倾囊相助，奏响了一曲沂蒙儿女感人肺腑、荡气回肠的大爱大义赞歌。

沂蒙人民积极响应党和国家的号召，在社会主义建设中，率先组织起来，走上了互助合作化道路，成立了人民公社。他们战天斗地，改造山河，艰苦奋斗，发展生产，建设家园，创造了新的辉煌，谱写了新的篇章。

一、领袖批示

北京，1955年9月，秋高气爽的季节，轰轰烈烈的社会主义建设热潮正在全国蓬勃兴起。毛泽东主席在中南海丰泽园的菊香书屋里，在一个月之内分别对莒南县王家坊前村《解决生产资金不足的困难》办合作社的经验和高家柳沟村《青年团高家柳沟村团支部组织青年学习记工的经验》作出重要批示。

时隔两年后，毛泽东又于1957年10月对《山东省莒南县厉家寨大山农业社千方百计争取丰收再丰收》一文再次欣然作出了在那个时代最鼓舞人心的重要批示："愚公移山，改造中国，厉家寨是一个好例。"

沂蒙山区一个县三个村的经验和做法受到毛泽东主席的三次亲笔批示，成为典型在全国推广，这是少有的。

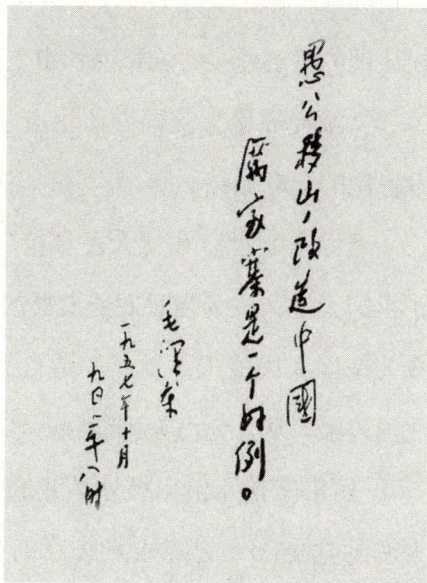

毛主席对厉家寨的题词

特别是毛泽东对厉家寨的重要批示，在全国产生了巨大影响，同时也极大地鼓舞和激励了沂蒙人民，沂蒙大地展开了大规模的治山治水运动。每年动员上百万人上阵，冬战严寒、夏战酷暑，到1964年，初步实现了"平原水利化，洼地稻田化，岭地梯田化，荒山荒滩四旁绿化"的设想，使临沂地区的自然面貌和生产、生活条件得到了极大改善，为以后的经济发展打下了坚实的基础。

在毛泽东主席光辉批示的精神鼓舞下，沂蒙人民不等不靠，自力更生，战天斗地，艰苦奋斗，取得了显著成绩。

1965年3月14日《人民日报》在一版头条发表了题为《改造山山低头，改造河河变样，改造地地增产，临沂人民发扬革命精神顽强不懈地征服自然》的文章。

文章副标题："8年间改造了3000多个山头，10多条河流，700万亩坏地，每个农民有了1亩可靠农田。经过不断试验，找到了改造涝洼地的重要途径，水稻面积由2万多亩扩大到90多万亩。"

文章配评论大篇幅宣传报道了沂蒙人民不怕困难艰苦创业的可歌可泣的光辉业绩。

毛泽东的批示和《人民日报》的社论，像春风一样，立刻吹遍了祖国大地，成为当时农业发展的主旋律。"愚公移山，改造中国"，成为全国人民战天斗地、改造自然的座右铭。从此，从南海之滨到北国边疆，从东海海岸到辽阔西域，到处都摆开了改造山河的战场。

"厉家寨治水治山整地是我的老师。"这是1965年山西省昔阳县大寨的党支部书记陈永贵来莒南在厉家寨参观考察时发出的感慨。陈永贵和郭凤莲曾于1958至1965年间两次到厉家寨，并和厉家寨的

当年，大寨党支部书记陈永贵来莒南县厉家寨劳动时的照片（中）

人民一起劳动。厉家寨也先后多次到大寨参观学习。

厉家寨成为全国农业战线上的一面旗帜后，全国先后有50多万人来这里参观学习。国际友人路易·艾黎来莒南参观整山治水的现场后，在他写的《中国新闻》稿中高度赞扬了厉家寨人。

外地来参观的人们动情地说："沂蒙老区人民当年参军支前打鬼子是好样的，现在搞社会主义建设更是好样的。"

二、老区胸怀

山是有风骨的，水是有情怀的。渊子崖自卫战至今已经74年了。

逝水流年，岁月如梭。70多年来，渊子崖村民时时刻刻把这场战斗记在心上，挂在嘴边，他们为这场战斗取得的胜利而自豪，为这场战斗赢得的荣誉而光荣。

渊子崖自卫战后，村里损失那么惨重，死了那么多人，但却没有申报烈士。当时，有关部门说，打仗的时候不是军人就不能评烈士。因此，他们没有抚恤，没有补助，没有待遇，也没有烈属，但是村民们却无怨无悔，伤了就伤了，残了就残了，死了就死了，从不向党和政府提任何要求，默默无闻，任劳任怨。

建塔以后，林凡义经常默默地站在塔前，悼念在这次战斗中牺牲的革命烈士和父老乡亲。有时林凡义在夜深人静的时候，自己一

上世纪60年代老村长林凡义向民兵进行革命传统教育

人悄悄来到塔前，暗暗落泪，寄托心中的哀思。

后来，渊子崖村在烈士塔周围开辟了果园，林凡义主动要求义务看园护塔，日夜守护在塔旁。邻村楼里林凡义的一个表哥叫王恒康，参加了八路军县大队。随大军南下时要带他走，林凡义婉言谢绝了表哥的好意，坚定地说："想起村里死难的父老乡亲俺就难过，俺不能走，俺要为村里死去的亲人们守塔。"新中国成立后，他的这位表哥担任了福建省粮食厅厅长。

从那以后，无论是清明还是其他时间，林凡义都义务为青少年和各地来的客人讲解渊子崖战斗的经过。春季，在塔前陈放最鲜艳的桃花和最洁白的梨花。秋季，他又采摘最好的鲜果，敬献在塔前，借以表示对死难乡亲和八路军武工队的无限崇敬和深沉的怀念。

据林凡义的儿子林祥秀回忆：父亲于1984年去世，在病重期间，处于昏迷状态时，他还不停地喊着："冲啊，杀啊！"父亲健在的时候，时刻把这场战斗记在心上。"真是太惨了，家家都有死人，大部分都是青壮年。但是我们活下来的人为死去的人感到自豪，因为我们杀死了110多个鬼子！"讲起那段血腥历史，父亲的眼里就会冒出愤恨之火。

采访时，林祥秀对笔者说："父亲一生，血雨腥风，历经坎坷，但他对人民军队特别有感情，病故的前一年，又把我的三弟林祥会送到了部队，三弟入伍离家时，他在病床上握着三弟的手反复叮咛他到部队后好好练武，谁要来侵略我们，你是我林凡义的儿子，就第一个冲上去。"

"那场战斗时，父亲东奔西走被炮火呛得喘不开气，从我记事起他就一直咳嗽，后来才得知得的是肺气肿。俺娘1969年就病故了，撇下了我们姊妹六个，家庭生活十分困难，当时家里没有一个吃国库粮的，可他从来没有对国家提出任何要求。为了表达对死难战友的怀念崇敬之情，他义务守塔长达30多年，直至去世，我对有这样的父亲而感到骄傲和光荣。"林祥秀接着又说。

雨过天晴，白云悠悠。历经70多年风雨洗礼的渊子崖烈士纪念塔巍然屹立。

现在，渊子崖村看园护塔的人叫林祥松，今年67岁，他瘦高的个子，脸上总是写满庄重与严肃，是个勤快能干的庄稼人，他是当年副村长林庆忠的孙子。对看塔这份工作，林祥松感到既神圣又光荣。他认真地对笔者说："只要我活着，就要把纪念塔看护好，让牺牲的烈士们在九泉之下安息，让活着的人知道今天的好日子是多么的来之不易"。

沂蒙人民始终大力支持部队建设，每年部队征兵时，总是精挑细选，把最优秀的青年送到部队。多次受到国防部、济南军区和中央及省领导机关的表彰。每到重大节日，临沂人民总是像战争年代一样，带着礼品、扭着秧歌到部队慰问。新时期的"新红嫂"们继承和发扬了战争年代的"红嫂"精神，积极做好拥军工作。对烈属、军属、残疾军人等各级政府都是精心安排照顾。拥军支前的优良传统在新时期得到不断的发扬光大。现在，全市拥军工作正打造亮点，突出特色，深入推进军民融合工作，向"全国双拥模范城"四连冠迈进。

据不完全统计，在人民解放军的序列里临沂籍的将军就有近百位，其中莒南县就有10多位，他们是沂蒙人民的优秀儿女。

渊子崖村人发扬沂蒙老区的光荣传统，对党、对人民军队一往情深，对社会主义现代化建设满怀信心。

自新中国成立至今村里又有200多人参加人民解放军。他们有的参加了抗美援朝保家卫国战争，有的参加了边疆自卫反击战。他们时刻不忘自己是沂蒙老区渊子崖村人，在国防建设和社会主义现代化中作出了优异的成绩，还有不少人当了干部，担任了领导职务。

采访中笔者得知："'文革'中闹派性，周围有的村庄搞得红红火火，经常开批斗会，渊子崖村却冷冷清清，无动于衷。林庆忠的侄子林守玉是当时的村支部书记，按上级的要求村里召开批斗他的大会，全村2000多人，连个会都开不起来。村民们说，俺村的支书俺们了解，他就不是坏人，批他干啥，我们不跟这个风。就这样林守玉在渊子崖村'文革'前后干了近20年的党支部书记。"

渊子崖村一位老人告诉我："村里有一个'庆'字辈林姓年轻人，在区武工队打了一年仗后，又参加了八路军115师，他性格刚毅，作战勇敢，抗日战争胜利后，跟随罗荣桓转战东北，在哈尔滨附近的一次战斗撤退时被敌人追杀，到一村庄地主家躲藏，枪声紧，情况急，无奈的他拔出手枪低声命令地主家的女主人道：'我是抗日联军，你必须掩护我。'当时地主家只有母女二人，年轻的女儿正在床上睡觉，女主人被迫答应了，让他上床和女儿同被而卧。敌人追来时，女主人讲，家里没有抗日联军，只有女儿和女婿在床上睡觉。由此躲过一劫，后来他和地主的女儿成为夫妻。全国解放后，他当了东北某监狱的监狱长，'文革'时期，造反派批斗他，说他娶了地主的女儿做老婆，是地主的孝子贤孙。这时上级也找他谈话，要么离婚划清界限不再挨批斗，要么不离婚，就撤销职务，继续挨批斗。他坚定地说：'撤销职务，继续批斗，我都不在乎，人家当年救过我的命，我不能干昧良心的事，这个婚我不能离。'"

采访中笔者了解到："六七十年代，县里搞土地调整，渊子崖村周围的村庄人多地少，县里把他们村三百多亩好地划给了周围的村庄。渊子崖村的村民们体谅政府的难处，以大局为重，毫无怨言，愉快地服从了上级的安排，这让周围的村庄十分感动。他们说：'渊子崖村胸怀宽广，重情重义。'"

板泉镇党委书记赵以乾告诉笔者："渊子崖村无论干什么心都特别齐。当年，政府提出治理荒山修水库，动员民工，村里人团结一致，一发动就起来，要粮有粮，要物有物，要人有人，哪怕是有困难也想方设法去克服。只要是党和政府交给的任务，从来不打折扣，每次都完成得很好，多次受到上级的表彰。"

"前些年村里还被当地驻军评为'军民共建精神文明先进单位'，被县政府授予'农村经济工作先进单位'，村党支部被临沂市委授予'九间棚'式的先进党支部。近些年来渊子崖村党支部一班人团结一致，作风踏实，积极认真，各方面的工作都做得不错。"赵以乾接着说。

这时，纪念塔北面上方雕刻的"成仁成义，志大志刚"八个雄劲有力的大字又在笔者的脑海里重现。

是啊，这就是渊子崖村人，这就是我们的沂蒙山人！这就是我的父老乡亲！

原临沂市委常委、市政府党组副书记、市总工会主席林祥余（中），作者高明（右二），莒南县委常委、宣传部长张俊春（右一），渊子崖村党支部书记林祥华（左二）和林凡义之子林祥秀（左一）在瞻仰烈士碑文

三、今日新貌

改革开放，百业欣兴。千万沂蒙儿女，解放思想、干事创业、

自强不息。科技立市，工促农城带乡，林茂粮丰奔小康。

1995年在全国18个连片扶贫地区中率先实现整体脱贫之后，临沂始终保持经济社会快速发展的势头；2004年又率先在革命老区中实现GDP总量过千亿元，人均过万元，步入了人均GDP3000美元的跨越发展新阶段。

近些年来，有骨气、有血性、有志向的沂蒙人民不向命运屈服，自强不息，艰苦奋斗，解放思想，改革创新，城乡面貌发生了翻天覆地的变化，又涌现出许多新典型，谱写了新的篇章。

"暗淡了刀光剑影，远去了鼓角铮鸣。"渊子崖自卫战已经成为历史，当年的土围子墙已不复存在，曾经难以逾越的护围子河也不见了踪迹。可淳朴的民风依旧在，勤劳的传统依旧在，渊子崖人抗击日寇的雄风和热爱家乡之心矢志不移，亘古不变。

自恢复高考以来，渊子崖村有350多人考上了大、中专学校，其中有150多人担任了人民教师。现在全村有党员110多人，其中建国前的老党员还有10多人。

渊子崖，作为社会主义新农村的一个缩影，展现给我们的不仅是钢筋水泥的建筑，更多的是一个个整洁安宁、祥和幸福的庭院；也不止是宽大阔气、难望首尾的柏油马路，更多的是一排排杨柳蔽日、小溪相伴的乡道；更不止是车水马龙、一派喧嚣的热烈，更多的是静谧悠然、犬吠鸡鸣的清新。

所有这些，都充分展示了一个有着3480多口人的大村，传承千年的淳朴民风在这里仍然主导着人们的思想，支配着人们的行为。他们认为种地是自己的本分，没有了地，就失去了根。于是，他们依然顶着烈日，挥汗如雨地伺弄他们的庄稼和果园。

他们相信科学，知道农药、化肥会让粮食增产、果蔬鲜艳，可他们依然沿用古老农耕时代的施用农家肥和人工捕捉害虫的做法。

事实证明，渊子崖人是对的，渊子崖的水果和蔬菜被人称为"放心果""放心菜"。城里人成群结队，蜂拥而至，争相采摘，大快朵颐。

大情大义的渊子崖人对谁都欢迎，要多少就给多少，价格好商量。当然，谁也不会让勤劳朴实的渊子崖人吃亏。"以心换心，黄土成金"的道理在这里得到了实实在在的体现。

清明飘雨，如约而至的花信风送来了一树青翠和花影妖娆。四月的临沂，生机勃勃，满目芳菲。

笔者居住的小区内，楼前楼后那一丛丛迎春花已经扬起黄色的小号，奏响春的序曲。萌萌绿意中，淡彩的鲜花如烟似雾般涌出，在春日的阳光里，铺展着清丽朦胧的写意画卷。

在这个美好的季节里，笔者采访了同住一个院子的邻居，原临沂市委常委、市政府党组副书记、市总工会主席林祥余。

林祥余今年60岁出头，是渊子崖老村长林凡义的叔伯侄子。自卫战时，他的家人大都上了战场，家中也有人在那场战斗中牺牲，当谈起村里的父老乡亲当年自卫战打鬼子的英雄壮举时，林祥余的脸上总是写满了庄重和自豪。

他充满深情地说："渊子崖村是我生于斯、长于斯、爱于斯的地方。从打记事开始，父辈们抗日的故事就深深地影响着我，我为父辈们感到骄傲和光荣，对家乡充满了深厚的感情，我们村的人性格坚韧刚强、宁折不弯、忠义大度、胸怀宽广。村里老前辈抗日的精神对战后的人是一种穿越时空的、永恒不竭的推动力量，这么多年来，一直在鼓舞和激励着我秉守正气，认真工作。"

2005年"五一"前夕，一个春光明媚，春意盎然的日子，笔者又一次来到渊子崖村，站在渊子崖烈士纪念塔的石阶上，放眼望去，满目葱茏，气象万千，街道宽阔整洁，成排的房屋被绿树掩映，"建设美好家园，创造幸福生活"白底红字的标语在春日的阳光下格外醒目。

渊子崖村支部书记林祥华，手指着镌刻在纪念塔上的林崇乐的名字对笔者讲："这是我的亲爷爷，那场战斗中，我爷爷是炮手。在打退鬼子的第一轮冲锋后，装弹药时被鬼子打死了，他是我们村牺牲的第一个人。我爷爷死时我父亲才四岁。"说到这里，林祥华陷入了悲痛的回忆中。

今年46岁的林祥华，中等身材，双目有神。他为人厚道，办事公道，精明强干。2008年春，先当选为村委会主任。2009年春，又被全村党员选为支部书记。在科学种好地的同时，他带头成立了华美有限公司，主要从事外墙保温和粉刷。

他告诉笔者："现在临沂市区近90%的建筑工地外墙保温和粉刷是俺们村做的，村里每天有700人左右在从事这项工作。仅此一项，全村年收入可达3000多万元，有的人一天就能赚300多元，村里还建起了翻砂厂、纸箱厂等企业。"

"近年以来，村里流转土地2100多亩，成立了华祥蓝莓合作社，主要种植蓝莓、大樱桃和小麦、花生、地瓜等。蓝莓和大樱桃远销大连、上海、深圳等地，很受外地客商的欢迎。现在全村人均收入已达万元以上。"林祥华接着又说。

当谈到渊子崖村今后的发展时，林祥华很有信心："市县镇各级党委政府对俺们村十分关注，上级在我们村规划了现代农业示范园。按照一园三区（核心区、拓展区、辐射区）进行建设。其中，核心区面积2500亩，分为组培育苗区、拱棚育苗区、温室栽培区、大田品种展示区、办公及附属设施区，主要从事组培育苗、温室蓝莓、大樱桃、蝴蝶兰等高端高档特色农产品生产。立足现代农业与休闲观光旅游相结合，力争经过1～3年的建设，将园区打造成全市一流、全省知名、产学研相结合、全产业链现代农业示范园。"

林祥华接着又表示："现在经常有领导来看望关心我们，我要带领党支部一班人发扬村里老前辈打鬼子时团结一致、傲骨不屈、无私奉献的光荣传统，把村庄建设好，让村民们过上更好的日子，以告慰那场战斗中死难的先人。现在，渊子崖自卫战旧址已成为临沂市十大红色旅游景点之一。下一步我们按照各级领导的要求把旧址

清明时节，渊子崖村小学的学生们在纪念塔前为烈士扫墓

规划扩建好，使它成为名副其实的抗日爱国主义教育基地。"

正义之力量，血染之风采，民族之英魂，历史记住了这个勇敢的村庄，岁月永恒地镌刻上了这个英雄村庄的故事。

采访中，年轻英俊、老成持重、已在莒南工作了多年的县委书记、县人大常委会主任陈一兵充满自信地对笔者说："英勇不屈的渊子崖村民用血肉铸起了一座永远的丰碑，诠释了伟大的民族精神。铭记渊子崖，传承渊子崖精神，凝聚力量，鼓舞斗志，开启莒南科学发展、跨越发展的新征程，这是我们的历史使命与担当。"

近年来，莒南县发扬光荣革命传统，解放思想，干事创业，呈现出经济快速发展、社会稳定和谐、政治安定团结、人民群众安居乐业的良好局面。

笔者在莒南县委和县政府的会议室看到，"全国农田水利建设先进县""全国农村社区建设实验县""全国计划生育优质服务先进县""全国食品工业强县""全国科技进步先进县""山东省园林城市""山东省基层党建工作先进县""山东省绿化模范县"等一块块奖牌，在窗外春日阳光的反射下鲜艳夺目。

2014年，莒南县实现生产总值252.1亿元，增长11.2%，增幅在临沂市15个县区中前移7个位次。

莒南是"中国花生之乡""中国柳编之乡""中国板栗之乡""中国茶叶之乡""中国民间石雕艺术之乡"，花生总产量全省第一，单产、加工能力和出口创汇全国第一。全县实现粮食总产42.5万吨，花生高产攻关田亩产创全国单粒精播最高产纪录，连续两年获得"全国粮食生产先进县"荣誉称号，同时还获得了"山东人居环境范例奖"。

　　开展党的群众路线实践教育和"三严""三实"教育活动以来，莒南县还依托八路军115师司令部旧址暨山东省省政府诞生地、沂蒙根据地群众工作展馆、曹玉海纪念馆、渊子崖自卫战旧址等红色资源优势，扎实开展"进基地、寻原点"活动，组织开展了红色历史文化宣讲报告会、"学英烈、忆传统，强党性、正作风"大讨论等活动，大力弘扬沂蒙精神，以此激发广大干部群众不断奋进的热情和工作积极性。

　　莒南县委副书记、县长赵西平向笔者介绍："下一步我们将在着力拓展临港经济发展路子，着力推动产业结构转型升级，着力构筑城乡一体发展格局，着力保障改善民生，着力优化营商环境，着力加强作风建设上下功夫，切实把莒南建设好，让老百姓过上好日子。"

　　初夏时节，气温渐高。在采访就要结束时，有好消息传来。临沂市民政局局长高振凯告诉笔者，虽然70多年过去了，党和各级政府一直牵挂着在抗日战争中参加渊子崖自卫战的老自卫队员和牺牲的村民们。近日，市、县两级民政部门按照上级领导的要求，认真地进行调查摸底，逐个形成材料，拟对当年战死的村民申报烈士称号，对健在的老自卫队员给予生活补助。山东省民政厅有关领导也明确要求临沂市和莒南县两级民政部门抓紧上报材料，尽快落实有关政策和规定。

　　写到这里，笔者轻轻地舒了一口气。斗转星移，时过境迁，能让滚滚硝烟难寻踪迹，让隆隆炮声无言消逝，却无法让战火中的历史记忆忘却，无法让党群鱼水共生的真理褪色。

　　如今，鲜花已经代替了炮火，我们的天空不再有枪声回荡，我们的家园也不再经受炮火的洗礼，身处由共产党人创建的太平盛世，笔者想，我们更应铭记曾经的耻辱与苦难，牢记先辈用鲜血和生命谱写的那一曲曲荡气回肠的民族之歌，牢固树立马克思主义群众观，使之融入思想血脉，变为实际行动，肩负起时代赋予的振兴中华、民族复兴的伟大责任和神圣使命，在艰难跋涉中坚持到最后，开辟明天辉煌的新历史！

四、历史沉思

今年，抗日战争和世界反法西斯战争胜利70周年。

5月13日，国务院发布关于中国人民抗日战争暨世界反法西斯战争胜利70周年纪念日调休放假的通知，这是我国第一次在抗战胜利纪念日放假。

通知说，2015年是中国人民抗日战争暨世界反法西斯战争胜利70周年。为使全国人民广泛参与中央及各地区各部门举行的纪念活动，9月3日全国放假1天。

外交学院国际关系研究所周永生教授是研究日本问题的专家，他表示，今年抗战胜利纪念日放假1天，但今后很有可能上升为法定假日。他说："如果只是国家层面的纪念，老百姓难以参与其中，放假的形式能让老百姓对抗战胜利有更深刻、更实在的体验。"

随着时间的渐渐流逝，一些人似乎忘记了当年的耻辱和痛苦，似乎当年被人撒了太多盐、流了太多血的伤口已经愈合，认为当下正处于歌舞升平的太平盛世之中。

前事不忘，后事之师。当我们回首往事的时候，那是一段令中华民族永远心痛的记忆，是一段中国人永远无法忘却的血泪史！如今，那段历史的幸存者、受难者、亲历者和见证者已进入他们生命的晚秋！

这是一部民间的抗日战争史。抚摸着凶残野蛮的侵略者深深刻在一个个口述者身上的伤疤和刀痕，倾听着一位位老自卫队员回顾那出生入死浴血搏杀的战斗往事，重温着中华儿女与险恶之敌血战到底的自豪与荣光，笔者想，任何一位有良心的人，都会同我一样心潮起伏，潸然泪下。这一个个感人的历史细节、珍贵的历史碎片、痛心的战争创伤，不正汇成滚滚的历史洪流，汇成宏大的历史篇章，建构成一部团结一心、克服一切艰难险阻、战胜任何入侵之敌的抗战史吗？

初秋雨后的北京，空气格外清爽宜人。2005年8月16日，为纪念中国人民抗日战争暨世界反法西斯战争胜利60周年，由中央宣传

2005年8月，北京，沂蒙精神大型展览开幕式

部统一组织，山东省委、省政府主办，山东省委办公厅、省政府办公厅、省委宣传部和临沂市委、市政府承办的沂蒙精神大型展览在国家博物馆隆重开幕。

博物馆正厅内，人头攒动，观众济济，联系观看这个展览的预约电话接连不断，《北京晨报》发表文章：《沂蒙精神感动市民》。

沂蒙精神展览以沂蒙精神为主线，以抗日战争和山东军民的奉献牺牲为重点，以展示山东特别是沂蒙老区的新发展、新成就为着力点。

整个展览气势恢宏，表现形式丰富多彩。共展出80多件珍贵的革命历史文物和200多幅图片，许多文物和图片都是第一次展出。展览充分利用图片、影视资料、实物、雕塑、场景复原、声光电等多种形式和手段，再加上讲解员声情并茂的讲解，情景交融、感人至深。

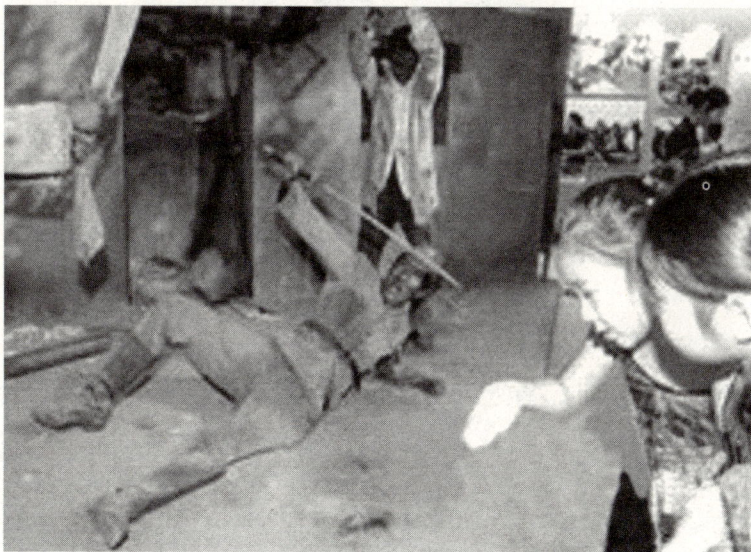

2005年8月北京《新京报》刊发的沂蒙精神大型展览渊子崖抗日自卫战场景的照片

参观的人们在利用声光电技术栩栩如生地再现渊子崖自卫战奋勇杀敌的场景前驻足，被渊子崖村民面对穷凶极恶的日寇毫不畏惧，不屈不挠与鬼子血战到底的英雄气概所深深震撼，深受鼓舞。

北京市一姓张的市民对笔者说："看了沂蒙老区渊子崖村抗日的场景感到很振奋，很解气，很痛快。当年打日寇要是咱中国的老百姓都像渊子崖村民一样，鬼子也不会在中国横行那么多年！"

一位戴眼镜的北京大学青年学生说："沉重的历史需要每一位中国人刻骨铭记，血染的往事需要每一位中国人奋起努力，渊子崖村太了不起了，向沂蒙老区人民致以崇高的敬意。"

沂蒙精神展主题雕塑

短短10天时间，有近20万人前往参观，重温峥嵘岁月，缅怀革命老辈，接受革命熏陶，感受精神力量。在沂蒙山区工作、战斗过的老首长刘居英、李青、谢华等人观看了展览，许多八路军老战士专程到国家博物馆观看展览。

在沂蒙山区工作、战斗过的罗荣桓、陈毅、粟裕、陈光、黎玉、罗舜初等将帅的子女满怀深情地观看了展览。

展览期间，吴官正、李长春、刘云山等中央领导和宋平、姜春云、迟浩田等老领导观看了展览，给予了高度的评价。

参加过孟良崮战役，战争年代在枪林弹雨中6次负伤，其中4次是在沂蒙山区的原中共中央政治局委员、中央军委副主席、国防部长迟浩田老将军，在参观展览时无限深情地说："沂蒙山区军民在抗战中作出了巨大贡献，付出了巨大牺牲。沂蒙精神博大精深，内涵丰富。其实质是人民群众爱党爱军。"

不应该说日本人都是坏人，即使是当年参与侵略中国的日本兵，他们中间也有相当多的人在战后慢慢地变成了有独立思考、基本判断的人，虽然战争让他们犯了罪，而且也由人变成了鬼——"鬼子"是中国人对日本侵略者的统称。鬼即魔鬼，将人变成魔鬼的是战争和那些制造战争的人，故而最有罪的是那些制造战争的人，日军侵华时犯下的滔天之罪应归于当年制造这场战争的天皇和他领导下的日本国家机器里的决策者。

笔者想，如果我们再不加快抢救那段历史的步伐，不把他们脑海中的苦难记忆转化成为铅印的文字，给后人们留下一些精神上的财富，那又何以承担一个作家、一个文化工作者"秉笔书历史"的责任？何以对得起在那场战争中壮烈牺牲的人们？

曾经担任过莒南县人大常委会委员、县人大科教委员会主任的林德有，是渊子崖村人。多年来，收集整理了很多有关渊子崖自卫战的详实资料。他在2008年3月主编的《中华抗日第一村——渊子崖》

一书中收录了一个侵华战犯的忏悔《我亲手杀害了一个母亲和两个孩子》一文。

书中写道：60年前，我们莒南县人民正处在血与火的深重灾难之中。那时，侵华日军对我县人民反复进行"扫荡"，实行了残酷的杀光、抢光、烧光的所谓"三光"政策。所到之处，生灵涂炭，惨不忍睹。日本帝国主义及其武士道精神把侵华日军变成了一群穷凶极恶、疯狂残忍的野兽。他们对善良的百姓、无辜的群众进行惨无人道的血腥屠杀和肆意的烧打淫掠，连老人、妇女和儿童都不放过。他们在中国的大地上制造了无数骇人听闻的惨案，他们的暴行令人发指，他们的滔天罪行罄竹难书，他们给中国人民造成的深重灾难和巨大损失是每一个中国人和每一个有正义感的日本人所不应当忘记的。

时间已过去半个多世纪，日本侵华的罪行早已有了历史的结论。日军所犯罪行已受到全世界人民的谴责和声讨。就连当年在侵华战争中犯下罪行的日本战犯，如今也受到良心的责备，对过去的侵略罪行进行了深刻的、虔诚的忏悔，决心洗心革面，发出了"要和平，不要战争"的呼声，决心站到世界爱好和平的人民行列之中。

70年后的今天，当年满目疮痍、哀鸿遍野的悲惨景象早已见不到了，现在看到的是人民安居乐业、经济建设欣欣向荣的景象。然而，我们应该懂得今天来之不易，我们不应该忘记我们中华民族当年的屈辱和前辈们前仆后继的英勇斗争，应当用自己的行动珍惜和保卫革命的胜利果实。

在这里我们选录了日照市政协文史委转来的一份材料，这是一篇很好的爱国主义教育的教材，是当年侵华日军班长鸭田的一篇忏悔文章。这篇文章曾收录在《日本战犯悔过书》中，书内有14名战犯对他们的罪过忏悔，全是本人切身回忆，现身说法，真切动人。此书于1990年由日本保卫和平世界语协会翻译出版，在世界和平运动中产生过积极的影响。文章记述的事实就发生在我县大山乡，我们把大山乡政府的调查报告一并附上，便于大家更完整地了解事实的真相。

这个材料，对于我们认识日本军国主义的罪恶本质，对于维护和促进世界和平，对于珍惜和保卫我们今天的和平幸福有着重大的、深远的、积极的意义。

我亲手杀害了一个母亲和两个孩子

我叫鸭田，出生在日本东京。当时，我是59师111营的班长。事情在8月中旬，记得地里的庄稼都成熟了，此事发生在山东省日照县境内的大山上。当时，我所在的班属于日本侵略军54旅主力。那天天还未亮，我们就与八路军在大山上进行激战。战斗持续了两个小时。

那时，我是一个入伍四年的高级士兵，属54旅，是由小队长吉川直接指挥的机枪手。所以每次侵略作战中，我都冲在最前面，这次也不例外。冒着火药烟爬到大山上一看，八路军的主力打退了山西面的进攻侵略军，山上除了尸体，打断了的四肢，挂在树上的一块块肚皮、躯干和我们的弹头外，别的什么也没有。天已经亮了，太阳从山中升起。我眼前都是倒在血泊中的尸体，岩石上流淌的血。闻到这血腥味，我真想呕吐。看着眼前这凄惨的景象，我吓得腿打哆嗦，不能走了，于是我爬到险峻的小路上，发现了一个正好藏身的小山洞。仔细一看，山洞里有两三个人影在动。

"谁？"我刚喊完，就本能地拉开了枪门，按上了子弹，接着就开了枪。顿时，弯弯曲曲的山洞里、石头上，火光四溅。

在旁边山洞里的另一个小队的士兵，可能也发现了中国人，他们就喊叫起来："在那里，别让他跑了！快开枪，统统杀掉！"机枪响了，炸弹也爆炸了，响彻了整个山谷。我身后的吉川队长骂我："笨蛋！注意隐蔽，把洞里的中国人统统抓起来。"吉川由于害怕，命我爬进了山洞。

藏在山洞里的那几个中国人，身上未带任何武器，看样子，都是附近村里来逃避日本军侵略的老百姓。他们知道，一旦被发现，日本军会对他们多么凶残啊！他们想躲过烧杀老百姓、强奸妇女无恶不作的日本强盗的眼睛是很难的。在日本侵略军不可能马上就走的情况下，为了逃难，他们袋子里装的干粮和水太少了，他们只希望这些强盗快滚蛋。在那种情况下，他们在晚上要遭受多大的饥饿和冷冻之苦啊！即使他幸运地未被发现，为了逃命不知有多少老百姓由于疾病和饥饿而丧生！他们都是为了全家人的生命，为免遭那样的痛苦，几天前就藏进山里的。

很清楚，这些都是大山周围的老百姓，他们盼望着从一大早就开始的长时间的激战快点结束，这些无辜的毫无反抗的中国人，都希望生活在和平年代，反对到哪里都实行"三光"政策的日本帝国主义的屠杀，这些可怜的老百姓的鲜血染红了大山。

我从山洞里抓出的这个中国人，是个黑脸汉子，大约35岁，穿着散发着泥土味的地里干活时穿的衣服。他身后跟着一位怀抱着一个出生几个月婴儿的妇女，可能这位妇女就是那男子的妻子。妇女身后跟着两个看见我刺刀害怕的孩子。一个剪了头发大约4岁的男孩，另一个是留着不长头发约8岁的女孩。

"太好了，这男的假如是八路的话，把他捆起来，将他的头砍掉！"

按小队长吉川的命令，我把这男子的手绑在背后，转交给在悬崖下抓着一位约17岁姑娘正在糟蹋的那一帮人。

那位妇女怀里抱着婴儿，坐在那两个孩子中间，在洞口前，浑身打哆嗦，颤抖地对我说了一句根本不可能懂的中国话，接着用眼睛看那位被捆着正被日本士兵拳打脚踢带向悬崖下的那个男的。以我看，这是作妻子的正当抗议。她在请求："为什么要把我丈夫带走呢？他是个好人啊！"

尽管我听不懂中国话，可我猜想她在说："我们一家都是好人。"她蓬头散发，苦苦哀求，好人的整个身体在向魔鬼抗议。

"鸭田，这女的和几个孩子都是八路军家属，统统杀掉！"吉川在我身后一边喊叫着，一边举着手枪。

于是，我向他们走去，把刺刀伸向母亲和两个孩子的胸前，男孩就扑到他妈妈胸前哭叫，女孩紧紧地靠着她妈妈也哭了，这位妇女用后背挡护着孩子，然后给我叩头，请求饶恕。

"鸭田，你在干什么？快给我杀掉！"

他的呼叫刺疼了我的心，唤起我要为中弹而死的报仇，让我把几口都杀掉，真是有点害怕，尽管我作为一个高级士兵，已杀过几个人。我在队长面前要显出勇敢，成为残暴的强盗，一定杀了他们。"求求你，饶了我们吧！饶了孩子……她眼里流着泪，爬到我脚前，好像是祈告："你的心也是肉长的，你也有父母、兄弟姐妹，假如你是人的话，饶了这三个孩子吧！"

的确，听到她说这些话，我也流下了泪，哪有什么良心呢？我不是人，是禽兽。

我是个真正的，带有日本精神、独裁、服从的残暴动物。命令，是的，上司的命令，我不敢不听，我咬着牙越发疯狂了，用尽全力向母亲的肚子踢去，抓着那男孩的脖子，就向石头上摔去。

"噢，我的孩子……我的孩子……！"

孩子的母亲，忍着我脚踢的疼痛，发疯似的向躺在石头上的儿子爬去。她用胸紧紧地护着儿子，手抓着我的刺刀，看样，她要和我拼。我发怒了，用尽力气使刺刀打她的脸，脸破了喷出鲜红的血，但她还抱着婴儿，想向儿子爬去。

这位母亲哭喊着："我的儿子！我的儿子！"男孩嘴里流着血，向妈妈爬去。正爬着，我用刺刀穿透了他的肚子。女孩看见后，用双手捂着脸哭叫起来，我又用刺刀向女孩的胸膛扎去，然后摔到石头上！

母亲的仇恨和愤怒在燃烧，一遍遍地哭喊着她的孩子，在血泊中挣扎，最后趴在两个小尸体上。我被她仇恨的目光搅乱了，又向她娘几个踢去，然后用刺刀刺向这位妇女的肚子，洞前这个地方及周围的石头上被他们的鲜血染红了，母亲躺在血泊中，还紧紧地抱着婴儿，用她自己的身体护着那两具尸体，呼吸急促地抱着他们，她的嘴唇变紫了，撕下胸前沾满鲜血的衣服，刚把奶头推向正在哭叫的婴儿，就倒下了。

被我杀死的这位妇女的灵魂带着仇恨和咒骂，我走到哪儿，它将永远跟到我那儿，她要把这血海深仇大恨向1亿日本人控告。

哭叫的婴儿抽动着小脸向已变凉的妈妈的尸体爬去，用冻得发紫的一双小手找奶喝。

婴儿还不知道，她妈妈、哥哥、姐姐，已被我杀害。孩子的基本天性还是去找她妈妈，当然这种天真的爱，是人的本性，值得同情的婴儿，守着永远不会再复活的妈妈、哥哥、姐姐的尸体哭得死去活来。

我身后，站着那位端着带血刺刀和呼吸困难的吉川队长，他大笑了，笑声令人毛骨悚然。

"好，太好了，来，一排！把这个黑脸汉子的头砍下。"被我捆绑过的这位汉子，就这样，在山沟下，被吉川用洋刀把头砍下来了。

以战争为幌子，屠杀无辜的中国人，我确实对永远不能饶恕的罪行感到很是后悔。

我是个战犯，感谢中国政府宽宏大量，1956年宽大处理，让我回到日本。我现有3个女儿，大女儿已出嫁了，我现在已退休与两个小女儿在一起生活，为响应祖国的号召，我夺去了中国人的几条性命，一生不管我怎么忏悔，但我的良心还是受到谴责。每当我想起受害者及受害者家庭，无论我每天在房间里怎样祈祷，那一幕幕凄惨的场面时常出现在我的脑海之中，以我自己侵略中国的亲身经历，说明了战争能使人变成魔鬼。在我有生之年，我还要大声疾呼："要和平，不要战争"！我现在越老，越觉得战场上的创伤就越疼，我愿把有生之年献给世界和平。

（译者：于长林、山东省世界语协会理事、日照市世界语协会副

会长兼秘书长）

（注：日照属沂蒙山区，所指大山在莒南县厉家寨乡境内）

五、牢记历史

2014年12月13日，首个南京大屠杀死难者国家公祭日，长鸣的警笛、飞翔的白鸽、全民的祭悼，写照一个民族记取历史、祈愿和平的姿态。

2014年春天，全国人大常委会作出了一项决定，将每年的12月13日——日军侵略者开始在南京大屠杀之日，确立为国家公祭日。笔者想，这是一种痛苦的选择，落在心坎上的记忆，它让我们有了一种新的国家意识。

举行国家公祭仪式的侵华日军南京大屠杀遇难同胞纪念馆，整体设计是深埋土中折断的军刀，表达正义战胜邪恶的理念。这把"军刀"，曾肆意夺去无数同胞的生命，制造了"人类历史上十分黑暗的一页"。与之相应的，是纪念馆外墙上的一道断层：这不仅是中国人民的心头之痛，也是烙印在人类文明中的深深伤痕。

"国之大事，在祀与戎。"以国家之名祭奠死难同胞，蕴含一个民族的历史记忆，彰显尊重生命、爱好和平的国家价值，更是对忘记历史、背叛历史甚至扭曲历史者最有力的反击。刻在纪念馆墙上的那一个个死难同胞的名字，正是让侵略者反人类罪行无所遁形的证据。

习近平总书记在南京公祭仪式上指出："中国人民和中华民族历来具有不畏强暴、敢于压倒一切敌人而不被敌人所压倒的英雄气概。

面对极其野蛮、极其残暴的日本侵略者，具有伟大爱国主义精神的中国人民没有屈服，而是凝聚起了同侵略者血战到底的空前斗志，坚定了抗日救国的必胜信念。在中国共产党的号召和领导下，在全民族各种积极力量共同行动下，中华儿女同仇敌忾，视死如归，前仆后继，共御外敌。

"经过8年艰苦卓绝的浴血奋战，中国人民付出了伤亡3500万人的沉重代价，用生命和鲜血打败了日本侵略者，赢得了中国人民抗日战争伟大胜利，也为世界反法西斯战争胜利作出了重大贡献。

"中国人民抗日战争的胜利，谱写了中华民族不屈不挠抵抗外来侵略者的壮丽史诗，彻底洗刷了近代史以后中国屡遭外来侵略的民族耻辱，极大增强了中华民族的自信心和自豪感，也为中国人民在中国共产党领导下开辟实现民族复兴的正确道路创造了重要条件。"

我们所了解的战争，无论历史长短，还是空间宽窄，总是以暴力的面貌呈现于世。或在无尽泼洒与燃烧的血与火之中，催生政治的更迭，改变国家的版图；或有应时而起、叱咤风云的英雄豪杰，建立千古铭记的宏图大业；或有暴虐无道、轻启战端的人，不可避免地走向罪恶昭彰的覆灭。

不论何种形式，战争所造成的极大破坏力，以及对人的摧残，都是今天生活在和平之中的人们难以想象的。

在数不清的烽火连天、兵荒马乱的岁月中，我们曾经被侵略、被凌辱、被杀戮，仅以近现代为例，屡屡遭受列强肆虐、军阀混战，中华民族被动挨打、血流漂橹，美丽江山尸横遍野、万户萧疏的往事不堪回首。

　　抗日战争向世界展示了，中华民族天下兴亡、匹夫有责的爱国情怀，视死如归、宁死不屈的民族气节，不畏强暴、血战到底的英雄气概，百折不挠、坚忍不拔的必胜信念。这是抗战留给中华后辈最宝贵的精神财富。

　　天阔云舒，惠风和畅。从沧桑历史走来的伤痕累累的中华民族，最能深刻理解战争与和平的深意。因而，珍惜和平，警惕战争，让我们的家园天空更蓝、河海更清，人民享受更加长久的幸福，是我们永恒的祈祷与追求。

　　为了国家的安宁和人民的富足，为了我们永远祈求的和平，我们时刻需要紧握手中的钢枪。

结　尾

滔滔沂水泣英魂，巍巍蒙山铭忠烈。

时间无情流逝，折戟沉沙铁未销，大自然已经开始渐忘，面对重生。然而，中国人民用血泪书写的历史，永远只有重生，没有死亡。

风起云卷，潮落潮起，70年后回望，历史的面庞越加清晰。

当战火硝烟早已散尽，刀光剑影早已逝去的今天，我们应从历史中汲取的，是被强寇欺凌的创痛，是不屈不挠誓死如归的爱国精神，是继往开来不懈奋斗创造崭新生活的责任。先辈的鲜血、悲壮的历史留给我们伟大的精神力量，必将永远激励我们每个人百倍努力地投身到中国特色社会主义建设中去。

你好吗！你好吗！

蒙山脚下安睡的兄弟，

醒来吧！醒来吧！

沂水河畔长眠的英灵，

蒙山沂水思亲人，

爱也深来情也浓，

红土地开遍幸福花，

赞歌声声唱英雄，

唱英雄！

赞歌声声唱英雄！

我的先辈，我的战友，

我的姊妹，我的兄弟，

红色乳汁甜美了红色的记忆，

记忆中最难忘女人桥的身影，

小推车推出了一片新天地，

拥军鞋纳进了多少鱼水深情。

我的先辈，我的战友，

我的姊妹，我的兄弟，

你的故事依然在传颂，

你的精神代代在传承，

你血染的土地多神奇，

咱大美新临沂大步迈开奔前程！

　　这是笔者创作的歌曲《沂蒙情》的歌词，也是心声。

　　参加渊子崖自卫战的八路军和父老乡亲，他们是我们的父辈，是他们在那个战火纷飞的年代，用血肉之躯捍卫了自己和民族的尊严，谱写了一曲惊天地、泣鬼神的赞歌。

渊子崖自卫战展现给我们的是民间的力量，是平民百姓蕴藏在拙朴外表下难能可贵的精神气质和那淳朴的情意。他们身上闪耀着人性的光辉，叫做真善美。那些比金子还要宝贵的品质，来自脚下的泥土和大地，叫做沂蒙精神。

　　近年来，凡是到临沂进行过考察的同志无不深深地感受到沂蒙人民对党、对国家、对人民军队无比热爱的深厚感情，无不被沂蒙人民崇高的精神所深深感动，无不被沂蒙所发生的梦幻般翻天覆地的变化所深深震撼。

　　初到临沂的人们都会叹为观止，古老与现代、历史与未来、想象与现实在这里交汇，犹如一场盛大的时空幻化魔术，给人一种全新的认识和感受。

　　临沂是中国市场名城和十佳品牌会展城市，为全国重要的商贸、物流、会展和商品集散中心，是中国国际商贸物流博览会（CLITLF）

临沂城新貌

和世界人造板大会（WBPC）的终身举办与会展城市，是山东省唯一的"两型社会"建设试点城市，是亚太旅游联合会评定的"中国最佳文化生态旅游城市"，素有"中国宜居水城"和"休闲垂钓之都"的美誉。

2011年底，临沂市在全国文明城市公共文明指数测评中，以地级市总分第一名的骄人成绩，荣获全国文明城市称号。

2013年11月，习近平总书记怀着对沂蒙人民的无限深情来临沂视察工作，他指出："山东是革命老区，有着光荣传统，军民水乳交融、生死与共铸就的沂蒙精神，对我们今天抓党的建设仍然具有十分重要的启示作用。沂蒙精神与延安精神、井冈山精神、西柏坡精神一样，是党和国家的宝贵精神财富，要不断结合新的时代条件发扬光大。"

习近平总书记对临沂工作的充分肯定，是对临沂人民的极大鼓舞和鞭策，始终激励着沂蒙人民为建设富强美丽的大临沂、新临沂而开拓奋进，不懈努力。

临沂市委书记、市人大常委会主任林峰海强调："近年来，沂蒙人民干事创业，奋勇前进，加快经济社会发展，革命老区发生了翻天覆地的变化。这是沂蒙人民发扬沂蒙精神奋发拼搏的结果。在新的历史时期，弘扬沂蒙精神、坚持走在前列、努力建造老区人民幸福家园，激发广大党员干部群众干事创业的热情，必须要按照习近平总书记的指示，以新的视角、新的高度来理解阐释沂蒙精神。"

抚今追昔，感慨万千。伟大的时代呼唤伟大的精神，伟大的精神成就伟大的事业。

今年春天，临沂市委、市政府号召要求千万沂蒙人民，在新的

临沂沂蒙革命纪念馆

历史征程中，要进一步认真学习贯彻落实习近平总书记全面建设小康社会、全面深化改革、全面依法治国、全面从严治党的要求，以一心为民的思想境界、勇于担当的英雄气概、大义忠诚的优秀品质、敢为人先的拼搏意志，适应新常态、抢抓新机遇、展现新作为，加快建设实力临沂、活力临沂、生态临沂、红色临沂、法治临沂和幸福临沂，为在全面建成小康社会进程中"走在前列"，内强外拓，发力赶超，加快建设社会主义"大美新"临沂，为创造老区人民幸福美好新生活而努力奋斗！

"当年，那么多烈士牺牲在沂蒙，为的就是今天让老百姓过上好日子。在这块红色热土上工作，既感到光荣更感到责任重大。"这是临沂市委副书记、市长张术平经常挂在嘴边的话。

八百里沂蒙，五千年沂水，是一方神奇的水土。她养育了朴实无华的沂蒙山人。他们，平和，是沂蒙的胸怀与境界。他们，伟岸，是沂蒙的脊梁与魂魄。

八百里沂蒙与八百里井冈一样，是红色老区，是革命根据地，是足以让后人敬仰的地方。

沂蒙会永远，渊子崖会永远……

采访结束时，有一幕让笔者非常难忘，当年参加村自卫战时的儿童团员，今年89岁的林凡太老人，挂着拐杖，执意要把我们送到村口，嘴里反复念叨："共产党真了不起，你看，我们村家家都住上了新房子，有的还买了小汽车，哪能想到我们老百姓的日子会过得这么好！要是东岭纪念塔上的烈士能看到这一切该有多好啊！"

离开渊子崖村，林凡太老人的话还在耳边回响。

牢记历史，珍爱和平，饮水思源，继续奋斗，明天会更好！

作者高明采访时与渊子崖抗日自卫战中的幸存者及村民合影（林庆顶、林守家、林富利、林风令、林崇兴、林祥松）

主要参考书目

1.《中华抗日楷模村渊子崖》，林德有主编，大众文艺出版社2008年版

2.《红色莒南》，李祥琨编著，中国言实出版社2012年版

3. 电影剧本《传奇》，西影股份有限公司董事长孙毅安编剧

4.《沂蒙烽火》，朱兆彬、王纯忠主编，黄河出版社1995年版

5.《与鬼子玩命》，梅世雄著，新华出版社2009年版

6.《南京大屠杀全纪实》，何建明著，江苏凤凰教育出版社2014年版

7.《碧血青山》，侯庆修、毛大鹏、刘成武著，山东文艺出版社2000年版

8.《历史的告诫》，彭训厚著，国防大学出版社2015年版

9.《山东抗日战争纪实》，崔维志、唐秀娥著，新华出版社1999年版

10.《千古民魂》，李凤军撰，原载《中国检察报》1995年7月25日

11.《沂蒙九章》，李存葆、王光明著，作家出版社1992年版

一篇读罢心偾血

孙临平

　　一篇读罢心偾血，东方白。掩上手中的《渊子崖壮歌》，胸中的渊子崖壮歌仍咆哮未竟。遥思沂蒙故乡，追祭先烈英灵，心潮澎湃久久不能平静。

　　真正伟大的历史是人类的记忆，是永远抹不去的纪念。年初，举世纪念世界反法西斯战争和中国抗日战争胜利70周年活动刚刚启动，高明老友来京，告经数年酝酿准备，他创作的关于莒南县渊子崖村民抗日英雄事迹的纪实文学就要杀青了，并嘱我为之作跋。对此重托，我一度欲却又应。想却之，是恐依我之德识难当重任，有负为中国抗战胜利付出重大牺牲也作出重大贡献的沂蒙父老乡亲，有负渊子崖74年前与日寇血战视死如归的不屈英灵，也有负高明的一腔信任和期待；又应之，是因为我和高明一样，都是沂蒙的子息，沂蒙养育我们生长恩深情重，终生相报难万一。为伟大的沂蒙立命，为伟大的沂蒙人民立心，为伟大的沂蒙文化和沂蒙精神讴歌礼赞书写辉煌，本就是我们对沂蒙母亲的反哺和回报，是我们与生俱来的使命和担当，作跋《渊子崖壮歌》义不容辞、无可推卸。

作跋应下了，但说些什么呢？沂蒙人民特别是渊子崖村民抗击日本侵略者的英勇悲壮，沂蒙人民也包括渊子崖村民抗战的深远影响，高明都写进书里了，写得使人血脉偾张、永志不忘而愈自强不息。对《渊子崖壮歌》的全面评价，国防大学胡秀堂副政委亦写进序里了，并且评得本质到位，赞得使人击节感叹而称快。这些，又使我一时为如何落笔颇费踌躇。思来想去，"横看成岭侧成峰，远近高低各不同"。就以我对高明特别是对其这部新作《渊子崖壮歌》的由衷认识和理解，权为跋之一家所言吧。

我与高明相识并成为好友，基于许多的人生际会——如我们都出生于沂蒙首府临沂，都从沂蒙故乡参军入伍，都长期在军队或地方的宣传部门工作等，但更重要的是基于我对高明的人生认同和精神尊崇。高明的多经历、多任职、多才能，赋予他绚丽多彩的人生符号，但最为大家所共识的是：他是一个歌者，一个时代的歌者，一个"蒙山沂水的歌者"。在我看来，为沂蒙放声高歌抒情怀，这是高明最鲜明的人生底色、人生追求、人生价值和人生辉煌。在新时期礼赞歌颂沂蒙的恢宏"交响乐"中，他是特别能战斗的重要组织指挥者之一。他长期担任临沂市委宣传部新闻科长、副部长兼市文联主席、常务副部长，还担任过临沂市旅游局局长，此间举凡沂蒙精神的学习研究和宣传，纪念抗日战争胜利60周年沂蒙精神北京国博展、沂蒙文化进北大等重大活动的策划和组织，沂蒙历史文化特别是红色文化旅游的发掘、开拓和推进，以及电影《沂蒙六姐妹》、电视剧《沂

★
一篇读罢心偾血

蒙》、大型风情歌舞《蒙山沂水》等重头文艺作品的创作、演出和传播，等等，无不浸润着高明挥洒的汗水、奉献的智慧。同时更难能可贵的是，在新时期礼赞歌颂沂蒙的恢宏"交响乐"中，高明还是一个努力走在前列引吭高歌的领唱者。他出版的《沂蒙山的回响》《回望沂蒙》《沂蒙采风》等著作，发表的《临沂赋》《临沂忠孝赋》《临沂建城记》等文学作品，被广为传唱的《家在沂蒙山》《锦绣沂蒙》《相约沂蒙》《沂蒙新红嫂》等30多首歌曲，都是歌唱沂蒙的有心、有为和有品之作，起到了示范推动作用，产生了非常广泛的影响。

《渊子崖壮歌》的问世，是高明在纪念中国抗日战争和世界反法西斯战争胜利70周年之际，向祖国和沂蒙家乡的赤诚献礼。那么，这部倾其心血和汗水、饱蘸浓墨和重彩创作的文学力作，又是怎样的一曲新歌"沂蒙颂"呢？带着这样的问题去拜读、去叩问和体味作者的著述心路，我不能不为其中的喋血悲壮而震撼、为其中的牺牲壮志而感奋、为其中的胜利壮美而感动、为其中寓意深厚的壮观气象而感怀。在高明情景交融、史论交汇的笔下，在令每个读者荡气回肠、义愤填膺的叙述中，渊子崖壮歌血气如阳冲霄汉，壮怀激烈惊天地，至今仍回荡在蒙山沂水、齐鲁大地，回荡在中国和世界，浩然交响在历史、现实和未来的时空里……

于是，在我胸中升腾不已的《渊子崖壮歌》，便是这样一曲雄伟瑰丽的沂蒙壮歌：

一部彰显沂蒙革命老区抗战重大意义的壮歌。高明在《渊子崖壮歌》中的宏大叙事告诉人们：渊子崖村民毁家纾难、誓死杀敌不是孤立的，毛泽东称渊子崖为"中华抗日村自卫战之楷模"，渊子崖被誉为"中华抗日第一村"也不是偶然的，它是沂蒙革命老区血火抗战的英雄代表，也是沂蒙革命老区抗战重大意义的彰显。诚如高明所言，抗战八年，八百里沂蒙烽火连天，每一座山头都是过火的石头、不死的山岗。每一个村庄都演绎着与侵略者血战到底的故事。在中国共产党的领导下，沂蒙军民8年间作战4万余次，毙、伤、俘日伪军25万人，缴获各种枪支20万余支、炮500余门及大量军用物资。其歼敌数量占了整个山东抗日根据地歼敌总数的一半，为中华民族夺取抗战全面胜利作出了重大贡献。《渊子崖壮歌》对这方面史实的厚重铺垫，旨在引导人们对沂蒙抗战的历史意义，进行更深入地思考，作出更进一步的认识和理解。以中国共产党为中流砥柱的抗日战争是民族革命战争，要实现驱逐日寇和建立新中国的双重政治目的，通过抗战迎来历史的大进步。从这样的高度和视野看问题，沂蒙抗战在中国革命反帝反封建的斗争进程中，占有特殊重要的战略地位，具有更为深远的意义，其丰功伟绩，首在为抗战胜利作出的重大贡献，更在于在抗战胜利后中国两种命运的大决战中所具有的无可替代的战略地位、所发挥的决定胜负成败的关键作用。正如毛泽东所指出：山东的棋下活了，全国的棋也就活了。抗战期间，山东军民把所有的战略点线都抢占和包围了，形成了一块完整的根据地。正是有了这个基地，党中央才在抗战胜利后迅速作出了"向北发展、向南防御"的战略决策；也正是有了这个基地，中央才把挺进东北的主要战略任务，交给了山东；也还是因为有了这个基地，我们才在埋葬蒋家王朝的战略决战中，依靠充足的条件和力量取得了三大战役中的两大战役——辽沈战役和淮海战役的胜利，继而取得了渡江战役和解

★

一篇读罢心债血

放祖国大东南的胜利。总之，对沂蒙革命老区抗战的重大历史意义，怎么估计都不为过。这是流火滴血的历史晓谕，是我对高明创作《渊子崖壮歌》主旨的一点体认。

一部讴歌沂蒙儿女血火抗战不屈英魂的壮歌。高明在《渊子崖壮歌》中的深情追述告诉人们：沂蒙抗战的英勇悲壮，是沂蒙儿女血染的风采。它绽放的是沂蒙历史文化的血花，闪耀的是沂蒙儿女集体人格的光辉。历史不会忘记，在沂蒙抗战最残酷岁月的1941年12月19日，渊子崖村1500多村民血战1000多日寇、以150多人的牺牲歼敌120多人的英雄气概。历史也不会忘记，抗战期间，仅渊子崖所在的莒南县就有13698人参加八路军、66740名青壮年参加抗日自卫队的报国壮举。历史同样不会忘记，抗日战争和解放战争期间，只有420万人的沂蒙山区，就有23万人参军参战，120万人拥军支前，10.5万人血洒疆场、马革裹尸；仅在抗战期间，就有15.5万沂蒙妇女以不同方式掩护了9.4万多名抗日志士，4.2万名沂蒙妇女掩护了1.9万名八路军伤病员。沂蒙文厚，气象方大。沂蒙儿女是沂蒙钟灵毓秀的风骨和精髓。缘此，高明在《渊子崖壮歌》中用大量篇幅倾情描绘着沂蒙这方好山好水好地方，书写着沂蒙文化的大源大流大风光，赞颂着冯干三、林凡义和林九兰等沂蒙男儿的大忠大孝大英雄，赞美着林欣、大牛妈和林九臣妻等沂蒙女儿的大美大节大芬芳。战争天平上最重的砝码是人民。因为有了沂蒙儿女，沂蒙抗战才如此感天动地泣鬼神，沂蒙山才荣为中国革命图腾和红色历史象征。这也是流火滴血的历史晓谕，是我对高明创作《渊子崖壮歌》主旨的又一体认。

一部弘扬沂蒙抗日军民水乳交融、生死与共伟大精神的壮歌。
高明在《渊子崖壮歌》中以史诗般的笔触告诉人们：沂蒙抗战的苦
难辉煌、浴血荣光，都源于伟大的沂蒙精神，源于伟大沂蒙精神的
魂魄——军民水乳交融、生死与共所凝聚的无敌力量。抗日战争时
期和解放战争时期，沂蒙根据地始终是我山东和华东党政军领导机
关所在地。在中国共产党的领导下，从以冯干三为代表的八路军武
工队官兵和以林凡义为代表的村民与敌拼死血战的渊子崖壮歌，到
沂蒙抗日军民万众一心血肉长城御外侮的沂蒙壮歌，都是我党我军
为国为民虽万死而不辞与沂蒙人民爱党爱军虽千险无反顾的生动展
现。在艰苦卓绝的战争岁月，沂蒙山村村有烈士，乡乡有红嫂。"最
后一口粮送军粮，最后一块布做军装，最后一个儿子送战场，最后
一件老棉袄披在担架上。"从用乳汁救活八路军的沂蒙"红嫂"明德英，
到宁愿饿死自己的孩子也要抚育好八路军后代的"沂蒙母亲"王换
于，从"谁第一个报名参军俺就嫁给谁"的梁怀玉，到送郎参加八
路军抱着大公鸡拜天地的李凤兰，到冒着枪林弹雨支前上前线的"沂
蒙六姐妹"，党与人民的血肉情，军队和人民的鱼水情，兵民是胜利
之本的革命战争真谛，都在沂蒙山区得到了最深刻的揭示、最典型
的示范、最情深意重和血浓于水的写照。对此，高明在《渊子崖壮
歌》专设"危难真情"八路军紧急救援一章的集中阐述，贯穿其他章
节的着意铺陈，都使人刻骨铭心。令沂蒙党政军民无尚光荣和自豪的
是，习近平总书记在视察山东时，高度评价和赞誉了伟大的沂蒙精
神。强调"山东是革命老区，有着光荣传统，军民水乳交融、生死
与共铸就的沂蒙精神，对我们今天抓党的建设仍然具有十分重要的

启示作用。""沂蒙精神与延安精神、井冈山精神、西柏坡精神一样，是党和国家的宝贵精神财富，要不断结合新的时代条件发扬光大"。习总书记对沂蒙精神的根本诠释、辩证解读、意义升华和实践要求，同样是沂蒙抗战流火滴血的历史晓谕，是我们对高明创作《渊子崖壮歌》主旨作出根本性体认的思想之宗。

壮歌一曲颂沂蒙，血染战旗旗更红。去年高明创作歌曲《亲情沂蒙》结集由山东教育出版社出版时，我曾赋诗为贺，现录此以表对《渊子崖壮歌》出版的一样贺忱。为了我们的沂蒙家乡更美好，期待高明有更多更好的新作问世：

歌含脉脉情，诗抱眷眷怀。

赤子沂蒙梦，绵绵引吭来。

2015年5月于北京

（作者：著名理论家，诗人，解放军报社原副总编辑，少将）

后 记

　　每一个民族都有自己的苦难历史，也都有抵御侵略、不屈不挠的英雄壮举，世界文学史上那些关于战争题材的名著，不仅让我们记住了一幕幕悲壮的战争画面，也让我们记住了一个个鲜活的可歌可泣的英雄形象。

　　因为战争，才有纪念。今年是抗日战争暨世界反法西斯战争胜利70周年。如何把民族过往的苦难岁月变为激人奋进的文学作品，这是当代作家的历史使命和义不容辞的责任与担当。

　　我是从小喝沂河水长大的，曾在祖国大西北度过了15年的军旅生涯。一方水土养一方人，是蒙山沂水哺育我成长。1986年我作为营职干部从部队转业回临沂后，近30年来一直在市里从事宣传文化工作，有着与生俱来的沂蒙情结。革命战争年代，家乡八百里沂蒙大地曾经发生过一段段感人至深、英勇悲壮、气壮山河的故事。特别是莒南县渊子崖，一个普普通通山村的老百姓抗日战争打鬼子的传奇故事更是令人震撼，令人荡气回肠。

　　近些年来，我曾经多次去渊子崖村采访，搜集了不少有关资料。自去年下半年以来，我开始了本书的写作，旨在悼念在抗日战争中牺牲的先烈，讴歌沂蒙先辈们可歌可泣的英雄事迹，进一步弘扬沂蒙精神，向抗日战争暨世界反法西斯战争胜利 70 周年献上一个沂蒙老宣传文化工作者和作家的一颗赤诚的心。

当我走近一位位抗战老人，当这些已步入耄耋之年的老人或义愤填膺，或慷慨激昂，或满怀悲痛地向我打开尘封许久的记忆之门，讲述那场与敌殊死搏斗的悲壮往事之时，我的心被强烈地感动着、震撼着、刺痛着，同时又为他们临危不惧、英勇顽强、血气如阳的精神而骄傲和自豪。

采访中，当通过老人的追忆，一个又一个的历史细节真实地展现在我面前时，又感到了欣慰，我想，或许我的这种最原始的采访行动会给后人提供一些史料的参考。在动笔写作过程中，我搜集和阅读了千万多字的抗战史资料，力争使自己成为"沂蒙抗战史专家"。

写作的确是一件不轻松的事情，我在创作过程中经受了一次次灵魂的洗礼，也为沂蒙先辈们无私、坚毅、崇高的品格和对信仰的坚守所深深感动。写作充满了艰辛，同时也明白了什么是"身累不叫累，心累才是累"。有时由于坐着写作的时间过久，下肢麻木，起立时竟一时不能站立。有时写到深夜，常常情不自禁、热泪盈眶，由于大脑兴奋竟夜不能寐。有时为防止记忆偏差，当天的采访笔记只能当天整理。有一段时间，我的睡眠质量很差，但沂蒙父老先辈们在抗战中那种与命运抗争的不屈精神，那种与蒙山一样的风骨，与沂水一样的情怀，那种为了国家、民族利益舍弃一切的崇高境界给了我巨大的力量和信心。

这本书中被采访的讲述者，他们有的是手握大刀长矛在围子墙上和鬼子玩命的老自卫队员，有的是在日寇屠刀下侥幸逃脱的幸存者，有的是当时稚气未脱、嗷嗷待哺的孩子……他们的讲述让人处处感受到日本军国禽兽之师给中国人民带来的苦难和耻辱，让人时时感受到中华民族万众一心、众志成城抵御外敌入侵的伟大民族精神。

我想，我们这个民族之所以历经沧桑仍然伟岸，原因就在于我们能够在苦难中奋起，在挫折中前行。不屈不挠、奋发有为，正是我们这个民族固有之性格、自强之精神，而这种精神早已渗透到我们这个民族的血液之中。

关于渊子崖的故事已经写了不少了，但感觉意犹未尽，心情仍无法平静下来。我想说的是，抗日战争中沂蒙父老乡亲在中国共产党的领导下，用自己的行动实践为沂蒙精神注入了坚实的内涵，充分展示了中华民族天下兴亡匹夫有责的爱国情怀，誓死如归宁死不屈的民族气节，不畏强暴血战到底的英雄气概，百折不挠坚忍不拔的必胜信念，这是他们留给我们后辈们最宝贵的精神财富。

岁月如白驹过隙，70多载倏忽而逝。如今战争的硝烟早已散去，但它留给人民的记忆与伤痛却时时提醒：战争从来没有真正离我们远去。历史告诉我们，和平是需要争取的，和平是需要维护的。只有人人都珍惜和平、维护和平，只有人人都记取战争的惨痛教训，和平才是有希望的。前事不忘，后事之师，殷忧启圣，多难兴邦……

《渊子崖壮歌》这本书的出版凝聚了很多人的心血，得到了很多人的帮助。我同年入伍的老战友、国防大学副政委胡秀堂空军中将在繁忙的工作中，为我邮寄抗战资料，先后两次审阅书稿，多次打电话给予热情指导和亲切鼓励，并亲自为本书作序。我的老朋友，著名理论家、诗人、沂蒙精神研究专家、解放军报社原副总编辑孙临平少将热情为本书作跋。我的老朋友，著名词作家、书法家、中国人民革命军事博物馆原馆长孔令义少将亲自安排有关人员帮助查找沂蒙抗战资料。值得一提的是，刚为将于今年9月1日落成于南京燕子矶畔，书写反映南京大屠杀长诗《狂雪》百块碑廊的空军政治部文艺创作室创作员、中国书法家协会理事、北京市书协副主席龙开胜先生为本书题写书名。在此一并表示衷心的感谢。

感谢临沂市领导、我的工作单位市委宣传部、莒南县、板泉镇和渊子崖村在采访写作过程中给予的大力支持。感谢摄影家翟小锋为本书不辞辛劳拍摄照片。感谢我曾经参考过的一些书的作者，虽然主要参考书目已附上，但仍有漏缺，还有一些文章参考了互联网上的资料，因没有注明出处，也就无法列出需要感谢的书目，在此说明并感谢。

我还要感谢山东教育出版社在本书出版过程中给予的大力支持。感谢临沂茂江商贸有限公司为本书写作提供的便利条件。

需要说明的是，在进行长篇创作的时候，按照上级有关部门重大革命历史题材"大事不虚，小事不拘"的要求，我始终坚持以史料为基础，以真实为前提，因为真实是纪实文学的生命，这个真实即人物、事件、时间、地点乃至援引的统计数字，都是真实的。在这个大前提之下，对事件的过程、人物外貌、心理活动、语言对话、动作行为等细节，进行了一些文学创作和演绎，并尽可能使史料纪实与文学创作较为完美地结合在一起，使作品既有史料的严肃性、真实性，又有文学作品的生动性、可读性。

由于作者水平有限，时间仓促，客观条件也有所限制，本书可能存在缺陷，甚至谬误之处，敬请知情者、亲历者、幸存者以及专家、学者给予批评指正。

高　明

2015年6月芒种之日